La nuit chienne

Rachel Yoder

La nuit chienne

roman

Traduit de l'anglais (États-Unis)
par Hélène Borraz

Flammarion

Les éditions Flammarion tiennent à remercier Taous Merakchi
pour son concours à la publication de cet ouvrage.

Titre original : *Nightbitch*
Éditeur original : Doubleday, une branche de Penguin Random House LLC, New York

ISBN : 978-2-0802-7888-3

Pour ma maman, et toutes les mamans.

Un

—

En s'affublant du nom de Nightbitch, elle n'avait fait que se moquer gentiment d'elle-même – parce qu'elle était comme ça, plutôt sympa, capable d'autodérision, définitivement pas coincée, ni très remontée, pas monstrueusement remontée au point de ne pas voir le comique d'une situation cocasse qui n'avait rien d'offensant – or, quelques jours après s'être donné ce surnom, voilà qu'elle se découvrait une épaisse plaque de poils noirs sur la nuque. Elle pensa *Putain, c'est quoi ce délire ?*

Je crois que je me transforme en chienne, annonça-t-elle à son mari de retour après sa semaine en déplacement. Il pouffa de rire, elle non.

Elle avait espéré qu'il ne rirait pas. Elle avait espéré – toute cette semaine, alors qu'allongée dans son lit elle se demandait si elle n'était pas en train de se transformer en chienne – que son mari, en entendant ces mots, inclinerait la tête sur le côté et demanderait à en savoir plus. Elle avait espéré qu'il prendrait ses inquiétudes au sérieux. Mais au moment même où elle prononça sa phrase, elle se rendit compte qu'elle s'était bercée d'illusions.

Sérieusement, insista-t-elle. J'ai des poils bizarres sur la nuque.

Elle souleva ses cheveux pour lui montrer la plaque sombre. Il la frotta avec ses doigts, Ouais, t'es carrément un chien.

Elle semblait en effet plus hirsute qu'à l'accoutumée. Ses cheveux indisciplinés s'agitaient autour de sa tête et de ses épaules comme un nuage de guêpes. Ses sourcils en grand besoin d'épilation traversaient son front à la manière d'une grosse chenille. Elle avait même constaté que deux longs poils noirs frisaient sur son menton et, sous un bon éclairage – sous *n'importe quel* éclairage en fait –, on percevait l'ombre d'une moustache qui repoussait malgré les séances d'épilation au laser. Avait-elle toujours eu autant de poils sur les bras ? Et des tempes jusqu'à la mâchoire ? Était-il normal que des touffes lui poussent sur le dessus des pieds ?

Et regarde mes dents, implora-t-elle en montrant ses canines. Elle était convaincue qu'elles avaient poussé, et qu'elles s'étaient allongées pour former des pointes redoutables, capables de blesser un doigt au moindre contact. Elle avait d'ailleurs bien failli se taillader l'index lors de son examen de fin de journée dans la salle de bains. Chaque soir, en l'absence de son mari et pendant que leur fils jouait gaiement aux petits trains en pyjama, elle se mettait devant le miroir, retroussait ses lèvres, penchait la tête d'un côté puis de l'autre, avant de la basculer en arrière afin de regarder ses dents en contre-plongée, puis elle consultait Internet sur son téléphone à la recherche de photos de canines comparables aux siennes, tapotait ses dents d'un ongle, se disait qu'elle était ridicule, cherchait *humains avec des dents de chien*, cherchait *humains et chiens ont-ils un ancêtre commun ?*, cherchait *hybride humain-animal* et *gènes animaux récessifs chez les humains*, tapait *recherche héritage des gènes humains-animaux*, cherchait *loups-garous*, cherchait *vrais loups-garous dans l'histoire*, cherchait (pourquoi, on se le demande) *sorcières*, cherchait (là un lien était possible) *hystérie XIXe siècle*, pour ensuite chercher, simplement parce qu'elle en avait envie, *cures de repos* et « *Le Papier peint jaune* », et elle relut *Le Papier peint jaune*, même si elle l'avait déjà lu quand elle était étudiante, puis, assise sur les toilettes, elle resta dans la lune un moment sans rien regarder en particulier, et cessa finalement de chercher quoi que ce soit.

Touche-la, insistait-elle en indiquant sa dent. Son mari posa un index sur la pointe de la canine.

Aïe ! s'écria-t-il en ôtant sa main qu'il serra contre lui. Je blague, dit-il en brandissant le doigt indemne.

Pour moi, ta dent n'a pas changé. Tu t'imagines toujours qu'il y a quelque chose qui cloche chez toi, lança-t-il gaiement.

Son mari était ingénieur. C'était un spécialiste du « contrôle qualité ». Ce que cela voulait dire précisément, la mère n'en était pas certaine. Il allait par monts et par vaux pour examiner des machines afin de s'assurer de leur efficacité maximale ? Régler des systèmes afin d'accroître leurs régimes ? Lire des rapports de production et suggérer des améliorations ? Bref. Sans doute un truc dans le genre.

Ce qu'elle savait, en revanche, c'est qu'il accordait peu d'intérêt aux émotions, envisageait l'intuition avec une patience condescendante et se moquait ouvertement des propos non étayés par des études scientifiques ou des statistiques vérifiées par des pairs. C'était, néanmoins, un homme bon, un homme attentionné, un homme affable, qu'elle appréciait beaucoup, malgré tout. Elle, en revanche, était encline à l'indécision, revenant sur des choses qu'elle avait autrefois pensées mais au sujet desquelles elle avait depuis changé d'avis. De nature angoissée, elle avait parfois l'impression que son cœur allait littéralement exploser. Elle avait des coups de chaud. Souffrait de bourdonnements. Il lui fallait soit s'activer soit s'allonger et se reposer. Son mari, lui, n'était pas si compliqué.

Pas étonnant, donc, qu'ils finissent par s'en remettre à son avis, à son avis juste et pondéré, à son impartialité d'ingénieur. Évidemment que rien ne clochait chez elle. Voilà ce qu'elle se répétait au lit, avec, entre elle et son mari, l'enfant qui dormait pieds fichés sous sa jambe.

Je crois que je vais aller dormir dans la chambre d'amis, chuchota-t-elle à son mari.

Pourquoi ? murmura-t-il en retour.

Je ressens tellement de colère là. La nuit, je veux dire, expliqua-t-elle. Il ne répondit pas. Je crois que j'ai juste besoin d'une bonne nuit de sommeil, ajouta-t-elle.

D'accord, dit-il.

Elle sortit du lit sans un bruit, descendit à tâtons l'escalier et se glissa dans les draps propres du lit de la chambre d'amis. Elle frotta la plaque de poils rêches sur sa nuque pour s'apaiser, puis passa la langue sur la pointe acérée de ses dents. De cette façon, elle sombra dans un sommeil profond et ininterrompu.

Un jour, la mère était une mère, puis, soudain, une nuit, elle était devenue autre chose.

Oui, nous étions en juin et, oui, son mari avait été absent pour son travail toute la semaine. En fait, c'était sa vingt-deuxième semaine d'absence cette année-là, une année qui en comptait pour l'heure vingt-quatre, mais ce n'était pas comme si quelqu'un comptait.

Oui, le garçon avait eu une otite cette semaine-là et ne dormait que par intermittence. Oui, il ne faisait pas bien ses siestes, voire pas du tout.

Oui, elle souffrait d'un méchant SPM pour la première fois de sa vie, à trente-sept ans.

C'était un vendredi ordinaire, en pleine nuit. Le garçonnet s'était réveillé, entre sa mère et son père car il ne dormait pas dans son propre lit, refusait catégoriquement d'y dormir. C'était la troisième ou quatrième fois cette nuit-là qu'il s'agitait. Elle avait perdu le compte.

Au début, elle n'avait rien fait, attendant que son mari se réveille, en vain, ce n'était pas dans ses usages. Elle avait attendu plus longtemps que d'habitude, avait attendu et attendu, tandis que le garçon hurlait, et elle était restée immobile comme un cadavre, attendant patiemment le jour où son cadavre serait miraculeusement réanimé et conduit au Royaume des Élus où il créerait une étonnante installation artistique composée de lits esthétiquement intéressants. Le cadavre se verrait attribuer une solution de garde illimitée pour son enfant et pourrait donc sortir, aller à des vernissages et boire du vin de cadavre avec d'autres cadavres, à sa guise, parce que c'était ça le paradis. C'était ça.

Elle était restée allongée aussi longtemps que possible sans rien dire, sans bouger. Les cris de son enfant attisaient la flamme de rage dans sa poitrine.

Cette lumière chauffée à blanc, cette lumière singulière au plus profond de son être – c'était là le point originel à partir duquel elle avait donné naissance à quelque chose de nouveau, à l'instar de toutes les femmes.

C'est très tôt dans la vie qu'on allume un feu quand on est une fille. On le nourrit, on l'entretient. On le protège à tout prix. On ne le laisse pas s'embraser en une montagne de lumière, car ce serait indigne d'une fille. On le garde secret. On le laisse brûler. On regarde les autres filles dans les yeux, des yeux dans lesquels on voit vaciller les flammes, et on hoche la tête d'un air entendu sans jamais évoquer la chaleur presque insupportable, le brasier grandissant.

On entretient la flamme sinon on se retrouve coincée, dans le froid, seule, condamnée aux *superpositions saisonnières*, condamnée au *pragmatisme*, condamnée à *c'est comme ça, un point c'est tout*, condamnée à *se poser*, à *comprendre*, à *se raisonner*, à *acquiescer*, à *voir les choses d'une autre façon*, *de sa façon à lui*, et *de toutes les autres façons sauf la sienne à soi.*

Et en entendant le cri du garçon, ce cri si particulier par sa tonalité et son tempo, elle avait perçu la flamme derrière ses paupières closes. Dans l'air invisible, la flamme avait frémi un instant, avant soudain de s'allonger et de s'effiler, de marquer une pause puis brusquement de plonger avec un bruit sourd dans sa poitrine, et plus profond encore, dans son ventre, embrasant tout son être.

Reeeennn oooorrrrr OOOOIIII, avait-elle éructé dans un demi-sommeil, ivre de fatigue. Elle essayait de dire quelque chose – *Rendors-toi*, sans doute –, mais au lieu de cela, les mots avaient jailli comme un flot sinueux de grognements et de couinements, des sons qu'elle n'avait entendus émis jusqu'alors que par le husky de sa grand-mère, quand elle était enfant, lorsque, derrière la porte, il réclamait les restes du repas. Elle n'avait jamais aimé ce chien, non seulement en raison de ses yeux bleu acier – les yeux des morts-vivants – mais aussi à cause de ses gémissements quasi humains. Et voilà que maintenant ces mêmes sons s'échappaient de sa propre bouche.

L'étrangeté du son, puis le souvenir du chien l'avaient réveillée plus qu'elle ne l'aurait souhaité.

Arrête ! avait-elle lancé sèchement à l'enfant qui se débattait, donnait des coups de pied, criait, hurlait entre elle et la masse inerte qu'était son mari.

Arrête. Arrête. *Stop !* avait-elle aboyé en se retournant pour faire face au garçon.

Sa putain de tétine ! avait-elle grogné méchamment à son mari, avant de tourner le dos et de s'enfoncer un doigt dans l'oreille.

Le garçon pleurait à chaudes larmes et son mari ne faisait rien, rien du tout. Le feu rugissait, de plus en plus fort, menaçant de la consumer tout entière, et c'est alors qu'elle s'était redressée et avait poussé un énorme hurlement. Puis, écartant d'un coup de pied les draps, elle avait voulu allumer sa lampe de chevet qu'elle avait renversée dans sa hâte et qui s'était brisée en mille morceaux, elle avait gémi de rage, titubé jusque de l'autre côté du lit pour y allumer la deuxième lampe repérée à tâtons, et tout ça pour trouver son mari assis, le petit garçon pelotonné dans les bras, tétine à la bouche.

Ses cheveux longs, en bataille, étaient parsemés de bribes de feuilles mortes, d'une miette de biscuit ou de pain, d'une bouloche blanche d'origine incertaine. Elle respirait bruyamment par la bouche. Des taches de sang marquaient en pointillés son trajet autour du lit. De minuscules éclats de la lampe s'étaient fichés dans la peau délicate de ses plantes de pied, même si la mère ne s'en était pas rendu compte, ou peut-être s'en fichait. Yeux plissés, elle avait humé l'air. Puis elle était retournée se coucher de son côté du lit, tirant le drap et la couverture à elle et, sans porter secours, sans tendre une main, sans se soucier de rien, elle avait aussitôt sombré dans un profond, épais sommeil.

Le lendemain matin, pieds lavés et bandés, debout dans la cuisine en désordre, les cheveux en pétard, elle avait bu son café, une brassée de draps ensanglantés tournoyant dans le lave-linge, tandis que le garçon s'amusait avec son train dans le salon, gazouillant, babillant et riant, et que son mari, homme toujours d'humeur enjouée, se beurrait un toast calciné.

Tu étais un peu… Il avait marqué un temps, réfléchi, puis avait repris : … comme une chienne enragée, cette nuit.

Il avait gloussé pour montrer que son propos ne se voulait pas méchant, que c'était juste une observation.

Un vraie chienne, cette nuit, une *night bitch*, avait-elle dit d'un trait. Oui, je suis Nightbitch.

Ils avaient éclaté de rire car qu'auraient-ils pu faire d'autre ? Sa colère, son acrimonie, sa froideur au creux le plus sombre de la nuit l'avaient elle-même surprise. Elle avait envie de croire qu'elle était devenue quelqu'un d'autre la nuit dernière, mais elle connaissait l'horrible vérité : Nightbitch avait toujours été là, et jamais très loin de la surface, en réalité.

Personne n'aurait pu prédire un tel changement ; jusqu'à présent, elle avait été l'image même de la maternité, de la mère dévouée et serviable, jamais grincheuse, l'air reposé même après des nuits blanches éreintantes passées à allaiter le bébé, à le bercer, le cajoler, tandis que son gentil mari ronflait à ses côtés ou, à vrai dire, n'était même pas là la plupart du temps.

Lui avait un travail. Lui gagnait de l'argent. Lui partait en voyages d'affaires, *Au revoir ! Je t'aime !* Bisous soufflés, ciao ciao de la main, laconique clin d'œil. Et elle, elle restait plantée là, bébé dans les bras, à le regarder faire sa marche arrière dans l'allée devant la maison. Elle était diplômée d'une université bien plus prestigieuse que celle qu'il avait fréquentée. Elle avait deux masters, lui aucun. (Et aussi un bébé.) Mais ce n'était pas un concours, si ? Non ? Non, certainement pas. Jamais elle ne considérerait son mari comme un concurrent, en revanche, elle se reprochait d'avoir choisi un domaine aussi peu porteur que les arts plastiques. Quelle idiote elle avait été, cette mère ! Elle n'était qu'une de ces femmes qui aiment l'art, et ce n'était pas comme ça qu'on faisait carrière ou qu'on gagnait de l'argent, quel que fût son amour pour l'art, ou son talent.

Elle refoula dans un recoin de son esprit le fait qu'elle avait eu, avant le bébé, un travail, le travail de ses rêves comme elle aimait à le faire savoir, la direction d'une galerie d'art communautaire, un poste qui consistait à inviter des artistes dont elle pensait les œuvres capables d'enrichir la conscience artistique collective de leur petite ville du Midwest, à organiser des cours d'art, à collaborer avec des écoles du coin, à s'immerger dans l'art et le monde de l'art, à faire quelque chose auquel elle croyait, et tout cela en *étant payée*, payée pour faire un tel boulot, pour travailler dans le domaine des arts, une chance rare, miraculeuse. Évidemment, l'ampleur du travail exigé par un tel emploi était sans commune mesure avec le salaire, mais elle en était venue à être simplement reconnaissante, vous voyez ? Reconnaissante de pouvoir ne serait-ce que travailler dans le monde de l'art, en dépit de la quantité de travail. Ses camarades de fac auraient tué pour un tel job, et elle l'exerçait avec bonheur.

Mais ensuite le bébé. Elle avait envisagé que cela puisse représenter une complication, mais rien d'insurmontable. Après tout, les femmes n'avaient pas besoin d'arrêter leur vie, à notre époque, pour faire un bébé. Elles pouvaient travailler au bureau et à la maison. Elles pouvaient travailler et travailler et travailler vingt-quatre heures sur vingt-quatre si elles le voulaient ! C'était leur droit. Mais elle n'avait pas anticipé les vernissages en soirée, les cours d'art les week-ends, les réunions matutinales avec les enseignants avant le début des cours, et les réceptions après les heures de bureau. Avec un mari en déplacement et un bébé à la maison, ce type d'emploi du temps ne fonctionnait plus. Qui irait chercher le bébé à la crèche ? Qui le coucherait le soir ? Elle ne pouvait pas l'emmener à un gala, quelle que fût l'ouverture d'esprit des convives. Elle ne pouvait pas gérer une équipe de vingt-cinq guides bénévoles, ou diriger une réunion de planification stratégique avec son conseil d'administration, alors qu'elle allaitait.

Elle avait essayé. Pendant un temps, vraiment elle avait essayé. Ne faisait-elle pas, après tout, le travail de ses rêves ? De ses rêves ! C'est pourquoi, en dépit du bébé, de ce minuscule bébé de trois mois, d'une unique crèche de la ville disposant d'une place, du dortoir avec son alignement de berceaux, des femmes bruyantes, fatiguées, qui donnaient aux bébés du lait maternisé *via* des tétines en caoutchouc, en dépit de tout cela, elle continua de travailler. Elle avait toujours voulu ce travail. Elle progressait dans sa carrière. Elle prenait de la bouteille. Elle réussissait. Et elle avait un bébé.

Tout ce qu'elle pouvait lui donner, c'était son lait. Et un peu de son temps, deux heures après la crèche, deux heures avant, d'innombrables heures à le regarder dormir. (Elle se disait : S'il te plaît, ne m'oublie pas. Ou bien : oublie-moi si cela peut te rendre plus heureux. Ou alors : oublie simplement que je t'ai abandonné huit à neuf heures par jour, quand tu étais un tout petit bébé, à des femmes qui te laissaient pleurer sur le sol en lino, pleurer pendant des heures. Il pleurait *beaucoup*, lui avait appris l'une d'elles des mois plus tard, et c'était comme si, avec ce constat désinvolte d'un fait ordinaire, l'employée de la crèche avait enfoncé une fine lame dans le ventre de la mère, violemment, car la mère se sentait sévèrement – mortellement, éternellement – blessée et, en même temps, avait eu des envies de meurtre : pourquoi la puéricultrice n'avait-elle pas *ramassé* son fils, son adoré ? Comment avait-elle fait pour résister à ses cris ? Dire à une mère avec autant de désinvolture que son fils pleurait sans cesse, seul, sur le sol en lino, était une singulière forme de cruauté que la mère ressasserait pendant des semaines. Car, en définitive, elle s'en voulait. C'était sa faute. Sa faute à *elle* si elle avait dû laisser son enfant dans un tel endroit. Sa faute.

Et le lait. Le lait ! Le lait est tellement important ! On ne le dit jamais assez. C'est la chose la plus importante du monde pour le nourrisson, nous disent tous les livres, et cette mère-là y croyait dur comme fer.

La salle d'allaitement se trouvait dans une chapelle petite et laide que la galerie d'art partageait avec l'université, une minuscule pièce des plus saintes, dotée d'un évier, d'un plan de travail et d'une chaise, éclairée par des lumières fluorescentes, mais dépourvue de ventilation. Où était le recueil de cantiques de la mère avec ses chants d'adoration et de louange ? Elle aurait voulu chanter à propos des bébés, des seins, du lait et du contact peau à peau, des bébés tout chauds, souples et potelés comme des miches de pain fraîchement cuites, si délicieux, sentez-les. Sentez.

Où était son putain de livre de cantiques ?

Mais il n'y avait pas de livre de cantiques, juste la pompe, un moteur, des tuyaux, du plastique, de l'électricité statique, des vêtements trempés de sueur, de l'air vicié, du désinfectant industriel, de l'angoisse, et un travail de rêve.

Mais pas de bébé.

Et la mère n'était pas reconnaissante.

Elle se rendait à la salle d'allaitement une, deux, trois fois par jour. Tous ces tubes et ce plastique. La succion motorisée. Ses chemisiers aux aisselles tachées par la transpiration et l'électricité statique dans ses cheveux quand elle enlevait son pull. La robe avec la fermeture éclair hors d'atteinte dans le dos. Les créneaux horaires inscrits dans le calendrier de son ordinateur sous la mention « perso ». Une autre femme qui frappe en colère à la porte parce qu'elle a du retard, de l'avance, ou a tout simplement tout faux. Tout faux.

Et bien sûr, il y avait la désinfection, les serviettes en papier rêche, la consigne de ne laisser aucune pièce détachée à sécher, merci de respecter les autres usagers, la bombe de désinfectant industriel pour nettoyer les fluides corporels humains.

Qui aurait cru qu'une mère doive aseptiser un comptoir moucheté de quelques gouttes de lait destiné à son bébé ? Ne faudrait-il pas plutôt éponger le précieux liquide à l'aide d'un chiffon cérémoniel que l'on déposerait au pied d'une belle et imposante sculpture érigée en l'honneur de la Mère éternelle, Donneuse de Vie et Créatrice de Toutes Choses ? Ça, ou alors introduire dans la pièce un petit chaton blanc – de préférence l'avorton de la portée –, lui donner un petit coussin moelleux, de bonnes croquettes et de l'eau fraîche, un chaton auquel on offrirait les quelques gouttelettes de lait égarées.

Un jour, elle eut l'outrecuidance d'y laisser son sac de tubes et d'embouts en plastique, car qui aurait voulu le voler ? Et effectivement, personne ne l'avait pris, mais une pièce manquait, la partie qui fait ventouse sur le sein. Quel genre de personne était capable de prendre juste cette pièce ? Une autre mère ? Il est possible qu'elle ait pleuré de rage. Elle ne se souvenait plus. Jamais elle n'y laissa le sac suite à cette punition cosmique. Une punition cosmique. Oui, c'est l'effet que cela lui avait fait.

(Où acheter un nouveau bidule à ventouse ? Et comment ça s'appelle au juste ? Elle allait devoir chercher en ligne, y passer du temps. Mais elle n'avait pas le temps. Pas le temps de trouver le nom du bidule, pas plus que de l'acheter ensuite.)

La pièce n'étant pas ventilée, la porte devait être maintenue ouverte lorsqu'elle n'était pas utilisée, mais le cale-porte triangulaire avait vécu. Et la porte était lourde. Qui avait le temps de la caler ? Mais il fallait penser aux autres mères. Utilise la chaise à la place pour garder la porte ouverte. Donne un coup de pied plus fort dans la cale. Trouve un moyen. Pense aux autres mères. Sois reconnaissante d'avoir cette salle. Il y a des mères qui n'ont pas de local pour allaiter sur leur lieu de travail. Sois reconnaissante.

Toujours à se dépêcher. Dépêchez-vous, les seins. Il faut se dépêcher et se détendre, puis laisser venir le lait. C'était sa faute si le lait ne venait pas. Trop de café. Repas trop légers. Tu dois trouver un moyen d'être moins stressée. Mange une barre énergétique. Mange ces noisettes. Mange une tablette entière de chocolat tout en tenant l'appareil contre tes seins. Prends ces compléments alimentaires à base de plantes. Mange plein de flocons d'avoine. Débrouille-toi pour tout concilier. Bois un litre d'eau dans l'espoir que cela te détendra. Médite. Respire profondément. Il te reste huit réunions aujourd'hui.

Il n'y avait jamais assez de lait pour le bébé. Il avait tellement grandi. Tout ce qu'il voulait c'était du lait, mais il n'y avait pas assez de temps, pas assez de lait, pas assez de mains. La crèche fermait à 18 heures, donc pas de réunions tardives, il fallait tenir compte de la circulation, du trajet jusqu'au parking, de la météo. Ne pas oublier le lait. NE PAS OUBLIER LE LAIT.

Un soir, elle oublia le lait. Elle l'avait laissé sur le dessus de la caisse automatique du parking. En pleurs, elle était revenue au parking avec son bébé endormi après être passée à la crèche, et avait appelé le gardien.

Oui, quelqu'un a rapporté votre lait, l'avait-on informée.

Elle avait sangloté. Et le gardien lui avait apporté le lait oublié, retrouvé. Livré à la fenêtre de la voiture, parce qu'elle ne pouvait même pas sortir du véhicule. Il y avait un bébé qui dormait à l'arrière. Elle avait pleuré sur le chemin du retour.

Imaginez cette personne qui trouve une petite boîte contenant deux biberons de lait encore tiède, qui apporte cette boîte dans le tristounet centre commercial accolé au parking, qui déambule à la recherche du gardien et lui annonce : J'ai trouvé du lait. J'imagine que c'est plutôt précieux pour son propriétaire. J'espère qu'on pourra le lui rendre. Et le gardien qui entrepose la petite boîte dans le mini-frigo de son bureau, secouant la tête en songeant au miracle de la découverte, ou à la gentillesse du geste, ou à l'oubli de la mère, ou à son manque de soin – comment peut-on être aussi négligente ? – ou à toutes ces choses, en même temps.

La mère aurait aimé remercier la personne qui avait trouvé le lait. Lui dire : Vous êtes une des personnes les plus gentilles que j'ai jamais connues, même si je ne vous ai jamais connue.

Un jour, alors qu'elle se rendait à une réunion programmée à l'heure du déjeuner – pourquoi manger quand on peut travailler ? –, elle se mit à avoir des soupçons. Plus tard dans la journée, alors qu'elle répondait d'une main à des e-mails sur son mobile, tout en maintenant, de l'autre, le tire-lait contre un sein, la mère sentit ses pensées commencer à fusionner en de vastes théories du complot, mais du genre qui se révèlent, en fait, vraies.

Ses parents auraient sans doute dit qu'elle était *un peu dérangée*, l'auraient traitée d'*un peu dérangée* et peut-être de *maudite* et auraient ajouté quelque chose à propos du *diable* s'ils avaient eu la moindre idée de la nature de ses pensées, ce qui n'était pas le cas vu qu'ils n'appelaient jamais et qu'elle ne les appelait jamais ; du coup ils ne savaient quasiment plus rien les uns des autres depuis quelque temps. La mère était persuadée, également, qu'ils étaient responsables des nombreuses injustices qu'elle subissait en ce moment, et aussi de sa certitude paranoïaque qu'elle était en train de se transformer en chienne, profondément et fondamentalement responsables, mais sans qu'elle sache précisément en quoi, du coup elle s'était laissée aller à une rage générale dirigée contre le passé, mais aussi vers l'Est, où ils habitaient, à des centaines de kilomètres de là.

Très franchement, ses parents étaient le cadet de ses soucis, puisque toute cette *putain de vie* n'était qu'une énorme mascarade : travailler, pomper, se dépêcher, jamais tenir son bébé. Elle se gonfla de rage maternelle et se mit à bâtir des arguments élaborés, passionnels contre le système, le capitalisme, le patriarcat, puis la religion, les rôles attribués aux sexes, la biologie.

Elle voulut partager ces théories un jour au coffee-shop, auquel une autre mère active l'avait invitée, une sympathique mère active qui elle aussi était artiste, qui avait suivi le même cursus qu'elle, qui enseignait maintenant à l'université qu'elles avaient toutes deux fréquentée, faisait de l'art et s'était impeccablement adaptée à la maternité sans la moindre anicroche mesquine. La mère avait observé d'un œil morose, à distance – sur les réseaux sociaux, évidemment –, la mère active tandis qu'elle postait les étapes clés, *Premier jour de garderie !* et *On aide maman avec son installation*, le bébé sanglé sur la poitrine de la mère active en train de fabriquer un truc avec du grillage pour poulailler dans une galerie.

Pourquoi je n'y arrive pas, moi ? se demandait-elle sans cesse. Pourquoi ça a l'air si facile ?

Alors, ça te plaît d'être une maman active ? demanda l'autre mère active, et la mère – la mère alors active, fatiguée, malheureuse, qui avait le métier de ses rêves mais pas le bébé dans les bras –, cette mère la regarda d'un air bête et s'apprêtait à exposer ses théories sur le fait que tout cela n'était qu'une ruse, une gigantesque ruse pour les obliger à tout faire, une ruse à laquelle elles ne pouvaient échapper. Mais son cerveau ne fonctionnait plus comme avant. La si sympathique mère active attendait. La mère se demanda si elle était censée dire quelque chose. C'était quoi déjà une « conversation » ?

Non, finit-elle par répondre. Je pense que *mère active* est sans doute le concept le plus absurde jamais inventé. Je veux dire, quelle mère ne travaille pas ? Et si tu ajoutes à ce travail un emploi rémunéré, ça fait quoi de toi ? Une mère qui travaille qui travaille ? Une mère active active ? Tu crois qu'on dit un père actif !

Ha ! cracha-t-elle avec amertume, se rendant compte à présent à quel point elle était amère.

La si sympathique mère active opina, avec un air de pitié sur le visage. L'autre maman – celle qui ne dormait pas, qui avait un bébé et le travail de ses rêves, celle qui rencontrait peut-être des difficultés, qui avait besoin de soutien, qui faisait de son mieux... mais, argh – ne donnait pas bonne impression. Les apparences. On pouvait tout avoir. Alors pourquoi était-elle si peu reconnaissante ?

Ce soir-là, après sa journée de travail, la mère pleura tandis qu'elle tenait le bébé endormi dans ses bras, parce qu'elle ne le voyait éveillé qu'une heure par jour, peut-être deux. Il refusait de faire la sieste à la crèche et elle le récupérait épuisé, réclamant son lait et ses bras. Elle pleurait en le berçant, et ensuite c'est lui qui se mettait à pleurer quand elle le posait dans le lit. Il ne voulait que les bras, tout le temps, comment lui en vouloir, alors elle le harnacha à sa poitrine et rédigea des e-mails tard dans la nuit jusqu'à ce qu'ils tombent tous deux de sommeil.

Et donc, quand ce fut le moment de prendre une décision, du fait que son mari gagnait plus d'argent, ce fut elle qui, par la force des choses, se retrouva à devoir rester à la maison. C'était aussi simple que ça.

À l'époque, elle était sincèrement contente de rester à la maison – elle était, en un mot, épuisée –, alors que jamais elle ne s'était imaginé ce genre de vie. Et, honnêtement, quel privilège. Quelle chance ! Elle savait parfaitement qu'elle n'était qu'une privilégiée, une de ces femmes sur-éduquées qui vivaient le rêve absolu de pouvoir être avec leur bébé vingt-quatre heures sur vingt-quatre. Selon les critères de, disons, tout le monde, elle n'avait aucune raison de se plaindre, mais alors aucune, ni à partir de maintenant et ni même avant. N'était-ce pas un peu prétentieux, un peu femme blanche insensible de la classe moyenne, de ne serait-ce que songer à se plaindre ? Il suffisait de lire les articles, d'examiner les données, de contempler son lot dans la vie, sa place dans la société, son rôle historique dans l'oppression de tous, excepté l'homme blanc, pour qu'elle se rende compte qu'elle n'avait pas le début du commencement de la moindre parcelle de terrain sur laquelle se dresser et émettre ne serait-ce qu'un seul cri étranglé.

Mais, comme tous les bébés, le sien grandissait. Il gagnait en longueur et en largeur. Il était à la fois plus et moins charmant. Il fit ses premiers pas, mais ne commença à parler que bien après l'âge normal tel qu'établi par les médecins, car il jouissait d'un lien quasi psychique avec sa mère, laquelle devinait ses moindres besoins à l'angle de son regard ou l'inclinaison de ses mains. D'une manière générale, à ce stade de la vie du garçonnet, elle était la seule personne au monde capable de le comprendre, de comprendre ce langage tacite qu'ils partageaient. Il pleura lorsqu'elle essaya de le faire garder par un ami de la famille, puis lorsqu'elle réussit à le confier à une baby-sitter, et enfin lorsqu'elle le laissa à son mari pour aller faire les courses et parce qu'elle avait vraiment envie de souffler, de s'acheter un café et de glisser le gobelet dans le support prévu à cet effet sur le côté du caddie, et de prendre son temps pour examiner les produits, vous savez, les regarder, les tourner et retourner sans que rien presse. Elle voulait juste faire les courses toute seule pour une fois, et pourtant ils avaient fini par y aller tous les trois – et seulement une fois le sac à langer rempli d'en-cas, de lingettes, d'une bouteille d'eau, d'un change, d'une sélection de jouets, et tu crois qu'on devrait prendre un livre aussi ? –, et tout ça parce que le petit était triste de la voir partir, peu importe que ce soit enfin l'occasion pour lui de passer un peu de temps avec son père, qui n'était jamais là, rester juste tous les deux à la maison pour une fois, mais non, l'enfant avait refusé.

Oui, en effet, c'était une bonne mère, parmi les meilleures.

La preuve : cette capacité surnaturelle à se réveiller, encore, encore et encore, nuit après nuit après nuit, depuis le jour de la naissance du petit. Son mari – pauvre chou – n'avait jamais bien supporté d'être privé de sommeil, mais elle, étonnamment, elle s'y était faite comme si jamais elle n'avait été autrefois une dormeuse invétérée, comme si elle était génétiquement programmée pour être capable de se réveiller à toute heure de la nuit et, malgré tout, se lever à 5 heures et demie du matin. Cette vie, certes, était épuisante mais, curieusement, elle n'avait pas ressenti de fatigue. Elle se sentait surmenée, poussée à bout, accablée, amère, au bord de la crise de nerfs, ça oui, mais en dépit de tout, chaque matin, elle se levait et n'arrêtait pas de toute la journée, comme stupéfaite par le quasi-miracle qui faisait qu'elle n'avait *pas besoin de dormir* comme autrefois.

Moi fatiguée ? Jamais ! aimait-elle à dire pendant les sombres heures où elle travaillait encore, et continua-t-elle d'entonner, lucide et étonnée, après une année entière passée à la maison à s'occuper, essentiellement seule, de son jeune enfant.

Je vais bien ! se plaisait-elle à affirmer, non sans un brin d'hésitation, à quiconque. Et elle allait, alors, effectivement bien. Elle allaitait le bébé et se promenait dans le quartier le paquet roucoulant harnaché à la poitrine. Elle le berçait, faisait la sieste avec lui, cuisinait, lavait. Elle dormait, mais la plupart du temps elle ne dormait pas, et tout allait bien, mais ensuite le garçon eut deux ans, et c'est alors qu'elle était entrée, elle aussi, dans une nouvelle phase.

Elle ne voulait pas être Nightbitch, et n'aurait pas choisi de l'être si elle avait eu l'impression d'avoir effectivement le choix. Et son mari : cela ne lui plaisait pas de toujours lui en vouloir, car elle l'aimait, elle l'aimait vraiment. C'était juste tellement difficile de ressentir cet amour à présent.

Bien sûr, elle n'était pas tombée amoureuse de son mari pour rien, même s'il avait un côté excessivement rationnel. Elle était – ou du moins avait été à un moment donné – une artiste, et il fallait donc que son mari se distingue d'une manière ou d'une autre des autres ingénieurs, des ingénieurs *ordinaires*, et c'était effectivement le cas. Lorsqu'elle le rencontra pour la première fois, à la fin de ses études, il travaillait pour une société locale spécialisée dans l'ADN et partageait un appartement en sous-sol avec un homme mince et pâle d'une vingtaine d'années, peu bavard, qui préférait la compagnie des ordinateurs à celle de ses congénères. La mère avait été intriguée par le travail de son futur mari – *Tu fabriques de l'ADN ?* lui avait-elle demandé. *Qu'est-ce que t'es ? Une sorte de sorcier maléfique ?* – et, ravi de ces questions, il avait répondu en usant et abusant de jargon technique et de parler laborantin, ce à quoi elle avait réagi en plissant les yeux et en opinant, avant de le bombarder d'autres questions. Et en effet, oui, il était venu à ses expositions et s'était délecté de son travail, autant qu'il était possible pour un technicien d'ADN de se délecter. Oui, il avait été chic. Il avait passé un bon moment. Mais ce qui la fit finalement tomber amoureuse de lui, c'est une chose qu'il appelait son Dossier.

Tu veux voir mon Dossier ? lui avait-il demandé un soir tandis que son colocataire assassinait en silence des ninjas sur son ordinateur, un casque sur les oreilles, parce qu'il était, somme toute, poli. L'ordinateur de son futur mari se trouvait de l'autre côté du salon, il la fit s'asseoir sur ses genoux avant d'ouvrir un petit dossier jaune sur son « bureau » qui indiquait contenir plus de quatre-vingt mille éléments.

C'est là que je garde toutes les pépites trouvées sur Internet, déclara-t-il avant d'entreprendre de passer en revue, un par un, tous les éléments du dossier sans donner un mot d'explication. Défilèrent alors un court clip d'une femme nue pétant dans un gâteau au chocolat recouvert d'une bonne couche de glaçage ; un adorable chiot blanc photoshopé avec des yeux et des dents d'humain ; un homme nu masqué urinant sur une grosse pile d'animaux en peluche ; un gros chat marchant sur un tapis de course ; un vieil homme avec un cactus dans les fesses ; un homme, sur une plage, le corps couvert de tranches de pain, entouré d'une horde de mouettes ; un paresseux assis à une table d'écolier, un cahier ouvert devant lui ; des sex-dolls, des furries ; des petites personnes bizarres et de petites situations bizarres, inexplicables, drôles, déroutantes, inquiétantes ; et son préféré à elle : deux Japonaises nues accroupies en train d'uriner sur une petite pieuvre, qui, naturellement, se tortillait sur le sol pour s'éloigner.

Waouh ! s'exclama-t-elle.

Pauvre poulpe, fit-il.

Pourquoi elles font ça ?

Je suppose que c'est leur truc, répondit-il. Je n'en ai vraiment aucune idée.

Bien que quelqu'un d'autre eût pu être choqué ou effrayé par un tel panorama d'expériences humaines, elle non. Au contraire, elle se pâmait lorsque son mari, qui n'était alors qu'un inconnu qu'elle avait rencontré par hasard et qu'elle apprenait à connaître, disait des choses telles que *Regarde ces êtres étranges* – sans une once de jugement ou de dédain, rien d'autre que de la fascination pure, de l'émerveillement pur. C'est cet émerveillement qu'avait aimé la mère alors, et qu'elle continuait d'aimer passionnément : quel bonheur que de trouver une personne qui se réjouissait de toutes les aberrations et bizarreries du comportement humain. C'était sans doute la plus belle qualité possible, avait-elle compris à cet instant, là sur ses genoux, et elle décida de l'épouser.

Alors, certes, il était ingénieur, mais il avait aussi un Dossier, et une collection d'animaux en peluche déglingués sur sa commode (certains la tête à l'envers sur le corps), et une grenouille carnivore nommée Hopkin dans un aquarium près de son lit. Depuis qu'elle était tombée amoureuse de lui, la grenouille avait trépassé et il avait changé de travail, mais le Dossier était toujours là, même si cela faisait bien longtemps qu'ils ne l'avaient regardé : elle ne supportait plus ce qu'il contenait depuis qu'elle avait eu le bébé. Le reste de l'humanité et ses bizarreries étaient trop, beaucoup trop pour elle désormais, étant donné le nouveau poids considérable d'humanité qui était entré dans leur maison avec l'arrivée de leur fils.

Elle n'était plus bien reposée, bien nourrie, ni bien tout court. Elle était fatiguée, grincheuse et elle se faisait du souci pour son corps, était-il en train de changer et que signifiaient ces changements ? Et elle redoutait les nuits, ces longues nuits noires, se promettait de ne pas crier si le garçon se réveillait, puis voilà qu'elle criait quand même, puis demandait pardon, en le prenant contre elle, murmurant *Shhh*, *Je suis désolée*, *Tout va bien*.

Le truc, c'était qu'elle était tellement, tellement fatiguée.

Tu devrais vraiment arrêter de t'inquiéter pour cette histoire de poils, ou je ne sais quoi, et plutôt organiser ta semaine, conseilla son mari juste avant de repartir, au terme des quarante-huit heures qu'il avait passées à la maison ce week-end-là. Structure les choses, tu vois ? Fais des projets. Décide d'un programme. Envisage ça comme si c'était ton boulot. Le bonheur est un choix, tu sais, conclut-il.

Elle voulut dire quelque chose, ou peut-être le gifler, mais au lieu de cela elle décida de prendre sa suggestion à cœur. Il voulait seulement le meilleur pour elle. Il avait peut-être raison.

Ainsi, même si on était déjà à nouveau lundi et que, oui, son mari était déjà reparti, elle allait choisir que cette semaine se passe sous le signe du bonheur. Elle était déterminée à mettre un terme à ses obsessions, à ses pensées négatives, à cette idée de transformation en chien (même si l'épaisse plaque de poils gagnait du terrain), aux scénarios catastrophes, tendances hypocondriaques et recherches sur Internet. Elle concocta un programme pour la semaine. Planifia les repas.

Puisque le bonheur était un choix, aujourd'hui elle choisissait le métier de mère. Aujourd'hui, elle choisissait l'art. Aujourd'hui, elle fusionnerait magnifiquement les deux et, ce faisant, rencontrerait le bonheur. Elle adorait son attitude positive ! Elle consacrerait toute la matinée à son enfant sans regarder son smartphone, les jeux du petit la passionneraient et, ensuite, à l'heure de la sieste, elle sortirait son matériel longtemps remisé et se laisserait inspirer, commencerait à travailler sur quelque chose de nouveau. Le fait qu'elle n'ait pas de projet en tête, soit restée sans inspiration depuis des années, ait peur d'ouvrir le placard où étaient rangés ses anciens projets et ses fournitures – tout cela était idiot. Il fallait juste qu'elle y croie. Qu'elle croie en elle-même. Y consacre du temps.

Une fois, à l'université, elle avait conceptualisé toute une installation nocturne en plein air pour laquelle elle aurait transformé une aire de jeux locale en une sorte de merveilleux cauchemar. Elle souhaitait recouvrir le dôme géodésique d'escalade d'une immense jupe à volants et placer, à son sommet, une amie déguisée en grand lapin blanc, laquelle semblerait vêtue de l'immense jupon. Les balançoires évoqueraient les queues touffues et frétillantes d'animaux invisibles. Elle aurait recouvert les barres métalliques du portique de tissus iridescents afin d'évoquer quelque chose de reptilien. Transformé la principale structure de jeux en une bête à plusieurs têtes, jambes et bras, de la gueule de laquelle sortiraient – couverts de paillettes et de confettis qui se déposeraient sur eux pendant la descente – les spectateurs assez téméraires pour faire un tour sur le toboggan. Elle avait cependant eu l'impression que ses professeurs et camarades de classe ne trouvaient pas ce travail assez sérieux. Les paillettes. Aussi, lorsqu'elle postula à d'autres programmes dans le but de poursuivre ses études d'art, elle insistait toujours, dans sa lettre de motivation, sur son *éducation singulière*, *l'esthétique campagnarde* de sa famille, sa proximité avec les traditions populaires, son désir *de transformer et d'élever* les compétences rurales et le savoir-faire domestique traditionnels en art. Une fois admise, avec une bourse reposant sur son éducation stoïque de fermière des Appalaches – vie qu'elle n'avait jamais cessé de fuir depuis son plus jeune âge mais dont elle tira parti dès lors qu'elle comprit que ce pouvait être un atout, bref, passons –, elle entreprit de collectionner les nombreux animaux tués sur les routes autour de son université.

Elle récupérait les corps brisés de cerfs, de ratons laveurs, de lapins, de coyotes, et débarrassait les os de la chair pourrie, les nettoyait, les blanchissait, les ponçait et les polissait, vêtue d'une combinaison de protection intégrale et d'un monstrueux masque à gaz pour empêcher la poussière d'os d'atteindre ses vêtements, ses poumons. Elle creusait les ossements avec des outils de bijoutier, puis plaquait les parties internes d'or ou d'argent. Quand elle en avait les moyens, elle y incrustait des pierres précieuses. Elle se promenait dans les forêts du coin, à la recherche de cerisiers, de noyers et de pins, coupait des branches et les emportait pour les faire sécher. Elle lissait et sculptait alors le bois, qu'elle combinait aux ossements, à des éléments en métal et même à des morceaux de fourrures, tout ça pour créer des squelettes d'animaux singuliers, mythiques. Son travail lui valut de nombreux éloges. Quel sens artistique !

s'exclamèrent ses enseignants. Rendez-vous compte de l'ensemble des compétences requises pour préparer les os, les parfaire, y ajouter des métaux fins et des pierres précieuses ! Elle avait non seulement créé des pièces vraiment imaginatives et originales, mais fait preuve, également, d'une excellente maîtrise d'un large éventail de techniques sophistiquées.

Mais là, plus rien. Pas la moindre impulsion créative, malgré ses tentatives. Pendant sa grossesse, durant les nuits blanches du dernier trimestre, elle était restée scotchée à son portable pendant des heures, obsédée par ce que certains appellent des artistes de performance mais qu'elle préférait considérer comme des personnes *profondément engagées dans l'expérimentation artistique en temps réel.* Elle avait lu l'histoire de ce couple marié qui s'était lancé dans un vaste projet d'opérations de chirurgie plastique dans le but de se ressembler ; l'homme s'était fait poser des implants mammaires, la femme sculpter le nez pour qu'il corresponde à celui de son mari. C'était le projet de toute une vie, pas tout à fait du « *performance art* », quelque chose de plus profond, quelque chose qui visait à effacer la frontière entre la vie et l'art.

La mère avait alors commencé à se passionner pour cette idée – l'absence de frontières – et poursuivi ses recherches, notamment sur ce performer d'Europe de l'Est qui, après avoir débuté sa carrière dans un cirque itinérant, avait entrepris de créer ce qu'il appelait des « expériences de vie performatives » : une période de silence de trois ans, vivre nu dans la vitrine d'un magasin pendant un mois et, la plus célèbre, provoquer sa propre amnésie et travailler pendant des années pour retrouver les détails de son passé.

Et que dire de cette Française qui avait engagé des détectives privés pour suivre ses amants et créé ensuite des expositions d'art entièrement consacrées à ce projet ? Elle était allée jusqu'à exposer ses propres bilans psychiatriques, effectués par un médecin, dans certains des musées les plus prestigieux d'Europe !

Elle avait rêvé de mettre en scène la naissance de son enfant comme un happening artistique. Pourquoi ne pas installer une piscine vitrée dans un atelier où le public la regarderait pousser l'enfant hors de son corps tandis qu'elle accoucherait stoïquement dans l'eau ? Ou accoucher dans un amphithéâtre d'anatomie, les habituels étudiants remplacés, dans les gradins, par le public ? La performance serait un « *on-call event* », c'est-à-dire réservée à un public qui serait d'accord pour être d'astreinte, pour se rendre disponible de jour comme de nuit pour y assister.

Mais elle s'était dit qu'un tel spectacle serait plus adapté à un deuxième enfant, quand elle saurait à quoi s'attendre, et elle avait abandonné un peu l'idée, puis le bébé était né, et l'idée s'était retrouvée définitivement reléguée aux oubliettes.

Elle regardait son fils jouer sur le sol de la cuisine avec un cuit-vapeur en inox qui ressemblait, fermé, à un vaisseau spatial et, déployé, à une grosse fleur métallique. Le petit éternua, puis rit. Il était son unique projet. Elle avait produit l'ultime œuvre de création, et à présent il ne lui restait plus rien. Le maintenir en vie – voilà le seul geste artistique qu'il lui restait.

Aujourd'hui, cependant, elle était déterminée à faire plus. À commencer par le commencement. À revenir à l'essentiel. Peu importe.

Elle scotcha de très grandes feuilles de papier sur le sol de la cuisine et sortit du placard les peintures à doigts. C'était juste après le petit déjeuner, et le temps était radieux. Le garçon semblait fatigué – il posait souvent sa joue par terre pour regarder les roues des trains qu'il poussait tourner le long des rails –, mais ils avaient juste besoin tous les deux de quelque chose de nouveau, de rigolo.

Elle lui enleva son haut de pyjama et déchira sa couche détrempée.

Tu veux peindre ? demanda-t-elle en montrant une assiette remplie de toutes les nuances de peinture à doigts.

Tu peux y mettre les mains, les pieds, proposa-t-elle. Il avança un pied vers l'assiette et regarda sa mère d'un air interrogateur.

Oui ! l'encouragea-t-elle en souriant. Elle plongea sa propre main pour lui montrer, puis la tapota sur le papier par terre.

Il trempa ses orteils dans la peinture, puis se pencha en avant et frotta ses paumes dans les couleurs.

Oui ! s'écria-t-elle.

Son visage s'illumina de joie tandis qu'il tamponnait ses mains sur le papier, puis il posa tout le pied dans l'assiette, fit un pas en arrière, glissa, tomba et se rattrapa, non sans se mettre de la peinture sur les joues. Il riait, et elle aussi. Elle l'aida à se relever puis lui montra les empreintes de main qu'elle venait de lui laisser sur le ventre en le relevant, et il plongea les doigts dans les cheveux de sa mère.

C'est bon, fit-elle en les retirant. C'est bon.

Debout, le garçon se mit à hurler d'excitation et courait en rond, secouant ses mains et projetant des gouttelettes de peinture sur les chaises, les rideaux, la cuisinière.

Sur le papier, chéri, dit-elle. C'est amusant, non ? Oui. Mais sur le papier.

Il sauta dans l'assiette, puis sur le papier, puis sautilla comme un lapin sur le parquet, attrapa un torchon et le lança en l'air de toutes ses forces.

Sur le papier ! Sur le papier ! répétait-elle en essayant de l'attraper, puis elle glissa elle aussi, s'agrippa en tombant à la porte ouverte d'un placard, qu'elle arracha net de ses gonds.

Le garçon se roulait sur le papier, dans la peinture, se gondolant de rire. Puis profitant qu'elle examine la porte du placard et ses charnières, il s'échappa dans le salon.

Non ! cria-t-elle, gentiment.

Il riait, ravi du jeu, et elle, le visage très, très sérieux des situations très, très sérieuses, lui dit : Je ne rigole pas. On ne joue pas.

Pas jouer ? demanda-t-il, nu, barbouillé de peinture.

Noooonnnn, elle l'avertit en s'approchant de lui, sourcils haussés et bouche pincée façon maman sévère. Pas un jeu. Tu en mets partout ! Restons dans la cuisine.

Elle alla pour l'attraper par le bras, mais il hurla et se propulsa sur le canapé, grimpa sur les gros coussins et se blottit derrière son préféré.

Après le bain, elle passa le reste de la matinée à nettoyer la peinture sur le sol, les chaises, la cuisinière, les placards, le tapis, le canapé, pendant qu'il regardait des dessins animés. L'heure de la sieste, se disait-elle en nettoyant, vivement l'heure de la sieste.

Après le déjeuner, elle coucha le petit pour la sieste dans leur lit, lui lut des livres, le câlina et lui chanta des chansons jusqu'à ce qu'il reste immobile allongé sur le dos dans un enchevêtrement de draps, les lèvres en forme de bouton de rose à peine entrouvertes, ses longs cils sombres tressaillant au gré des rêves.

En vérité, c'était sa faute s'il avait besoin d'elle à côté de lui pour s'endormir, sa faute s'il dormait encore avec elle pour commencer. Quand il était bébé, elle l'avait allaité la nuit chaque fois qu'il pleurait. C'était si facile. Allongés sur le côté, face à face dans la chaleur et l'obscurité, le bébé accroché à son mamelon, ses petites mains douces posées sur sa poitrine. Elle s'endormait tandis qu'il tétait, et il s'endormait tandis qu'il tétait, il roulait alors sur le dos, une goutte de lait ruisselant de sa bouche entrouverte. La nuit devenait alors calme, épaisse, et ils dormaient et dormaient jusqu'à ce qu'il se réveille à nouveau. C'était si facile. Si agréable.

Une facilité source de bien des mauvaises habitudes. Elle aurait dû l'entraîner au sommeil, l'obliger à dormir dans son lit à barreaux, dans sa propre chambre. Elle aurait dû le laisser pleurer. Elle aurait dû l'allaiter quand il se réveillait, plutôt qu'avant qu'il ne s'endorme. Elle n'aurait jamais dû le câliner au moment de le coucher. C'était écrit dans tous les livres. Elle avait tout fait de travers. Franchement, elle ne pouvait s'en prendre qu'à elle-même.

Cela faisait une heure qu'ils étaient au lit quand elle s'endormit, elle aussi. Elle se réveilla groggy, paniquée, lourde du poids de son ambition, de son échec, si lourde qu'elle pouvait à peine se hisser hors du lit. Il était 16 heures, et la journée était fichue. Elle grogna et se dit qu'elle réessaierait demain, maigre réconfort.

Pour le dîner, elle prépara le repas qu'elle avait prévu – un pain de viande à la dinde rempli de légumes râpés, des pommes de terre rôties et une salade verte – et, alors que la semaine précédente le garçon avait aimé toutes ces choses, là, il refusa de les manger, hurlant Macaronis, macaronis ! jusqu'à ce qu'elle cède et lui prépare un gratin de macaronis et des petits pois. Il mangea deux bouchées de chaque plat, avant de jeter le reste par terre.

La lumière en cette fin d'après-midi colorait tout de tons mélancoliques – les morceaux gélatineux de nouilles abandonnés dans l'assiette en plastique, les petits pois vagabonds sous sa chaise haute, le fouillis de marionnettes et de voitures miniatures éparpillées sur le plan de travail et autour de la gamelle du chat. Dans ces moments-là, elle pouvait presque toucher sa solitude, comme un deuxième enfant.

Comment tenir encore ne serait-ce que deux ou trois heures ? Où trouver la force de lire cinq livres, inventer une histoire pour le coucher, rester à côté de lui dans le lit, une heure, deux heures, en attendant qu'il s'endorme ? Elle se sentait si fatiguée, malgré sa sieste. Les sentiments ne sont que des choses irréelles qui traversent une personne, n'est-ce pas ? C'est ce que disait son mari. On pouvait choisir de prêter attention ou non à ces sentiments. Elle se dit qu'il fallait qu'elle soit comme un observateur détaché de son paysage émotionnel. Dans sa tête, elle répéta l'expression « paysage émotionnel » et le visualisa, là, une silhouette grise sur un ciel tout aussi gris. Elle fit couler le bain. Elle lut les livres. Elle raconta les histoires. Elle s'allongea dans l'obscurité, à attendre, attendre.

Ce soir-là, alors qu'elle attendait que le petit s'endorme à côté d'elle dans le lit, son mari, lui, se prélassait dans une chambre d'hôtel quelque part, en train de bouquiner, de regarder la télé ou de jouer à des jeux vidéo, son repas apporté par le room service sur un plateau qu'on poserait sur le lit. Même s'il travaillait sur des tableurs ou remplissait des rapports de service sur son ordinateur, cette image de lui, là, seul, dans ce lieu paisible, lui semblait le summum du luxe et de l'exotisme. Dans ses moments les plus sombres, elle se disait que son mari appréciait plus que tout ces moments loin d'eux et que sûrement il ressentait un immense soulagement chaque lundi lorsque venait l'heure de reculer la voiture dans l'allée devant la maison. Quatre nuits entières de sommeil ininterrompu ! Des rideaux occultants ! Une tâche précise et faisable à accomplir ce jour-là ! Un chèque à la fin de la semaine !

Lui arrivait-il de s'absenter une journée de plus que nécessaire ? De retarder son départ de Saint-Louis ou d'Indianapolis pour prendre un café dont il n'avait pas besoin ? Elle sentait la colère monter en elle en l'imaginant dans un café, traînant sur Internet. Non, il devait partir dès qu'il avait terminé. Il devait se lever tôt –

aussi tôt qu'elle – et travailler vite pour se dépêcher de rentrer à la maison. C'est ce qu'elle ferait, elle, si elle était en déplacement.

Son problème était qu'elle pensait trop – les fameuses « pensées toxiques » – alors elle essaya d'arrêter, mais cela lui demandait un effort presque physique.

Était-ce sa faute si son mari gagnait plus d'argent ? Si la logique voulait qu'elle quitte son emploi et non lui le sien ? Sa faute s'il était toujours absent, faisant d'elle, de fait, une mère célibataire la majeure partie de la semaine ? Sa faute si elle trouvait que jouer aux petits trains était vraiment, mais alors vraiment, barbant ? Si elle mourait d'envie d'être stimulée mentalement, ne serait-ce qu'un tout petit peu, de pouvoir retourner à ses piles de livres, à son placard depuis longtemps abandonné de projets inachevés, d'avoir un après-midi entier que pour elle ?

Était-ce sa faute si, alors même qu'elle cherchait à être stimulée mentalement, elle demeurait dans l'incapacité d'échafauder la moindre pensée ou opinion originale ? En fait, elle ne s'intéressait plus à rien. La politique, l'art, la philosophie, le cinéma, tout cela l'ennuyait. Elle avait soif de ragots et de télé-réalité.

Était-ce sa faute si elle se détestait en raison de son penchant pour la télé-réalité ?

Sa faute si elle avait gobé le mythe sociétal populaire selon lequel il suffisait à une jeune femme de faire des études supérieures pour s'affranchir des séculaires contraintes liées à la maternité, qu'il suffisait de faire carrière pour retourner facilement au travail après avoir eu un enfant et éviter les corvées qu'avaient connues les générations précédentes ? Non, avoir un enfant représentait en réalité une immersion dans le travail, une somme de travail inimaginable, une multiplication exponentielle du travail, vertigineux, si vertigineux, tant physiquement que psychiquement (surtout psychiquement), que même la personne la plus saine d'esprit pouvait se retrouver à genoux devant une telle charge, une charge de travail qui opposait l'ambition à la biologie, le carriérisme à l'instinct, qui exigeait de la mère moderne qu'elle soit moins animale si elle voulait être heureuse, parce que – c'est bon, quoi – nous sommes évolués et civilisés, et, sérieusement, c'est quoi ton problème, là ? Ressaisis-toi. C'en est gênant.

En fait, en y réfléchissant, ce n'était pas juste de la traiter de *night bitch*, de chienne, de garce en somme. Une telle injure sexiste ne tenait pas compte du fait qu'elle avait fabriqué un enfant avec son propre corps, qu'elle avait nourri la multiplication de ses cellules pendant des mois et des mois à son détriment, au détriment de son poids, de son sex-appeal de jeune femme, toutes choses qui n'étaient pas supposées avoir d'importance. Une vraie féministe n'en a que faire de l'aspect physique, d'être mince, de plaire aux hommes cis-hétéronormatifs, et, en vérité, elle ne s'en souciait que très peu ; en revanche, elle se souciait de se trouver sexy à ses propres yeux. C'est juste qu'une personne a une certaine idée d'elle-même, une certaine vision pour elle-même, et sa vision pour elle-même n'avait pas été d'être une mère, mais maintenant qu'elle en était une, elle ressentait très fortement le besoin d'appartenir à la catégorie des mamans canons.

Mais il n'y avait pas vraiment de mot équivalent à *bitch* pour rabaisser les hommes, si ?

Si elle était cette garce, cette Nightbitch, son garçon était-il alors un petit salopard quand il la regardait droit dans les yeux avant de renverser un bac entier de jouets tout juste ramassés, sa seule explication après coup étant *macaronis* ? Non.

Et son mari était-il, quant à lui, un enfoiré de geek quand il passait la nuit à essayer de faire passer son Seigneur des Abîmes au niveau supérieur, compromettant ainsi la possibilité d'une vie sexuelle satisfaisante, en raison de son absence du lit mais aussi du fait qu'il jouait à des jeux vidéo ? *Était-il un enfoiré ?* Peut-être.

Bitch avait une tonalité particulière, comme d'une chose inéluctable, une condamnation, toutes choses que *fucker* ou *asshole*, que salaud ou enculé, n'évoquaient pas pour un homme. *Bitch*, chienne, salope : simple, cinglant, définitif. Elle imaginait un fonctionnaire qui, dans une petite ville, s'ennuyait, dans son petit bureau minable à la moquette couleur rouille et aux néons clignotants, tamponnant d'un bruit métallique d'inutiles documents officiels. *Bitch. Bitch. Bitch.* Merci. Bonne journée.

La maison attendait silencieuse et propre, les taches de peinture du jour un lointain souvenir. L'enfant, à côté d'elle dans le lit – baigné non pas une mais deux fois, car il fallait lui donner un bain à la mi-journée mais aussi le soir pour le calmer, pour essayer de l'apaiser jusqu'à ce qu'il s'endorme par tous les moyens qu'elle pouvait trouver –, était, enfin, glorieusement endormi. Elle sortit tout doucement du lit et descendit l'escalier pour aller à la salle de bains. Elle s'était fait mal au coccyx en tombant tout à l'heure, ou bien l'étiquette de son pantalon lui irritait le bas du dos. En proie à une gêne indistincte mais lancinante, elle posa sa main sur la base de sa colonne vertébrale, et sentit sous ses doigts une grosseur boursouflée, puis, en vérifiant dans le miroir, elle remarqua comme une petite protubérance, chaude au toucher.

Elle appuya deux doigts sur la zone à la base de sa colonne vertébrale et grimaça de douleur, puis elle se tourna à nouveau pour l'examiner dans le miroir et, comme elle ne parvenait pas à la voir d'assez près, elle sortit un petit miroir qui ne lui apporta que peu d'éclaircissements sur la nature de la bosse, alors elle décida de la photographier avec son portable mais, après plusieurs tentatives, vit qu'elle n'obtenait guère plus qu'une tache rouge floue sur l'écran. Elle crut sentir un poil qui dépassait de la bosse et décida de l'épiler pour soulager l'impression de gêne, et elle s'y attaqua donc à l'aveuglette pendant un certain temps, ne faisant qu'exacerber la douleur et provoquant le suintement de la chose.

Et puis merde, s'exclama-t-elle avant d'aller chercher dans le placard de la chambre d'amis sa boîte d'outils pour artiste. À peine eut-elle soulevé le couvercle que l'odeur âcre des peintures et des mastics ainsi que les effluves nocifs des vieilles colles la calmèrent et la transportèrent vers ces longues heures passées seule, les doigts sales et endoloris, vêtements maculés d'éclaboussures d'argile, de peinture et de colle. Elle inspira profondément, enivrée, avant de se blinder contre les larmes qu'elle sentait monter en elle et sourdre de son désir enfoui de retourner à ses projets – n'importe quel projet –, et de la frustration d'en être incapable. Elle fouilla en vitesse un plateau peu profond à la recherche d'un cutter X-Acto bien tranchant, le lava dans l'évier de la cuisine avant de le tenir au-dessus d'une flamme sur la gazinière. Dans la salle de bains, elle passa la lame sur la bosse rouge et ressentit un soulagement immédiat lorsque celle-ci s'épancha. Elle appliqua un gant de toilette chaud sur la grosseur, en appuyant pour drainer le liquide, puis la tamponna avec une serviette. Un nouvel examen révéla que la bosse avait dégonflé. Une touffe de poils dépassait de l'incision. Un seul mot lui vint à l'esprit : *queue*.

Tu dois consulter un professionnel de santé, lui dit gentiment son mari. Je n'arrive pas à croire que tu aies entaillé le kyste. C'est dangereux.

OK, mais peux-tu s'il te plaît aborder le fait que j'ai une queue ?

Il éclata de rire. Il rigolait toujours des choses qu'elle disait.

Je n'appellerais pas ça une queue. Les kystes dans cette région du corps sont connus pour contenir des poils.

Elle savait tout sur ces kystes-là. Situés au sommet du coccyx, ils se nommaient kystes pilonidaux, étaient plus fréquents chez les jeunes hommes, et contenaient souvent des poils et des résidus de peau. Elle avait, bien sûr, googlé tout ça, vu des photos et des vidéos qui montraient comment les drainer et les retirer, mais aucun de ces kystes ne ressemblait au sien, petite touffe de poils noirs qui résistaient à l'épilation et qu'elle pouvait presque imaginer agiter quand elle était contente, même si chaque fois que l'envie lui en prenait elle la réprimait aussitôt, car c'était trop étrange d'imaginer pareille chose : *remuer la queue.*

En réalité, pour être tout à fait honnête, elle s'autorisait à le faire mais une seule fois par jour. Jamais plus. Sinon qui sait les autres changements qui pourraient survenir si elle cédait à ces pulsions ? Qui sait ce qui se produirait si elle donnait libre cours à ses désirs de remuer la queue, de lécher avec amour les délicats cheveux de son fils, de tourner en rond et piétiner les draps avant de s'y lover, menton posé sur les avant-bras, et de s'endormir ?

Non, elle ne se transformait pas en chien. N'avait pas de queue. Ses dents n'étaient pas devenues pointues. Et les poils qui couvraient maintenant entièrement sa nuque n'étaient pas de la fourrure. Son mari voyait juste, et elle devait impérativement se raccrocher à la raison dans des moments comme celui-ci. Non, elle ne pouvait tout simplement pas se permettre d'imaginer des choses aussi fantaisistes, et elle s'en abstenait, sauf le soir, lorsque le petit dormait, et qu'elle s'asseyait et haletait à la fenêtre, fixant l'immensité de la nuit noire.

Le matin suivant, elle fit ce que toute personne raisonnable aurait fait, et se rendit à la bibliothèque. Peu importe que sa dernière douche remonte au week-end et que nous soyons déjà en milieu de semaine, peu importe que ses cheveux, inexplicable mélange de racines grasses trop épaisses pour y passer les doigts et de pointes fatiguées, ondulées comme de l'herbe sèche, bruissent autour de son visage dans un friselis de feuillage d'automne. Et c'était sans parler de ses cernes noirs, lesquels résistaient à toutes les formes d'anticernes – sûrement génétiques selon elle, même si son père et sa mère en étaient dépourvus – et qui avaient comme effet malheureux de donner l'impression que la mère avait les deux yeux au beurre noir, ou une leucémie.

Elle n'avait (évidemment) pas bien dormi la nuit précédente, en raison de ses angoisses – Une *queue* !? Vraiment ??? –, et il fallait donc impérativement qu'elle aille à la bibliothèque trouver des livres pour calmer les théories et diagnostics qui fusaient dans sa tête. Internet était vraiment un endroit horrible, n'est-ce pas, avec ses informations sans fin, puits sans fond de termes de recherche, d'images, de vidéos, d'articles, de bases de données, de forums de discussion et de quizz, pour déterminer si oui ou non vous aviez une leucémie. La mère n'avait aucune idée avant la veille au soir que la phrase de recherche *On dirait que j'ai reçu un coup de poing dans les deux yeux* produirait non seulement une liste des sept blessures oculaires les plus courantes, mais aussi une multitude d'études sur les lésions cérébrales traumatiques, les commotions cérébrales et les maux de tête chroniques. Plus loin encore dans la recherche, elle avait fait défiler les allergies – au pollen, à certains aliments, aux solvants, à la pollution ambiante – puis les sensibilités et inflammations, pour enfin arriver aux maladies auto-immunes, à ces femmes malades sans raison médicale apparente, à ces douleurs, ecchymoses, courbatures et anxiétés sans cause, aux femmes qui souffraient de toutes sortes de façons, qui étaient consumées par leur corps et qui, ne trouvant personne vers qui se tourner, se tournaient les unes vers les autres, chacune face à son petit rectangle de lumière bleue.

Oh, doux Jésus, pensa la mère dans son lit. Oh, doux, doux Jésus, elle ne voulait pas faire partie de ces mères malades et angoissées qui, au milieu de la nuit, discutaient sur Internet de poils qui sortent de leurs kystes, de pores desquels elles tiraient des espèces de longs filaments, de microplastiques qui se déploient dans un bouton d'acné, *preuves photographiques à l'appui !*, et ainsi de suite. Elle ne voulait pas être une de ces femmes qui ont un *truc* inconnu, qu'on regarde en coin ou de manière dubitative. Ce serait tellement plus facile d'avoir deux yeux au beurre noir, ou quelque chose de facilement identifiable, une maladie connue, une blessure, une fracture, n'importe quoi de visible et de compréhensible, quelque chose dont l'explication serait comme inscrite dans sa chair et montrable à quiconque demanderait *Qu'est-ce qui ne va pas ?* N'importe quoi qu'on pourrait montrer du doigt pour ensuite s'exclamer *Aha ! c'est sûrement ça la cause de tout !*

Ainsi, comme son état était à peu près sous contrôle et n'appelait aucune mesure d'urgence, la meilleure chose, lui sembla-t-il, était d'aller se calmer à la bibliothèque, ce haut lieu de la recherche et de la réflexion, de choses qui avaient été écrites et réécrites, vérifiées, passée au crible par un certain nombre de personnes intelligentes ou non, avant que l'on investisse dans ces pensées et ces mots, dans leur diffusion auprès des masses. La bibliothèque était un baume. Elle pouvait presque sentir son cœur ralentir tandis qu'ils s'en approchaient, elle et le petit. À l'intérieur, elle inspira profondément l'air parfaitement non parfumé.

Elle choisit un texte médical sur les kystes, en particulier ceux appelés kystes dermoïdes, qui contenaient, en de rares occasions, des poils, des dents, des yeux. Elle voulait voir toutes les choses abominables qu'un corps était capable de fabriquer, et se mit à imaginer des dents jaillissant du kyste sur son dos comme si elles étaient produites à la chaîne, une à une, les unes derrière les autres. Elle avait repéré un autre livre à emprunter dans la base de données de la bibliothèque et elle le chercha à la hâte dans les rayonnages, car le petit était, comme on dit, en train de partir en vrille, là, au deuxième étage de la bibliothèque, pile à l'endroit où, selon le système décimal Dewey, se trouve Folklore etc., dans l'allée 350-412. Le garçon, couché par terre, tapait des pieds, il s'ennuyait et s'énervait dans la section *non-fiction.*

PaaaarrrtTTIIIRRR ! hurlait le garçon tandis qu'elle cherchait le livre en question, cherchait 398.3 WHI, le trouva et le tira à elle par la reliure abîmée. Elle sentit une douleur dans le dos en ramassant le petit pour descendre à l'espace réservé aux enfants où se trouvait la table avec les petits trains en bois. De là où elle était assise, à présent, et alors que son fils, désormais heureux, faisait des bruits de train, elle vit qu'une redoutable séance de lecture pour tout-petits se déroulait dans la salle d'activités.

Le souci, c'est qu'elle n'appréciait pas trop la compagnie des autres mamans. Bien sûr, si elle rencontrait par hasard une femme intéressante, drôle, belle et vive avec qui elle s'entendait bien, et qu'elle découvrait ensuite que cette femme était une mère, c'était très bien – plus que bien, même. Merveilleux. Une femme merveilleuse avec qui elle pouvait râler à propos des enfants. Une femme qui n'avait pas peur d'être un peu pompette en buvant du rosé un mardi après-midi. Même si jamais elle n'éviterait volontairement de se lier d'amitié avec une femme du fait que cette dernière était maman, l'idée de devoir être amie avec une femme simplement parce qu'elles avaient en commun d'être des mamans la rebutait. Se retrouver dans une pièce remplie de mamans accompagnées de leurs enfants la déprimait, les regarder tenir serré dans la main le petit sac contenant le goûter, à l'affût d'une odeur indiquant que la couche avait besoin d'être changée, brandissant un mouchoir en papier comme une arme tout en pourchassant le bambin pour le moucher. Ces mères qui, toutes, à tour de rôle, regardaient fixement au loin, dans le vide, pendant que leurs progénitures couraient, criaient, faisaient pipi dans leur culotte, se cognaient les unes aux autres, criaient plus fort encore, pleuraient, riaient, galopaient… Elle avait découvert qu'il était possible de reconnaître une mère à ce regard, qui ne traduisait pas seulement l'épuisement et l'ennui, mais quelque chose de plus. C'était comme si les mères regardaient fixement vers quelque chose qu'elles avaient perdu, quelque chose dont elles ne pouvaient même pas se souvenir. C'était quoi déjà… ?

Si elle connaissait si bien ce regard, c'est qu'elle-même était passée maître dans le domaine. Elle s'était surprise regardant dans le vide au moment de raconter une histoire, à l'aire de jeu, devant le petit train, les dessins animés. Un vide complet l'envahissait alors dont elle ne prenait conscience qu'une fois revenue à elle, là, à côté de son fils, tandis qu'il klaxonnait comme un camion.

C'est pourquoi elle était très rétive à l'idée de se faire des amies dans un contexte de mamans et voyait d'un œil mauvais les applaudissements et gazouillis qui emplissaient cette salle de la bibliothèque, les activités au sol qui seraient obligatoires, les séances de cache-cache et le jeu de la toile d'araignée, l'attitude joyeuse et positive elle aussi obligatoire. C'était l'univers par excellence de toute chose maternelle. Très peu pour moi, pensa la mère. Certes, elle était bel et bien une mère, mais pas *ce genre* de mère, le genre qui organise toute sa vie et son être autour de son enfant, qui remplit ses journées d'activités pour bébés, le genre qui se laisse emporter allègrement dans le grand courant maternel, qui navigue à travers les jours et les semaines au gré des horaires de la bibliothèque et des événements municipaux, qui échange des textos à propos de pataugeoires ou d'aire de jeux, qui partage des mises en garde concernant les tiques, ou les pesticides sur les fruits et les légumes. Et voilà qu'elles étaient toutes là. Elle les voyait à travers les vitres encadrant la porte. Ces mamans. Ces mamans tellement heureuses.

Et parmi elles, il y avait surtout la maman blonde – la *Grande Blonde*, pensait-elle chaque fois qu'elle l'apercevait à la bibliothèque ou au bord d'une aire de jeux ou en train de texter furieusement dans l'espace enfants de la galerie marchande – avec ses jumelles blondes bavardes à souhait, vêtues de petits pulls assortis adorablement brodés de cerfs et de hiboux, coordonnés à une jupe imprimée d'une scène forestière enchanteresse, parfaites petites nattes rassemblées en queue de cheval nouée d'un ruban de velours rose. Quand elles crapahutaient à quatre pattes, on entr'apercevait sous leur jupe une culotte couvre-couche jaune à volants, prénom brodé sur les fesses, *Celeste* pour l'une, *Aubergine* pour l'autre. Elle était la Ur-maman, accomplie, monumentale, en dépit du fait qu'elle avait donné le nom d'un légume à une de ses filles, oui mais ça faisait chic, *it is French*. Et elle s'en fichait en plus ! Pas l'once d'un sentiment de honte d'avoir affublé son enfant de ce nom ridiculement végétal, et la voilà qui souriait, riait aux éclats, papotait, câlinait, distribuait les en-cas et, d'une manière générale, participait plus que volontiers à tout ce à quoi il était possible de participer.

Et c'est là, à cet instant précis, que la mère, restée à bonne distance, observa une des jumelles de la Grande Blonde s'adresser à cette dernière en langage des signes de bébé, qui, à son tour, signa pour son autre fille, qui lui répondit de la même manière. Ensuite, la Grande Blonde serra les jumelles dans un gros câlin et le joyeux trio succomba à une crise de fou rire, après quoi la maman sortit de son sac à langer deux pommes rouges qu'elle tendit aux petites, qui regardèrent émerveillées les succulents fruits avant de croquer dedans à pleines gencives.

Et c'est alors que la Grande Blonde leva les yeux, aperçut la mère débraillée – cette maman à l'air fatigué près des petits trains, en tee-shirt froissé, pauvre chose, toujours seule avec son fils (une *merveille*), et ce regard étrange, mais pourquoi ne vient-elle pas se joindre au groupe ? –, lui fit un petit signe de la main et, après avoir adressé un mot rapide et enjoué à sa voisine de banc, sortit quelque chose du fond de son sac et se dirigea vers la mère, laquelle aussitôt plaqua sur son visage ce qui pouvait passer le mieux pour un petit sourire amical, tout en psalmodiant, à l'intérieur, *Merde merde merde merde merde.*

Oh, hellllooooo !!! gazouilla la Grande Blonde en approchant.

La mère pensa un instant qu'il s'agissait peut-être d'une véritable apparition, tant la Grande Blonde était parfaite, tant ses lignes étaient dessinées avec netteté. Elle était accompagnée, comme seules certaines femmes en sont magiquement capables, d'une expérience olfactive symphonique, un nuage parfumé qui la devançait même de plusieurs mètres, si délicieux que la mère eut la sensation d'un léger frétillement dans le bas du dos – horreur ! avait-elle remué la queue ?! –, et en oublia presque à quel point elle n'aimait pas trop cette femme, cette Grande Blonde, à présent un véritable festival olfactif ambulant : touche fraîche d'essence de lingettes pour sèche-linge qui émanait de ses vêtements sans doute lavés de frais, quelque chose de terreux mais aussi d'extraordinairement raffiné, comme un patchouli distillé dans quelque parfumerie française appliqué avec parcimonie au creux d'un poignet ou derrière l'oreille, et, en deçà de cette fragrance, le parfum sucré d'un bonbon rose à la fraise, un souvenir d'enfance, ce morceau de chewing-gum trop gros pour sa bouche, le jus sucré dégoulinant sur son menton. Le bracelet à breloques de la Grande Blonde tinta, et la mère sortit de sa rêverie sensorielle, assise à la table du petit train en bois, juste à temps pour afficher une grimace machinale et offrir un geste de la main.

Le garçonnet, jusqu'alors obnubilé par ses trains, leva la tête et offrit son propre petit geste de la main, une main sale, mais alors sale, et c'est alors que la mère prit conscience de la profonde saleté de son enfant, de ses cheveux en pétard et de son tee-shirt taché du jus de fruits du petit déjeuner, du pantalon distendu et flasque aux fesses à force d'être porté jour après jour, de la couche détrempée comme une serpillière. Et que dire de sa propre personne, qu'elle envisagea en sentant une vague de terreur, silencieuse, accablante, s'abattre sur elle. Avait-elle pensé à mettre de l'anticernes ? Du déo ? *C'était quand la dernière fois qu'elle s'était lavé la figure ?*

Hé, bonjour ! lança la Grande Blonde avec une aisance et une familiarité que la mère jalousait secrètement. Comment ça va ? On s'est déjà vues dans les parages, non ? demanda-t-elle, un doigt pointé vers elle-même, l'autre vers la mère, avant de les permuter dans un sympathique et rapide va-et-vient.

Il faut que vous veniez tous les deux à l'atelier pour tout-petits, ajouta-t-elle.

Oh, il est tellement obsédé par les trains, répondit la mère en indiquant d'un geste son fils, lequel avait déjà repris son jeu et klaxonnait bruyamment.

Oui, oui, bien sûr, je comprends. La prochaine fois alors… Ici, elle marqua une pause pour plus d'effet dramatique, et ajouta sur un ton de conspiration : Moi et les filles, on monte une nouvelle affaire. On vend des plantes médicinales ! C'est super excitant. Et, tu vois, tu as l'air d'être le genre de femme qui aime bien les plantes médicinales, non ? Genre, tout ce qui est naturel, bio et tout ça.

Euhhh, pourquoi pas, oui, pourquoi pas ! proposa la mère avec autant d'enthousiasme qu'il était humainement possible d'exprimer, comme si vendre des plantes médicinales était la chose la plus ordinaire qui soit, comme si elle savait exactement de quoi parlait cette mère, comme si, elle aussi, était excitée à l'idée. Elle était sur le point de s'enquérir davantage, parce c'était la réponse polie et normale à cette proposition, et qu'elle essayait vraiment d'être les deux, quand le couinement des jumelles de la Grande Blonde atteignit la table du petit train. À ce bruit, la Grande Blonde s'éloigna de la mère en reculant, leva les yeux au ciel façon de dire *Ah, les enfants, savez c'que c'est*, avant de lancer : J'dois y aller, mais on se reparle, d'accord ?

D'accord ! dit la mère, avec un enthousiasme qu'elle espérait crédible et amène.

La Grande Blonde lâcha un rire et fit un signe de la main avant de cavaler vers la salle des tout-petits pour prendre ses enfants sanglotants dans les bras et leur appuyer malicieusement sur le bout du nez.

Houhou ! cria le garçon. Hoooouuuu !

Chéri, dit-elle à son petit garçon tout cradingue, soudainement fatiguée, si fatiguée, et tellement impatiente de retourner au lit. Chéri, partons d'ici.

Ce soir-là, après une bonne heure de lutte pour que le garçon s'endorme enfin, la mère s'écroula dans le canapé, se frotta les yeux, puis fouilla le cabas de livres empruntés à la bibliothèque.

Toutes sortes de livres pour l'enfant remplis de camions de pompiers, de bus et de pelleteuses, mais aussi deux ouvrages pour elle, dont elle espérait qu'ils pourraient l'éclairer sur sa condition actuelle, bien qu'elle en doutât. Quelque chose, au moins, qui pourrait lui faire oublier les soucis qui la rongeaient – ses dents, qui devenaient, ou non, plus pointues, la queue, qui était ou non en train de poindre, et cette moquette de poils qui n'avait de cesse de gagner du terrain le long de sa nuque.

Le livre de médecine était trop cérébral, trop gros, composé dans un caractère trop petit, alors elle opta pour le second, *A Field Guide to Magical Women* (date de publication : 1978), dont la couverture était illustrée de toutes sortes de créatures fantastiques dans un style qui lui évoquait les années 1970, les couvertures des romans « Nancy Drew détective » et les films de série B, dessins à l'encre avec de grandes ombres et des bords comme floutés. Elle jeta un coup d'œil sur le dos du livre pour s'assurer qu'il s'agissait bien, oui, de *non-fiction*, ce qui lui parut curieux, puis elle ouvrit l'ouvrage aux premières pages.

Alors qu'elle avait supposé que *A Field Guide to Magical Women* était un recueil d'histoires ringardes sur les monstres femmes d'antan, elle vit, en le parcourant, qu'il s'agissait plutôt d'un guide pratique (comme son titre l'indiquait pourtant). L'auteur, Wanda White, écrivait : « Je suis partie à la recherche de femmes mythiques, enquête qui m'a fait voyager sur les sept continents et à laquelle j'ai consacré toute ma carrière professionnelle. Ce livre est l'aboutissement de ce travail. Si des collègues ont soutenu que le domaine dans lequel je travaille – à savoir l'ethnographie mythique – n'est pas un champ d'étude valable, je présente dans ces pages des données irréfutables qui contredisent leurs affirmations. »

« En comprenant les mœurs, régimes alimentaires et comportements de ces créatures, poursuivait-elle un peu plus loin, vous serez vous aussi en mesure de les rencontrer dans la nature et de faire l'expérience directe de leur magie. »

Dans l'avant-propos, Wanda White expliquait qu'elle s'intéressait aux « façons dont la féminité se manifeste à un niveau mythique », à « l'expérience de la maternité et la façon dont celle-ci vient compliquer, intensifier ou nier la féminité », et posait la question suivante :

> *Vers quelles identités les femmes se tournent-elles lorsque celles dont elles disposent sont défaillantes ? Comment les femmes étendent-elles leurs identités pour englober toutes les parties de leur être ? Comment font les femmes pour se tourner vers le monde naturel afin d'exprimer leurs désirs les plus profonds et leurs fantasmes les plus primitifs ?*

Il n'y avait pas de photo de l'autrice, juste une courte biographie à la fin du livre, selon laquelle « Wanda

White est titulaire d'un doctorat en biologie et enseigne à l'université de Sacramento. Elle a travaillé toute sa vie dans le domaine de l'ethnographie mythique. »

La mère considéra tout cela à la manière de quelqu'un qui observe une guérison miraculeuse ou le pitch commercial pour un appartement à temps partagé, c'est-à-dire avec un intérêt modéré, une bonne dose de perplexité et un scepticisme de bon aloi. Pourtant, elle poursuivit sa lecture.

Dans le premier chapitre, White expliquait que les Femmes-Oiseaux du Pérou vivent dans les hautes branches feuillues de la forêt tropicale, où elles construisent des nids complexes et ingénieux avec des bâtons et des roseaux. Des illustrations montraient un certain nombre de ces habitats, l'un d'entre eux une sphère avec un petit trou sur le côté perché à une vingtaine de mètres de haut, un autre une structure stratifiée comparable à certaines des plus belles créations de style *mid-century*. Les Femmes-Oiseaux se nourrissent de fruits et d'insectes et mangent généralement en groupe, partageant leur nourriture et piaillant pendant des heures. Les Femmes-Oiseaux ne naissent pas ainsi ; des plumes et un bec leur poussent à la soixantaine, à condition qu'elles ne se soient jamais mariées ni n'aient eu d'enfants. On ne sait pas exactement ce qui déclenche une telle transformation ; les habitants des petits villages péruviens expliquaient souvent la disparition des femmes célibataires âgées en disant qu'elles avaient cédé à « l'appel des oiseaux ». Ces villageois indiquaient la forêt et pointaient vers le ciel, puis battaient des bras. Les Femmes-Oiseaux passent la dernière partie de leur vie à voleter d'arbre en arbre, à émettre de magnifiques chants et à apprendre à voler. White prétendait avoir vu une fois une Femme-Oiseau exécuter ce qu'elle appelait le « vol du crépuscule », à la fois le premier et le dernier vol d'une Femme-Oiseau, car une fois qu'elle savait voler, son baptême de l'air la conduisait loin du nid qu'elle avait construit, vers l'horizon et une destination inconnue. Ce que White avait appris, c'est que les Femmes-Oiseaux qui savaient voler, une fois parties, ne revenaient jamais, et que les autres Femmes-Oiseaux passaient les jours qui suivaient le départ à chanter des airs qu'elle décrivait comme « des pleurs mélodieux, virtuoses, à l'égal de Beethoven ou de Mozart, s'ils avaient été des oiseaux ».

C'est tout ce que la mère parvint à lire avant de s'endormir, là, sur le canapé, où elle se mit à rêver d'un arbre rempli de feuilles et de chants d'oiseaux, d'un coucher de soleil pyrotechnique, puis d'une grande, profonde inspiration. Un plongeon. Absence de poids, de corps, plus rien à part le mouvement et le ciel. Une chute sans fin.

Le jeudi, elle se réveilla le cheveu sale, arborant la même brassière de sport qu'elle portait depuis trop longtemps (nuit et jour, jour et nuit), tandis qu'au même moment le petit corps à côté d'elle s'anima, quelle que soit l'heure, et il n'y avait pas moyen de faire autrement. L'avait-il déjà réveillée dans la nuit ? Deux fois ? Même trois ? Avait-il fait un cauchemar ? N'avait-il pas eu soif vers 3 heures du matin ? Perdu sa tétine ? Peu importe, l'enfant se levait avec le soleil. Mais elle restait couchée, paupières closes. Peut-être que si je ne bouge pas, il ne me remarquera pas. Elle cultivait toujours cet espoir, en vain. Il grimpa sur sa poitrine et fourra son visage dans le sien.

Mam, fit-il. D'bout. D'bout, d'bout, d'bout.

OK, dit-elle sans bouger.

Mam d'bout, répéta-t-il. Jouer trains.

Elle enfila le pantalon tirebouchonné qui traînait par terre et le seul haut encore à peu près mettable rangé dans la commode, dans un état de demi-sommeil. Le garçon, lui, était déjà en bas, dans sa couche de nuit bien pleine, devant les rails en bois qui jonchaient le sol du salon. Il posa sa petite joue douce sur le parquet frais pour regarder les roues des trains rouler.

Hooouuuu hooouuuu, klaxonna-t-il. Hoooooouuuuu.

Chaque matin, la même chose : 6 heures du matin, les rails sur le parquet, une grosse poêle sur la gazinière, une noix de beurre, des galettes de pommes de terre surgelées sorties d'un sac froissé du congélateur, une pincée de sel, un pot de yaourt pris dans le frigo, laver son bol en plastique posé dans l'évier la veille, laver l'assiette avec le tracteur car c'est la seule dans laquelle monsieur acceptait de manger, retourner les galettes de pommes de terre, remplir le bol, laver sa fourchette et sa cuillère, glisser les galettes dans l'assiette, l'assiette sur la petite table en plastique dans un coin de la cuisine. Lait ou jus de fruits, chéri ? Lait ou jus ?

Elle mangea une banane, et il en voulut lui aussi – pas une pour lui, non, la sienne à elle, enfin, ce qu'il en restait – parce que, oui, il avait encore faim. Il voulut appuyer sur le bouton du mixeur pour aider la mère à se faire un smoothie, mais comme il avait peur du bruit de la machine, il se jeta sur le sol de rage et de frustration, parce qu'il ne voulait pas que ce soit bruyant quand il appuyait sur le bouton alors même qu'il mourait d'envie d'appuyer sur le bouton.

Chéri, dit-elle, tu sais que c'est bruyant. Tous les matins, c'est bruyant.

Non, maman. NOOOOOOOONNNN, hurla-t-il.

Tous les matins, la même chose. Tous les jours, la même chose. Après le petit déjeuner, jouer avec les trains, lire un livre sur les trains, lire le même livre encore et encore, c'est la dernière fois, et encore une fois, d'accord, juste une fois, puis sortir, longer le pâté de maisons et traverser la rue fréquentée et courir à travers le parking de l'église jusqu'aux voies ferrées derrière la petite colline. Examiner les rails de chemin de fer. Passer au crible les pierres. Ne lance pas les pierres, chéri. Non, on ne les lance pas. Se tenir en équilibre sur les rails. S'agacer. Crier et lancer des pierres. Se calmer et parler des différents wagons de train. Est-ce qu'un train va bientôt arriver ? Elle ne savait pas. Il fallait simplement attendre et être patients.

Est-ce que c'était ennuyeux ? Oui, incontestablement, et elle aurait voulu que quelqu'un, n'importe qui, comprenne le caractère monstrueusement monotone de tout cela, la routine abrutissante, la façon dont son activité mentale commençait à ralentir à peine réveillée, chaque matin, où tout commençait avec de grands espoirs, des idées de projets artistiques, de l'énergie, une journée ensoleillée, un enfant heureux et des objectifs, avant que les espoirs se réduisent lentement mais sûrement à des considérations machinales sur ce qu'il y aurait *à manger* et ce qu'il fallait *laver*, la lente agonie de l'Emploi du Temps – l'heure du petit déjeuner, l'heure de la promenade, l'heure du déjeuner, l'heure de la sieste, l'heure du goûter, l'heure du caca, l'heure du dîner – ceci, puis cela, puis encore cela, jusqu'à ce que chaque pensée ait été vidée de sa tête et qu'il ne reste à la place que les sensations physiques de l'épuisement, une douleur dans le bas du dos, des cheveux gras, une sensation de ballonnement due à l'ingestion de trop de ces crackers en forme de poisson hyper riches en sodium. Elle parlait le bébé et posait constamment des questions sur le caca.

Popo dans le pot, proposait-elle quand le garçon avait mal au ventre. Il avait maintenant largement dépassé son deuxième anniversaire et aurait dû faire ses besoins sur le pot. Certes, il s'asseyait dessus volontiers, et elle lui lisait alors un livre intitulé *Petit Pot* qui parlait justement de faire caca sur le pot, mais, au moment de vraiment faire caca, il réclamait chaque fois une couche pour faire dedans.

Mais, chéri, essaie le pot.

Non ! Caca dans couche !

Elle lâchait alors un soupir.

OK. D'accord.

Elle lui remettait une couche, et le garçon allait se cacher derrière le gros fauteuil mais en montrant la tête.

Faire caca, annonçait-il. Il grognait et poussait, sans jamais la quitter des yeux. C'était ainsi. Et quand il revenait, son petit cadeau gonflait la couche.

Essuie fesses, lui ordonnait-il alors.

Plus tard ce soir-là, impossible de l'endormir. Pendant des heures, des heures et des heures, ils restèrent allongés côte à côte, à se chamailler. Elle s'empêcha de grogner, d'aboyer férocement, de montrer les dents, de plisser les yeux et de plaquer les oreilles en arrière, mais Dieu qu'elle en avait envie.

Leur maison était un bungalow style années 1950 aux angles bizarres, construit par un entrepreneur qui n'y connaissait rien. Elle avait trouvé la maison charmante au début – c'était même elle qui avait persuadé son mari que c'était exactement là qu'ils devaient habiter, en dépit de l'installation électrique douteuse et de l'absence d'une seconde salle de bains – mais maintenant tout la mettait en colère. Les portes, trop étroites ou trop basses. Les angles, dont aucun n'était droit. Et peu importe le temps qu'elle y consacrait, la maison ne paraissait jamais propre. Cette maison, houspillait-elle de plus en plus colère, de plus en plus furieuse. Cette putain de maison.

Et au lieu de compter les moutons, là dans le lit, alors qu'elle attendait que le garçon veuille bien s'endormir – et qu'il se roulait et s'emmêlait les jambes puis les démêlait des draps, demandait de l'eau, à manger, se plaignait, tentait de jouer avec elle, boudait quand elle lui disait de se taire, de dormir, qu'il était temps de laisser son corps se reposer –, alors qu'elle attendait qu'il arrête de lutter, de s'agiter, alors qu'elle restait allongée, silencieuse, à ses côtés, elle s'imagina soudain en train de frapper les murs à coups de poing jusqu'à faire des trous béants dans le plâtre. Quelle satisfaction que de rassembler toute la force de son corps, de sentir ses os s'entrechoquer lorsque son poing entrerait en contact avec le mur. Sa main serait en sang. Ses articulations probablement en miettes. Mais le mur qui s'enfonce, qui s'effrite, les dégâts… Un soulagement certain pouvait venir de la violence, elle le voyait maintenant.

Bing, bang, bing. Une heure passée, là, à côté du garçon. Bang. Deux heures. Toujours pas endormi. Une autre nuit, elle aurait pleuré. Une autre nuit, elle serait sortie du lit, serait descendue et l'aurait ignoré alors qu'il venait la rejoindre déjà en douce, elle aurait lu allongée sur le canapé et l'aurait ignoré lorsqu'il se serait blotti contre elle, aurait fait ce qu'elle voulait et l'aurait laissé s'endormir quand il voulait, où il voulait, parce qu'elle ne pouvait pas, ne pouvait tout simplement pas rester dans ce lit avec lui un instant de plus.

Elle ferait mieux de s'occuper. De lire quelque chose. N'importe quoi pourvu que cela lui permette d'oublier la désillusion et le désespoir qui montaient en elle. Et, sur sa table de nuit, il était là, le fameux *Field Guide*. Bien sûr.

Elle ne lisait pas l'ouvrage de bout en bout, mais se sentait plutôt poussée à le laisser s'ouvrir au hasard et à découvrir ce qui se trouvait à cette page-là. Elle avait en effet l'impression que le livre n'était pas une chose statique, mais une entité à part entière qui avait en réalité des choses à lui dire à elle en particulier, et qu'il lui parlait, effectivement, à elle en particulier. Ainsi, il lui semblait qu'il ne pouvait pas être lu d'une manière habituelle.

De quoi veux-tu parler maintenant ? se disait-elle intérieurement en sortant le livre de son sac au parc et, comme pour lui répondre, le livre s'ouvrait soudain sur « Une excursion en Antarctique » ou « Quelques réflexions sur la transformation ».

Cette nuit-là, alors qu'elle attendait le retour le lendemain, enfin, de son mari, Dieu merci, et qu'elle était allongée dans la chaleur étouffante de la chambre, son fils ronflant à côté d'elle (cela n'avait pris que deux à trois heures !), elle prit le livre, qui s'ouvrit à la partie intitulée « Variétés domestiques ».

Dixit White : « Si mes recherches à l'étranger ont certainement été parmi les plus captivantes et les plus fascinantes de ma carrière, les variétés domestiques de femmes magiques ne doivent pas être négligées et méritent absolument, en effet, qu'on leur accorde une considération franche et sérieuse. »

Nous y voilà, songea la mère. C'est parti.

Sur ces pages, elle rencontra la Slaythe, la Tueuse.

… un type de créature moderne obnubilée par sa carrière, le succès, l'argent et le pouvoir. Cette créature n'est pas spécifique à un domaine particulier, mais vous la trouverez dans les plus hautes sphères de son domaine d'expertise.

Elle n'a pas de style vestimentaire particulier.

Si vous avez la malchance de vous engager avec elle dans des négociations commerciales ardues, soyez sur vos gardes : un regard tranchant peut vous rendre invalide pendant plusieurs jours. Un mot tranchant peut vous faire douter profondément et de manière écrasante de vous et de toutes vos décisions. Parfois – il s'agit là d'une théorie non encore confirmée mais fondée sur des années d'observation –, la Slaythe peut devenir littéralement acérée, c'est-à-dire que son corps prend une forme pointue, ainsi que son visage qui se rétrécit jusqu'à devenir une pointe, tandis que front, nez et menton se transforment en une sorte de ligne précipitée. Peut-être est-ce de la magie, ou peut-être une forme de vieillissement. (À supposer que j'aie le financement adéquat, je serais heureuse de concevoir une étude en bonne et due forme.)

La Slaythe qui a échoué est une créature bien piteuse, mais non moins caustique. En dehors du monde des affaires, vous la trouverez dans une maison immaculée, entourée de ses enfants obéissants, son compagnon tout aussi docile, la maisonnée observant des horaires stricts. Rien de moins que la perfection ne sera acceptée par la Slaythe. Je souhaite bonne chance à sa famille.

Les Slaythes préfèrent les partenariats domestiques ambigus avec d'autres femmes. Il est difficile voire impossible de savoir si un tel partenariat est sexuel ou non.

On pourrait imaginer que les autres femmes considèrent la Slaythe comme méprisant l'esprit coopératif et désintéressé qui anime souvent les cercles sociaux féminins, mais j'ai constaté que, la plupart du temps, c'est plutôt l'inverse qui se produit : les femmes bêta qui se trouvent à proximité de la Slaythe la tiennent en haute estime et se nourrissent de son pouvoir, tandis qu'elles deviennent leur propre version, au fil des mois ou des années, de la Slaythe qui sommeille en elles.

La mère ferma les yeux. Quel effet cela doit faire de se retrouver parmi des femmes douées de la même féroce vitalité ? De construire de vastes empires et des mondes jusqu'alors insoupçonnés ? De maîtriser l'échange des idées, l'évolution d'une société ? Le succès ou le pouvoir ne l'avaient jamais vraiment intéressée, mais là, pendant un instant, elle put en voir l'attrait : l'attrait d'un empire uniquement dirigé par des femmes, puis celui d'exercer un pouvoir capable de tout démolir sur un simple coup de tête. Un royaume entier en ruine comme manifestation de la colère d'une femme. Une pièce dévastée, saccagée. N'importe quoi pour faire sortir de son corps ce qu'elle ressentait, ce qu'elle avait supporté suffisamment longtemps et dont elle ne voulait plus.

En plus des poils qui lui poussaient sur la nuque et, désormais, les épaules, en plus de ses dents pointues et d'une queue, le lendemain matin, ses seins étaient gonflés et douloureux, elle ressentait une tension dans le bas du dos et un mal de tête profond, lancinant, qui redoublait au moindre mouvement. Jusque-là, rien de nouveau. Elle connaissait par cœur. C'était normal, ou du moins ça l'était depuis que ses règles étaient revenues un an après l'accouchement, un déluge écarlate ou un filet boueux, une semaine d'inondation ou quelques jours de presque rien. Une seule chose ne changeait jamais désormais : l'état d'agonie.

Jamais auparavant elle n'avait ressenti une telle agonie avant ses règles, un état si terrible qu'elle comprenait à présent les femmes qui avaient assassiné leur mari et invoqué le syndrome prémenstruel pour leur défense. Ces jours-là, la violence devenait son unique instinct.

En plus de son agonie prémenstruelle, le gros chat noir, avec sa fourrure ébouriffée et ses immenses yeux verts au regard d'abruti, miaulait sans cesse comme pour l'inciter au meurtre.

Il n'était pas impossible qu'elle lui ait flanqué un petit coup de pied – disons par inadvertance, vu que l'animal était toujours à lui tourner autour, à quémander de la nourriture, ou bien un petit peu exprès, juste pour se soulager.

Dehors, oust, oust, oustoustoust, grogna-t-elle en tentant d'attraper l'animal, lequel déguerpit entre les pieds d'une chaise avant de se carapater sous la table.

Elle tapa du pied pour l'effrayer, puis l'agrippa par sa taille étrangement rondelette. Le chat se dégonfla juste un petit peu et couina comme un jouet. Ses petites pattes s'agitaient dans tous les sens tandis qu'elle le portait jusqu'à l'entrée pour le propulser dehors.

Elle adorait ce chat, à l'époque où elle n'avait pas de fils. C'était une belle créature avec son pelage extravagant d'un noir si pur, ses grands yeux de chouette verts et ce petit miaulement aigu de princesse qui tintait comme une clochette. Mais cette chatte était aussi étonnamment belle qu'elle était idiote. Elle miaulait frénétiquement jusqu'à ce que quelqu'un secoue un peu sa gamelle pour lui montrer qu'elle contenait des croquettes, et alors là elle se jetait dessus, affamée. Et comme elle avait la fâcheuse habitude de se précipiter toujours dans la même direction que la mère, elle passait son temps à se faire piétiner, poussait alors un cri à vous glacer le sang avant de filer se planquer au sous-sol. Elle mangeait trop, elle avait pris du poids et ne pouvait plus faire sa toilette convenablement, de sorte que la mère devait, une fois par semaine, laver le caca accroché aux poils de ses fesses. Une telle toilette était nécessaire car la chatte était sujette aux infections urinaires en raison de ce que le vétérinaire avait appelé une « vulve anormale ».

Mais on a réussi à arriver à ce moment précis ensemble ! s'enthousiasmait son mari chaque fois qu'elle se plaignait du chat. Il berçait cette stupide chose dans ses bras et répétait : Quand t'y penses, nous et ce chat, on a évolué à partir d'un organisme unicellulaire et on a réussi à arriver à ce moment précis de l'histoire, ensemble. On l'a fait ! On a réussi !

La mère laissait alors échapper un éclat de rire, car bien évidemment elle n'y avait jamais pensé en ces termes auparavant, et cela faisait du chat, pour un temps du moins, davantage un camarade triomphant qu'un inutile parasite, mais le sentiment était de courte durée.

Oh bien sûr, oui, ils avaient tous réussi à être là, ensemble. Mais, honnêtement, cette chatte n'y serait jamais parvenue sans intervention humaine. Elle appartenait sans doute à une race de chats de palais, une sorte de chatte royale qui restait assise toute la journée sur un coussin de soie et qu'on nourrissait de viande hachée préparée par un cuisinier aux joues écarlates. Cette chatte méritait donc, d'une certaine manière, de mourir, si on jouait selon les règles de l'évolution.

En ce moment, la dernière chose dont avait besoin la mère c'était justement une autre chose qui avait besoin d'elle, d'être câlinée, nourrie, lavée, cajolée, dorlotée. En ce moment, la mère ne voulait que silence ; et que rien, ni personne, ne la touche.

Elle avait le sentiment que la société, le mariage, la maternité, toutes ces choses avaient été en quelque sorte magistralement conçues pour cantonner les femmes à une certaine place, un certain rôle, et les y maintenir – ce sentiment, cette idée commençaient à peser de plus en plus sur elle. Bien sûr, elle y avait déjà songé, en passant, mais après la naissance de son fils, cette pensée avait pris un aspect nouveau, était devenue insupportablement lourde, et plus lourde encore lorsqu'elle eut quitté son emploi, tandis que son corps luttait pour retrouver son équilibre. Et lorsqu'elle se retrouva dépouillée de tout ce qu'elle avait été, de sa carrière, de sa jolie silhouette, de son ambition, de ses hormones familières, une conspiration antiféministe lui parut non seulement plausible mais quasi inéluctable.

Il fallait qu'elle aille acheter de la nourriture pour chat et d'autres choses ce jour-là. Elle n'avait aucune envie d'aller acheter de la nourriture pour chat et d'autres choses. Mais elle y alla quand même.

Au supermarché, impossible de s'enlever l'idée de la tête qu'elle était prise au piège, que tout cela n'était qu'un complot. Elle s'enfonça donc dans une humeur pire encore, malgré sa volonté première d'adopter une attitude positive et de choisir délibérément d'être heureuse.

Tout en poussant son caddie entre les rayons, elle se demanda si elle n'était pas en train de devenir hystérique. Il ne manquerait plus que ça. Elle avait toujours été fière de ne pas être du genre hystérique, mais plutôt du genre intelligente, pertinente, qui certes s'énervait parfois un peu, mais qui était globalement agréable à côtoyer.

Bien sûr, elle savait que le concept de « femme hystérique » était en soi une création sexiste, et elle réfutait l'étiquette dans son ensemble, mais elle faisait aussi tout pour que personne ne puisse jamais lui coller une telle étiquette.

Le garçon babilla, Gâteau, gâteau, gâteau, depuis son siège dans le caddie, puis fit son signe pour *s'il te plaît*, en se frottant les mains sur la poitrine et en la regardant avec des yeux écarquillés.

Elle sourit, lui appuya doucement sur le bout du nez et se dirigea distraitement vers le rayon boulangerie.

Ce n'était pas de l'hystérie si la raison pour laquelle on devenait hystérique était fondée, si les systèmes dont on faisait partie avaient été conçus dès le départ pour pénaliser les femmes. En fait, même si une définition historique plutôt libre de l'hystérie mettait en cause l'utérus et les hormones féminines incontrôlables, c'étaient *ces mêmes choses* qui au lieu de handicaper les femmes les élevaient au contraire, en affûtant leur esprit, en leur faisant prendre conscience des réalités de la politique des sexes et en aiguisant leur esprit critique jusqu'à ce qu'il soit acéré comme une lame de rasoir.

Oui, assurément, sa rage grandissante était en partie un sous-produit de processus physiologiques, mais comment *ne pas* être en colère après avoir eu un bébé ? se demandait-elle en prenant un morceau de fromage et en le reniflant, percevant une intensité olfactive jusqu'alors inconnue – foin, fumée, miel, un musc fongique, un relent de pourriture sucrée. Incroyable, pensa-t-elle en le reposant. Une sensibilité prémenstruelle, se dit-elle, même si elle se mit à craindre soudain qu'il pût s'agir d'une manifestation de plus de sa transformation en chien, ce sens accru, lequel ne faisait que se renforcer au gré de ses déambulations dans le magasin : les pâtes qui levaient dans la boulangerie, le bicarbonate de soude et le chocolat noir du cookie du garçon, les laits dans tous les états de fraîcheur et d'aigreur, le vinaigre du bar à olives, les champs d'herbes mortes dans l'allée des pains en sachet, les notes aiguës et franches des cafés fraîchement moulus.

Elle se sentait vivante d'une manière nouvelle alors qu'elle errait dans le magasin, poussant son garçon au visage satisfait et maculé de chocolat. Elle perçut l'odeur de thé fort et de terre mouillée de sa couche (elle devait être bien pleine), puis l'arôme salé et vert du rayon poissonnerie. Le garçon adorait regarder les homards dans le vivier, pinces attachées, empilés les uns sur les autres dans l'eau trouble. Ils s'arrêtèrent un instant pour les observer se grimper les uns sur les autres et se cogner contre la vitre.

Le supermarché est un lieu d'oppression, pensa-t-elle en reprenant sa route et en passant devant une vieille dame qui, sur un petit podium, faisait frire des échantillons de filet de poisson dans une poêle électrique.

Un croque ? demanda la mère au garçon en montrant le cookie. On partage ?

Il lui tendit le biscuit, et elle en grignota le bord. *Merci*, signa-t-elle, et il applaudit de ses mains sales. Elle aurait bien aimé avoir un cookie entier, non, une dizaine. Elle était affamée tout d'un coup. Mais, non, ce n'était pas de cookies qu'elle avait envie. Elle poussa le caddie jusqu'à la boucherie et demanda trois entrecôtes bien épaisses, tandis que l'odeur de métal, de sang et de mort la plongeait dans une faim abyssale. Elles étaient si belles ! Comment se faisait-il qu'elle n'ait jamais remarqué leur beauté, le rouge profond de la viande qui contrastait avec les tourbillons blancs de gras. Chacune est un petit chef-d'œuvre en soi, se dit-elle en se léchant les babines. Elle demanda autre chose encore : un kilo de paleron haché ; à la réflexion, un kilo cinq cents. Une demi-douzaine de saucisses. Et cette viande pour un ragoût ? Elle avait l'air délicieuse. Vous m'en mettrez une livre ? Et regardez-moi ce rôti de première catégorie. Celui qui a la taille d'un opossum, précisa-t-elle au boucher en le désignant du doigt, lequel boucher gloussa en sortant la bête de la vitrine. Et aussi quelques brochettes préparées pour faire bonne mesure, pour les légumes, parce que c'est sain, dit-elle en se reprenant.

Oui, les légumes, c'était très civilisé. Les chiens n'achèteraient pas de légumes.

Non mais tu t'entends ? s'étonna-t-elle en silence.

Arrête, ordonna une autre elle-même. Arrête de parler toute seule.

Merde, pensa-t-elle.

Nous étions un vendredi, et son mari serait là dans la soirée. Elle avait plus de cinq kilos de viande rouge dans son caddie. Il leur fallait encore du jus de fruits, des lingettes, des yaourts, des bananes, des chips et un sachet de carottes tout ce qu'il y a de plus civilisées.

Imaginez essayer d'acheter des biscuits apéritifs avec un enfant en bas âge et un flair quasi animal tandis que plane l'énormité de la société patriarcale derrière chaque boîte de crackers marketée autour du thème de la ferme, chaque sachet de bretzels...

Alors qu'elle franchissait les portes automatiques du supermarché pour rejoindre sa voiture, quelqu'un derrière elle l'appela.

Elle se retourna. C'était Sally – Sally la célibataire, la toute mignonne, la jeunette, l'heureuse, la blonde. Sally, donc, lui fit un signe de la main et se mit quasiment à sautiller d'un pas guilleret vers elle.

Hé, comment va ? demanda-t-elle en serrant la mère dans ses bras et en ébouriffant les cheveux du garçon. Ça fait une *éternité* que je ne t'ai pas vue. Ça doit être génial d'être à la maison avec ce petit bonhomme ? Je parie que c'est top.

Sal travaillait à la galerie d'art que la mère dirigeait autrefois. Avant de partir. La mère se dit qu'elle avait fait le bon choix finalement. Non, c'est vrai. Être au travail pendant que son bébé traînait sur le sol en lino de la garderie avait été un supplice. En même temps, être à la maison l'était aussi, mais bon, d'un genre différent.

Elle avait très envie de lui répondre : C'est compliqué. Je suis devenue une personne que jamais je n'aurais imaginé être, et je ne sais pas comment appréhender ça. J'aimerais être satisfaite, mais au lieu de cela, je suis coincée dans une prison que j'ai moi-même créée, où je me tourmente sans fin, jusqu'à ce que je me retrouve à me goinfrer de Figolu à minuit pour ne pas éclater en sanglots. J'ai l'impression que les normes sociétales, les attentes liées au genre ainsi que la brutalité exaspérante de la biologie m'ont forcée à devenir cette personne, même si j'ai du mal à comprendre comment, précisément, j'en suis arrivée là. Je suis tout le temps en colère. J'aimerais un jour orienter mon travail artistique vers une critique de ces systèmes modernes, une critique qui serait capable d'articuler tout cela, mais mon cerveau ne fonctionne plus comme avant d'avoir le bébé, et je suis vraiment écervelée maintenant. J'ai peur de ne plus jamais être intelligente, heureuse ou mince. Je crains de me transformer en chien.

Au lieu de cela, elle répondit, tout sourire, J'adore ! J'adore être maman.

Je suis en train de réfléchir à un nouveau projet, annonça-t-elle debout dans l'embrasure de la porte de la salle de bains ce soir-là – vendredi ! – à son mari tandis qu'il versait de l'eau du bain sur la tête du garçon. Quelque chose qui a à voir avec le fait de casser des choses en mille morceaux, peut-être ? J'aimerais bien utiliser une batte. Ou une hache.

Ooh, et pourquoi pas peindre avec une massue ? proposa son mari.

Mouais… répondit-elle sans conviction.

Il éclata de rire et fit mousser le shampoing sur la tête du garçon.

Quelque chose à propos des mamans, de la rage, de l'envie de fracasser des trucs, poursuivit-elle. Mais, tu sais, de manière artistique.

Des mamans, répéta-t-il.

Elles sont en colère, fit-elle.

En colère ?

Laisse tomber.

Si je devais deviner la nature de ton prochain projet, poursuivit-il, je dirais que tu t'entraînes pour devenir boucher, le frigo est rempli à ras bord de viande.

Pas que. Y a d'autres choses aussi.

T'as encore dans l'idée que tu te transformes en chien ? demanda-t-il, les sourcils froncés de cette façon qu'il avait pour dire, *Je plaisante, évidemment, mais je pense aussi que t'es un peu une pauvre idiote.*

La ferme. Je vais bien. On est même allés à l'atelier pour tout-petits à la bibli cette semaine. Enfin, on a *vu* l'atelier quand on est passés à la bibliothèque.

C'était comment ?

Insupportable, soupira-t-elle, et tous deux éclatèrent de rire.

Elle était reconnaissante qu'il donne le bain au garçon, même si pendant ledit bain il avait demandé qu'elle mette la serviette du garçon dans le sèche-linge pour la réchauffer, qu'elle apporte un toast grillé pour le garçon, qu'elle aille chercher le pyjama du garçon dans sa chambre, tout ça pendant que l'homme restait tranquillement assis sur le couvercle fermé des toilettes à côté de la baignoire, en train de lire quelque chose sur son téléphone. Évidemment qu'elle s'exécutait, même si toute la semaine elle avait tout fait elle-même, sans aucune aide, car ç'aurait été mesquin de le faire remarquer, non ? Elle avait surtout envie de se mettre dans le canapé et regarder simplement par la fenêtre – ne serait-ce que dix petites minutes –, mais son mari l'aimait enjouée et loquace à son retour. Vous comprenez, il avait fait plusieurs heures de voiture, depuis Minneapolis ou Chicago – et *lui aussi* était épuisé, car il avait veillé tard cette semaine-là à l'hôtel, à lire ou à surfer sur Internet, ou bien il n'avait tout simplement *pas fermé l'œil* pour diverses raisons – la chambre était *trop calme*, ou il avait *commandé le room service trop tard*, ce qui lui avait occasionné des aigreurs d'estomac. Il ne fallait pas croire, ce n'était vraiment pas facile de séjourner à l'hôtel tout le temps, disait-il.

Alors si, en arrivant chez eux, il était accueilli par les plaintes de la mère, un garçon turbulent ou une maison en désordre, cela le *stressait*, et était-ce trop demander que de lui réserver un retour serein, de lui accorder un peu de temps pour décompresser après avoir été au volant, une heure ou deux sur son ordinateur. Cela faisait des années que la mère les lui accordait volontiers, tout en se répétant en boucle (parce qu'il ne fallait pas, quoi qu'il arrive, qu'elle l'oublie) : Ce n'est pas un mauvais homme, non, ce n'est pas un mauvais homme.

C'est elle qui s'occupa de coucher l'enfant après le bain, car le mari avait besoin de *boucler quelques e-mails de travail*, même s'il avait eu toute la semaine pour le faire. Très franchement, elle aurait bien aimé, à peine son mari rentré, carrément sortir et passer toute la soirée au coffee-shop, ou s'enfermer dans la chambre d'amis et simplement s'imaginer quelque projet artistique ou des idées de tenues, pourquoi pas des vacances, un jour… Elle aurait voulu s'extraire de sa vie habituelle, mais cela aurait été vraiment inopportun pour son mari, *pour toute la famille*, comme il disait, alors elle restait là, disponible.

Peut-être qu'elle était finalement de bonne humeur, alors qu'elle croyait faire semblant ? Peut-être qu'en fait c'était pas si mal, voire plutôt sympathique, de rester à la maison, en famille, quand son mari revenait ? Chaque semaine, elle passait en revue ces hypothèses, dans l'espoir de se convaincre.

Après avoir cajolé l'enfant pour l'endormir, son mari lui dit à quel point il était heureux de la voir heureuse, à quel point il voulait simplement qu'elle, tu vois, trouve son rythme. Ils s'installèrent dans le vieux canapé miteux devant le poste qui diffusait un film étranger choisi par son mari. Il caressa le duvet sur ses bras, puis passa la main sous la jambe de son pantalon de pyjama pour sentir les poils sur son tibia, et fit courir ses doigts jusqu'à sa cuisse – ce n'était pas piquant comme d'habitude, mais luxuriant de repousse, car même si elle avait rasé ses jambes elle ne savait plus trop quand cette semaine, les poils étaient revenus en force.

Mmmm, murmura-t-il en enfouissant sa tête dans son cou avant de poser une main sur sa nuque et d'empoigner la touffe de poils. Oh, fit-il alors qu'il était en train de l'embrasser, surpris.

Juste… dit-elle, en baissant sa main vers sa taille et en ne lui offrant que des baisers lèvres pincées de peur de l'entailler avec ses canines.

Il glissa alors la main au creux de son dos, elle grimaça et le repoussa.

Le kyste, dit-elle en se glissant à l'autre bout du canapé. Je ne suis pas dans mon assiette. Je vais avoir mes règles.

Eh bien, que dirais-tu de... proposa-t-il en inclinant la tête tout en souriant malicieusement, mais la mère répondit non, l'embrassa et se tourna vers la télévision, et c'en était fini. Comment pouvait-elle lui montrer les quatre nouvelles taches bombées et roses sur son torse ? Il dirait sûrement qu'il s'agissait de grains de beauté, mais elle savait qu'il n'en était rien.

Des mamelons. Ce ne pouvait être que des mamelons. Six à présent au total, en comptant ceux qu'elle avait toujours eus.

Samedi matin, la mère sauta dans la douche, car depuis combien de temps ne s'était-elle pas lavée ? Trois jours ? Une semaine ? Avant même qu'elle ait eu le temps de verser une bonne dose de shampoing dans sa main, voilà que son mari déboulait dans la salle de bains pour annoncer qu'il n'y avait plus de lait, tandis que le petit pleurait et tirait sur le rideau de douche le temps que son père le ramasse enfin pour l'emmener ailleurs. Elle pouvait l'entendre dans la cuisine exigeant du garçon qu'il se calme, suivi du petit qui hurlait MAMAN !

Une minute ! cria-t-elle d'une voix chantante, en se frottant furieusement le cuir chevelu. Occupe-toi de ton enfant, voilà ce qu'elle avait envie de crier. Juste occupe-toi de lui ! C'est trop demander ? Donne-lui quelque chose, n'importe quoi. Fais des grimaces. Mets un putain de dessin animé. Elle n'arrivait pas à comprendre comment son mari pouvait être aussi expert en matière de machines complexes et à ce point incapable de trouver des solutions pour gérer leur enfant. Elle sortit à la hâte de la douche sans même avoir pris le temps de se laver la figure comme il faut.

Il n'y a plus de lait, répéta son mari.

Je sais, répondit-elle en lui prenant des bras le garçon en larmes qu'elle embrassa sur la joue.

Pourquoi n'y a-t-il plus de lait ?

Parce qu'il l'a bu, rétorqua-t-elle en montrant leur fils d'un geste.

Lait-lait, dit le garçon.

Oui, ça va de soi, dit le mari, avec une pointe d'agacement dans la voix, comme si elle lui faisait perdre son temps et non l'inverse. Mais tu étais au courant ?

Je savais qu'il n'y en avait plus beaucoup, répondit-elle en s'efforçant de garder un ton égal et calme. C'était sur ma liste. Mais je ne sais pas comment, j'ai oublié d'en racheter.

Il soupira et retourna à son ordinateur portable, ouvert sur la table de la cuisine.

Enveloppée dans une serviette de bain, les cheveux dégoulinants, elle tenait le garçon qui voulait aller vers son père.

Dada, fit l'enfant.

Juste pars, pensa-t-elle. Va-t'en. Par certains côtés, c'était plus facile quand il n'était pas là. Elle pouvait s'occuper de l'enfant sans un flot constant de commentaires, de questions empreintes d'un jugement à peine dissimulé, de monologues condescendants sur le fait que lui ferait comme il faut si c'était son boulot, qu'il savait parfaitement y faire, à quel point c'était simple, et bla bla bla.

Bien sûr, oui, avec le recul, ce n'était pas très grave qu'il la questionne à propos du lait, qu'il ait besoin de son aide avec l'enfant puisqu'il n'avait pas développé les mêmes compétences du fait qu'il n'était jamais là, mais ne voyait-il pas à quel point c'était difficile pour elle ? Ne pouvait-il pas reconnaître tout ce qu'elle faisait ? Il se comportait comme si elle était en vacances prolongées. S'il ne pouvait pas offrir une aide concrète, il pouvait au minimum lui témoigner sa gratitude par une pluie de remerciements quand il était là. Au lieu de cela, quand elle essayait d'évoquer la division du travail, le travail invisible de sa vie, la charge psychique, il lui répondait quelque chose comme *Je suppose que l'argent que je gagne ne signifie rien*, et bien sûr que ce n'était pas ce qu'elle disait, pas du tout.

Elle emmena le petit garçon qui pleurnichait à l'étage et le posa devant ses trains, puis elle enfila une brassière de sport, un pantalon confortable et un débardeur. Sa tenue quotidienne.

Lundi, après ce week-end passé à supporter son mari, oui, à le supporter, elle l'embrassa sans enthousiasme et lui adressa un *Va te faire foutre* mental alors qu'il reculait dans l'allée. Elle se laissa choir dans une chaise à la table de la cuisine face à son café désormais tiédasse pour reprendre ses esprits, et regarda le garçon sortir méthodiquement une tôle à pâtisserie, un moule à muffins, une poêle, une râpe, etc. du placard à côté du four.

Même si elle ne voulait pas, refusait même, d'admettre que les conseils de son mari – à propos du bonheur comme une chose que l'on choisit et de la nécessité d'améliorer l'organisation – appartenaient peut-être à la catégorie des idées plutôt bonnes, elle ne voulait pas commencer sa semaine ni la poursuivre dans cet état, dans cet état de colère, d'amertume, si furieuse qu'elle en était au bord des larmes. Ce n'était pas productif. Bon pour personne, en vérité. En particulier pour elle.

Très bien. Alors peut-être que tout allait bien à part le fait qu'elle avait trop de temps à sa disposition. C'était ça le problème. Même si ce n'était pas comme si elle avait le temps de faire des choses qu'elle avait envie de faire, de l'art par exemple, ou lire, ou faire du sport de manière significative. C'était plutôt qu'elle avait du temps – beaucoup de temps – pour emmener le petit garçon à l'aire de jeux de la galerie marchande, à celle à côté de la piscine, à l'espace jeux pour bébés dans la salle de sport locale et à la lecture de contes le matin ou l'après-midi – pourquoi pas les deux – à la bibliothèque municipale.

Je serais tellement content de pouvoir passer mes journées à faire ça, répondait son mari chaque fois qu'elle se plaignait, ce qu'elle ne faisait plus vraiment, car elle avait décidé de l'écouter, et de se réjouir de son mode de vie de mère au foyer, avec un enfant en bas âge, rempli de temps et d'activités pour enfants.

Cette semaine, elle s'efforcerait encore plus de *sortir de la maison* et de *se rapprocher des autres*. Elle *resterait positive*. Elle prépara le sac à langer, fredonna pendant qu'elle habillait le garçon, lui appuya sur le nez pour le faire rire, et se brossa les cheveux.

À peine sortie de la maison sac à l'épaule avec le garçon dans les bras en fredonnant Un, deux, trois, nous irons au bois, elle s'arrêta net, bouche bée devant la scène qui se déroulait sur la pelouse.

Chien, glapit le garçon en pointant du doigt.

Oui, trois chiens en fait, à l'ombre de l'érable argenté : un golden retriever, un border collie et un basset hound. Elle avait toujours considéré ces races comme les préférées des gamines des années 1980. De fait, dans les années 1980, elle avait aimé ces chiens et, enfant, elle rêvait de leur brosser le poil avec une brosse rose, de les coiffer de nœuds lavande et de leur donner des noms comme Lisa, Gem ou monsieur Belvédère. En outre, ces chiens la sauveraient si jamais elle manquait de passer sous une voiture ou si elle venait à tomber dans un trou très profond.

Mais à présent, ils étaient là, sur la pelouse, qui se retournaient, haletants, pour les regarder, elle et l'enfant.

Non, mais c'est pas vrai, s'exclama-t-elle.

Oui, on aurait dit un sketch, mais, pour dire vrai, son cœur palpitait de terreur, et de plaisir. Devenait-elle folle ? Les chiens domestiques se déplaçaient-ils en meute ? Et pourquoi étaient-ils sur *sa* pelouse, ayant l'air d'avoir convoqué les membres d'une sorte de club et de souhaiter qu'elle rejoigne leurs rangs ? Comme le garçon se débattait pour descendre, elle le posa par terre et il se précipita sur l'herbe jusqu'aux chiens, à présent debout, queues frétillantes. Ils approchèrent leurs truffes mouillées de son visage, et le garçon couina et tourna les talons pour rejoindre en courant sa mère, laquelle l'attendait, sans voix, sur le perron de la maison.

Salut les chiens, salut, dit-elle en s'approchant, avant de s'agenouiller et de tendre la main. Le basset fut le premier à accourir en trottinant, suivi de près par le collie et le retriever. Le basset se laissa tomber dans l'herbe entre ses jambes tandis que les autres se redressèrent pour poser leurs pattes sur son ventre et ses épaules, lécher son visage, renifler toutes les parties intéressantes de son corps. Normalement, elle aurait rechigné devant une telle démonstration d'affection débridée. Les chiens. Si faciles, si affectueux. Elle avait développé un certain dédain pour les chiens et leur amour inconditionnel. Ils devraient exiger davantage, être plus moroses, poser plus de conditions, pensait-elle. Mais, non, c'était toujours le bonheur, gueule ouverte et langue pendante, une lueur dans le regard qui implorait d'être aimé en retour.

Quelque chose avait changé en elle, cependant, et ces chiens – ces chiens tellement *eighties* – et leurs langues humides, pattes avides et corps chauds et palpitants étaient si beaux. Elle ouvrit les bras et les attira à elle. Ils la renversèrent sur le dos, et elle resta allongée là, à rire, avec les chiens qui lui marchaient dessus, remuant la queue, léchant, et pour finir se couchant sur elle. Le garçon criait de joie et se coucha lui aussi sur elle.

Elle serait couverte de poils, de l'odeur musquée des chiens, de bave, de brindilles d'herbe et de boue, mais qu'importe. Elle aimait ces chiens et, doux Jésus, que lui arrivait-il donc ?

La mère et son enfant passèrent la matinée sur la pelouse devant la maison, à caresser les chiens, à leur poser des questions et à leur dire qu'ils étaient beaux. La mère rassembla un assortiment de balles trouvées sous le canapé et aux quatre coins du garage, et le garçon les lança une à une, en poussant de petits cris de plaisir.

Le retriever surpassait les autres, quel spectacle magnifique lorsqu'il s'élançait dans les airs, les oreilles en alerte et l'œil vif, pour attraper une balle en plein vol avec ses dents. Il atterrissait impeccablement puis se retournait aussitôt pour courir vers le garçon et déposer la balle à ses pieds.

Lorsque le garçon en eut assez de jouer à la balle, le retriever s'approcha de la mère assise sur les marches du perron et posa doucement sa tête sur ses genoux. La mère caressa l'animal tout en regardant son fils courir, bras tendus, couinant et piaillant, après le collie et le basset. Elle caressa les longs poils blonds et soyeux du retriever, incroyablement doux, comme s'ils avaient été shampouinés et après-shampouinés, puis séchés au sèche-cheveux et brossés avec amour.

Tu reviens de chez le coiffeur ? demanda-t-elle au chien, qui se blottit contre son cou, puis lécha la paume de sa main.

Elle attira le corps du chien à elle pour le serrer dans ses bras et enfouit son visage dans sa fourrure, qui sentait bon la fraise et le savon.

Fraise ! lança-t-elle en tenant la tête du chien et en plongeant son regard dans ses yeux si doux. Quel magnifique, gentil chien. Le retriever sourit, et elle aurait pu jurer percevoir quelque chose de familier dans son regard. Elle plissa les yeux, inclina la tête, puis murmura au chien : Oh mon Dieu, est-ce que je te connais ?

Tout doucement, le chien saisit la main de la mère dans sa gueule, et la dirigea vers le trottoir au-delà de la pelouse.

Viens, lui disait-il. Comme les dents du chien s'enfonçaient dans sa peau, elle se demanda confusément s'il allait la mordre.

Mais pour aller où ? pensa-t-elle distraitement. Où pourrait bien vouloir m'emmener un chien ? Dans sa maison ? Dans un champ ouvert, tapissé d'herbes vertes et souples à travers lesquelles nous pourrions courir à perdre haleine, sentir toute la puissance de notre corps, le sang circuler dans nos muscles et nos tendons, dans un endroit où nos poumons pourraient s'ouvrir, où il serait possible d'avaler le ciel dans sa totalité, un endroit sans la moindre présence humaine, où il n'y aurait qu'élan, pulsations, vie ?

Elle se laissa guider, traversa la pelouse, la journée soudain plus lente et étincelante comme dans un rêve éveillé.

Dans l'herbe haute devant chez eux, le garçon était allongé sur le dos dans un coin d'ombre, flanqué du collie et du basset. Le collie posa une patte sur sa poitrine exactement comme sa mère le faisait pour l'aider à s'endormir. L'animal lui murmurait quelque chose à l'oreille. Une histoire, peut-être. Une berceuse.

Il le prépare à faire la sieste, pensa-t-elle. Comme c'est charmant.

Sur son passage, le collie et le basset la regardèrent dans les yeux et opinèrent de la tête.

Tout ira bien, lui disaient-ils, vas-y. Le retriever la tira à nouveau par la main, l'éloignant de la maison, de l'enfant et de la vie qu'elle voulait et ne voulait pas.

Un oiseau appela d'un son suraigu, et la mère sursauta. Elle regarda le retriever à ses côtés, puis au-delà vers son fils et les autres chiens. Elle retira la main de la gueule du chien, paniquée, et se précipita vers son fils en criant sur les chiens avant de ramasser le garçon qui était comme médusé dans l'herbe.

Oust ! cria-t-elle en les chassant du revers de la main. Rentrez chez vous ! insista-t-elle, et ils se dirigèrent vers la rue en lui jetant des œillades attristées. Sales bêtes, gronda-t-elle, allez oust. Et c'est alors, sans réfléchir, qu'elle bascula la tête en arrière et poussa un hurlement, émergeant de ce vide dans la poitrine où tout s'était accumulé, la colère et la joie écrasantes de cette matinée, la splendeur de la lumière dorée du soleil, deux années sans une seule nuit complète de sommeil, sa solitude, ses désirs terribles, l'incroyable douceur soyeuse des boucles blondes de son fils – toutes ces choses jaillirent du plus profond de la mère en un seul long son éclatant. Les chiens se figèrent, puis, lorsqu'elle eut fini, ils décampèrent en direction de là d'où ils venaient.

Une meute de chiens ? s'étonna son mari au téléphone. C'était tard dans la soirée de lundi, le garçon était au lit, elle avait peur et pleurait.

Je suis couverte de poils et j'ai une queue, et maintenant ces chiens, sanglotait-elle. Je n'aime même pas les chiens, et voilà que maintenant j'en veux un.

Chérie, dit-il d'un ton calme. Elle pouvait entendre une chaîne d'info en arrière-plan. Je suis certain que c'est juste un déséquilibre hormonal. Tu as pris rendez-vous chez le médecin ?

Non, répondit-elle en se mouchant. Elle n'avait aucune envie de consulter un docteur pour qu'il lui annonce que tout allait bien, que c'était dans sa tête. Non, tout n'allait pas bien. C'est ce qu'elle avait essayé de faire savoir, cette fameuse nuit, quand elle s'était réveillée fulminant de colère, rage qui ne l'avait, depuis, jamais quittée. Rien n'allait, même si les autres réfutaient ses inquiétudes et son exaspération en disant que c'était comme ça, que les choses s'amélioreraient, qu'elle devait se calmer et arrêter d'être aussi en colère, qu'elle devrait être reconnaissante et heureuse, que le bonheur était un choix, qu'elle était privilégiée, mal élevée, qu'elle voulait trop de choses à la fois.

À cela, il fallait désormais ajouter des bouffées inopinées d'angoisse concernant une théorie qui commençait tout doucement à germer dans son esprit : la théorie selon laquelle le golden retriever et la Grande Blonde – tous deux toilettés à la perfection, dotés des mêmes vitalité et joie de vivre, tous deux sentant inexplicablement la fraise – étaient en réalité une seule et même créature.

Écoute, si ces chiens reviennent, appelle la SPA, lui conseilla son mari, la bouche pleine – de quelque mets commandé tard le soir au service d'étage ? Elle visualisait un délicieux brownie tout chaud chapeauté d'une boule de glace à la vanille, le tout nappé de caramel fondant.

Tu manges quelque chose ? demanda-t-elle.

Ne joue pas avec eux, poursuivit-il. De grâce, ne les encourage pas.

Très bien, répondit-elle, puis elle resta un moment sans rien dire d'autre.

T'es fâchée, là ? demanda-t-il.

J'ai juste envie d'aller me coucher, répondit-elle, et elle raccrocha un peu trop vite, mais pas au point qu'il ne soit pas possible d'écarter la cause accidentelle.

Elle se brossa les dents et se lava le visage en s'efforçant d'arrêter de pleurer. Elle devait se ressaisir. Tu es une adulte, se dit-elle en se passant du fil dentaire, comme si ce geste d'hygiène éminemment adulte pouvait renforcer son impression d'être une adulte. C'est la vie. Fais avec. Mais elle ne parvenait pas à chasser de son esprit les questions simples qui la tourmentaient : Pourquoi son mari ne pouvait-il pas dire quelque chose de gentil ou de réconfortant, *Je suis désolé* ou *Merci pour tout ce que tu fais* ? Pourquoi était-il incapable de saisir les normes socio-émotionnelles de l'interaction humaine ? Était-il capable d'empathie, ou était-il en fait, comme il leur arrivait d'en plaisanter, un sociopathe qui, grâce à une éducation stable et bienveillante, ne tuait pas les gens mais, au lieu de cela, était incapable de percevoir les émotions, et la blessait parfois / tout le temps ?

Elle s'allongea à côté du garçon et fixa les formes floutées par l'obscurité, le plafond vaguement pixellisé, l'antre charbonneux de son placard. Elle regrettait d'avoir pleuré au téléphone. Peut-être que son mari l'aurait prise plus au sérieux. Pour qu'il la comprenne, il lui fallait aborder les choses différemment, mais elle n'avait pas réussi à garder son calme à une heure aussi tardive, après une journée aussi singulière et venant à la suite de tant de jours étranges.

Il ne comprenait rien, ni sa tristesse, ni sa colère, ni la raison pour laquelle les chiens avaient été si bizarrement troublants. Et elle n'avait même pas commencé à lui expliquer comment elle s'était sentie appelée par le retriever, comment ce chien lui avait en quelque sorte parlé, son côté si attachant, réconfortant, comme s'il comprenait tous ses malheurs, pulsions, luttes les plus intimes. Non, elle n'essaierait jamais d'expliquer une telle chose à son mari. Cela ruinerait le peu de crédibilité qu'il lui restait. Son intuition, ses sentiments n'avaient aucune importance pour lui, ils étaient même *invraisemblables*. C'était le bon mot, *invraisemblable*, invraisemblable à la manière des contes, des légendes urbaines, des remèdes de grand-mère, des extraterrestres, de ces créatures mythiques dont on dit qu'elles errent dans les bois. Ses sentiments n'étaient donc pas dignes d'attention, alors qu'elle savait, elle, pertinemment, qu'ils faisaient partie des choses les plus vraies de son expérience humaine, qu'ils étaient comme une lumière qui montrait le chemin.

Elle fouilla dans la pile de livres à côté du lit jusqu'à ce qu'elle retrouve, à la faible lueur de la veilleuse, son *Field Guide*, qu'elle ouvrit malgré son état de fatigue, car les réflexions de Wanda White semblaient toujours apaiser l'âme de la mère.

Wanda. Wanda. Comme elle avait envie de rencontrer Wanda, de pleurer contre sa poitrine qui sentait bon la poudre libre et de voir cette femme plus âgée lui caresser les cheveux comme sa propre mère ne l'avait jamais fait. D'être bercée dans la douceur et la chaleur de l'étreinte d'un cardigan. Un tout petit peu de tendresse… Oh, chère Wanda.

« Après tout », lisait la mère, sa vision de nuit plus aiguisée que jamais, « qu'y a-t-il de plus invraisemblable que d'expulser un petit humain par un petit trou entre les jambes, ou qu'un étranger en blouse, masqué, vous tranche le ventre pour en extraire un bébé sanguinolent ? Ce sont là deux propositions absolument grotesques, littéralement incroyables, et pourtant indéniables en présence de l'enfant, une réalité factuelle. »

Elle s'arrêta de lire un instant, les yeux remplis de larmes qu'elle s'essuya rageusement d'un revers de main.

C'était comme si ce livre, en tant qu'objet même, était son ami le plus cher. Comme si ses pages savaient ce qu'elle avait sur le cœur.

Elle poursuivit sa lecture.

> *… l'invraisemblable n'est pas seulement crédible mais essentiel, et il occupe une place bien réelle dans le monde. J'irai jusqu'à affirmer que l'invraisemblable est une autre façon de connaître, de savoir, c'est un principe organisationnel qui, loin d'être incompatible avec les paradigmes organisationnels de la science, est, au contraire, en communion avec eux. L'invraisemblable, même s'il ne communique pas de vérités simples, est capable de communiquer des vérités plus profondes dès lors que l'on sait patienter, écouter, contempler.*

Le matin suivant, elle se réveilla, *l'invraisemblable* toujours vivace en elle, comme sous l'emprise d'un sort.

Elle se leva pour préparer le petit déjeuner de son fils et, tandis que celui-ci faisait de son mieux pour manger un bol de yaourt – en s'en tartinant la figure et jusque dans les cheveux –, la mère faisait distraitement la vaisselle. *Qui est donc cette Wanda White ?* se demandait-elle en boucle. Elle s'imagina le bureau de Wanda White sur un campus tacheté de lumière, de nombreuses vestes et jupes en tweed parfaitement alignées dans une armoire. Elle gratta du jaune d'œuf séché sur une assiette et sut avec certitude que Wanda White n'était pas mariée et qu'elle avait une santé de fer. Elle mettait toujours de la crème solaire et appréciait les légumes. Elle était heureuse et comblée, voyageait à travers le monde pour étudier des créatures auxquelles personne ne croyait, puis revenait sur le campus pour passer de longues heures tranquilles dans son bureau à relire ses notes et à les transformer en quelque chose de perspicace et d'utile. Peut-être était-elle l'illuminée du campus, peut-être ses collègues considéraient-ils ses recherches peu sérieuses voire comme une sombre fumisterie. Eh bien, dans ce cas, pourquoi l'avaient-ils engagée ? Ses travaux étaient plus intéressants, plus novateurs que tous ceux du reste de l'université réunis. Mais alors pourquoi n'ai-je jamais entendu parler d'elle ? se demandait la mère tandis que le garçon criait et tapait des mains, projetant des gouttelettes de yaourt sur le sol déjà pas très propre de la cuisine. Pourquoi ne l'avait-on jamais entendue dans une matinale ? Sur la National Public Radio, par exemple ? Ou dans le fil d'actualités qui s'affichait sur le portable de la mère ?

Peut-être qu'effectivement ce n'était qu'un charlatan, mais dans ce cas, pourquoi était-elle employée par l'université ? De toute évidence, son travail était *bel et bien* louche. Les Femmes-Oiseaux du Pérou, au demeurant charmantes, ne semblaient pas des plus plausibles.

Et Wanda White faisait partie du département de philosophie, ce qui était un peu étrange. Pourquoi pas plutôt les sciences sociales ? En anthropologie, par exemple ? Le fait qu'elle soit rattachée à la philosophie amenait la mère à se demander si son livre et ses recherches n'avaient pas été conçus de manière que le lecteur se pose, justement, la question de leur véracité.

Après le petit déjeuner, elle s'assit par terre dans le salon à côté du garçon qui faisait rouler un camion toupie dans un sens puis dans l'autre tout en gloussant de plaisir. Sur son portable, elle fouilla le site de l'université de Sacramento à la recherche de la page de la faculté de Wanda White. Pas de photo. Quelques rares informations, c'est tout. Une adresse e-mail, quand même, qu'elle colla aussitôt dans un nouvel e-mail qu'elle referma, vide, enregistré dans ses brouillons. Elle rassemblerait toutes ses questions et ses réflexions, toutes ses nombreuses idées au sujet de White, et les mettrait noir sur blanc ce soir, une fois son fils endormi. Elle le regardait à présent lâcher une bille après l'autre dans un assemblage de gros tubes en plastique, et s'émerveiller de les voir tourbillonner le long de petits toboggans et dans des sortes de puits avec un *plounk* sec et satisfaisant. Il poussait des cris de joie, applaudissait, posait les mains par terre et projetait ses jambes en arrière, pratiquement à la verticale, comme un âne qui fait une ruade. Ce garçon. Son garçon.

Elle l'emmena au parc situé à quelques rues de chez eux, parce qu'il faisait beau et que ce n'était pas loin. Franchement, ils devraient y aller plus souvent, voire tous les jours. C'était un de ces après-midis d'été parfaits, il faisait si bon à l'ombre, le garçon grimpait partout, poussait de petits cris, mettait des morceaux de bois dans sa bouche avant de les retirer, tandis que la mère, elle, se perdait dans ses pensées – White, la magie, les femmes, ceci, cela et tout le reste – lorsque soudain elle entendit ce qui semblait être une meute de chacals. Elle tourna la tête, et qui surgit ? Elle les reconnaissait des quelques fois où elle et le petit s'étaient rendus à l'atelier lecture pour tout-petits à la bibliothèque. Les mamans. La fameuse brochette de mamans de l'atelier lecture. Elle eut soudain la nausée, sans savoir exactement pourquoi. Il ne manquait plus que ça. Et voici, en tête de meute, la Grande Blonde avec sa poussette deux places tout-terrain qui coûtait, elle le savait pertinemment, une petite fortune, suivie de ses acolytes : la maman et son petit bougon de fils à la sempiternelle goutte au nez, et l'autre avec son gamin de trois ans survolté et grand amateur du lancer de pierres. La mère se dépêcha de récupérer son fils, n'ayant aucune envie de faire la conversation, de deviser commerce de plantes médicinales, de bavasser poliment à propos du temps, des siestes, de l'apprentissage de la propreté, car elle se fichait éperdument de tout ça et ne voulait pas que son moment de communion avec White, sa journée ou même ce si bel après-midi soit gâché par ces femmes, leur progéniture et leur fichu bonheur.

Hé, bonjour ! s'exclama la Grande Blonde en faisant un signe de la main, à quoi la mère répondit, Ah, bonjour ! On allait partir !

Même dans sa précipitation pour rassembler le sac à langer et les divers jouets éparpillés dans l'herbe, sans oublier le gobelet bleu et le sachet de céréales, elle ne put s'empêcher de remarquer que les femmes qui accompagnaient la Grande Blonde étaient toujours les deux mêmes, quelle que soit l'occasion. La mère du petit bougon était petite, avec des jambes et des bras courts, des yeux énormes cernés de cils d'une épaisseur étonnante, et des cheveux raides qui tombaient en mèches éparses sur les épaules. L'autre femme, allure sportive et sempiternels leggings de yoga, avait des yeux sombres qui dégageaient une vive intelligence, tout comme les traits graciles de son visage à la peau parfaite. Lorsqu'elle remuait la tête pour suivre les mouvements erratiques de sa progéniture, son épaisse chevelure, visiblement lissée au fer, se gonflait d'air.

Les mamans s'étant postées devant l'unique issue de ce parc clôturé, il était impossible pour la mère sur le départ d'éviter de croiser de près le petit groupe.

Bonjour ! répéta la mère en les approchant, espérant, en fait, qu'elles comprendraient *Bye-bye ! On a eu une grosse journée ! Faut vraiment qu'on y aille ! Pas une seconde à perdre !*

Je ne pense pas m'être jamais présentée comme il se doit, annonça la Grande Blonde en se parquant devant le portillon – en le *bloquant délibérément*, soyons honnête – et en secouant la tête comme pour dire à quel point elle s'exaspérait elle-même.

Quelle tête de linotte je fais ! couina-t-elle aux jumelles assises dans la poussette, à la manière de ces mères qui ont des conversations entières avec leurs enfants mais dont les réels destinataires sont d'autres adultes tout à fait sensés qui se tiennent pourtant juste à côté.

Oh, ce n'est pas grave, rétorqua la mère, en regardant vers le portillon pour demander silencieusement et, à son avis, des plus poliment, de passer.

Je m'appelle Jen, poursuivit la Grande Blonde, et voici Babs et Poppy. Elle fit un premier geste en direction de la minuscule femme, qui pencha la tête sur le côté et produisit le plus petit des sourires tristes, puis un second vers la maman athlétique, qui hocha la tête et afficha un alignement de dents blanchies de frais.

Enchantée de faire votre connaissance ! lança à la cantonade un peu précipitamment la mère tout en se faufilant entre les poussettes. Pour la première fois de sa vie, et à n'en pas douter la dernière, elle fut soulagée d'entendre son fils pousser un cri de douleur. En effet, elle venait, dans sa hâte, de cogner accidentellement ses petits tibias contre une poussette et, de ce fait, elle était *absolument obligée* de s'occuper de lui et de le ramener *illico presto* à la maison pour déjeuner, car il était certainement *affamé*. Il s'agissait de toute évidence d'une *urgence*, d'une *crise majeure*, et il était, par conséquent, impératif qu'elle se dégage au plus vite, et dignement, de cette situation – ce qu'elle fit.

Ah, OK, mince, balbutia la mère. Oh mon Dieu, ravie de vous avoir rencontrées, mais là je dois vraiment… Elle montra d'un geste le garçon en pleurs, puis jeta un coup d'œil aux trois femmes, qui la considéraient, non pas exactement méchamment, disons de manière perplexe, plus du tout chaleureusement, c'est certain, plutôt mains sur les hanches et yeux légèrement plissés, comme pour dire, *C'est quoi ton problème ?* Question, somme toute, légitime.

Elle s'était montrée un peu cavalière, reconnut-elle plus tard dans la journée. Il faudra veiller à être plus polie la prochaine fois. Et elle aurait pu au moins se présenter. Poser des questions sur les fameuses plantes médicinales. En effet, c'était *quoi* au juste son problème ? Ce soir-là, alors qu'elle entamait l'écriture d'un message adressé à Wanda White, elle sentit sincèrement que celle-ci représentait son seul espoir, mais de quoi exactement, elle ne savait pas très bien. Elle s'était persuadée, enfin, disons à moitié, que le *Field Guide* avait des propriétés magiques, qu'il dialoguait avec ses pensées, et qu'elle jouissait d'une sorte de lien psychique avec White. En même temps, elle savait pertinemment que tout cela ne tenait pas debout. Mais bon.

WW-

J'ai récemment découvert votre livre *A Field Guide to Magical Women* et les recherches que vous avez menées dans le monde entier. J'ai tellement de questions, mais j'aimerais commencer par vous demander - si je peux me permettre de prendre quelques minutes de votre temps - si vos recherches sont, disons, « vraies » au sens scientifique, rationnel, ou si vous adoptez une forme d'érudition afin de proposer une réflexion plus large sur, peut-être, les limites de la connaissance et l'échec de la science à décrire pleinement le monde ?

Je sais qu'il s'agit d'une question quelque peu philosophique, mais j'ai vu sur le site Web de l'université de Sacramento que vous faisiez justement partie du département de philosophie et je me suis dit que de telles interrogations n'étaient peut-être pas étrangères à votre domaine de compétence, voire étaient les bienvenues.

À titre personnel, j'ai récemment entamé une période particulière et étonnamment difficile de la vie - la maternité, pour le dire aussi simplement que possible, même si la maternité n'a assurément rien de simple -, et je me retrouve confrontée à des interrogations qui semblent recouper, à la fois philosophiquement et empiriquement, votre travail.

Tout cela pour dire que je suis impatiente d'avoir de vos nouvelles et vous remercie du temps que vous voudrez bien consacrer à mes interrogations.

Bien à vous,

MM

La mère lut, relut, puis relut encore sa toute première missive à Wanda White, dans la lumineuse fenêtre de son ordinateur portable posé sur la table de la cuisine plongée dans la pénombre. Elle ne voulait pas paraître trop directe ou totalement irrationnelle en évoquant d'emblée sa transformation, et elle avait, de ce fait, préféré se présenter comme une lectrice réfléchie, engagée, intéressée par les mêmes interrogations et sujets. Le curseur clignotait dans l'obscurité de la cuisine, car il était tard à présent – tôt le matin, en fait – et son fils dormait depuis des heures. Elle serait une loque demain, mais elle s'en fichait. Toute la journée, elle n'avait pensé qu'à Wanda White, et il fallait simplement qu'elle sorte ces réflexions de sa tête et les envoie à la mystérieuse universitaire pour se libérer de ce fardeau.

Dès qu'elle appuya sur le bouton d'envoi, son corps se détendit au point qu'elle eut même du mal à monter l'escalier jusqu'à sa chambre où elle se glissa sous les draps à côté du garçon. Elle était tellement soulagée qu'elle s'endormit à peine la tête posée sur l'oreiller. Cela faisait des années qu'elle n'avait pas connu pareil état de sublime relaxation.

Imaginez donc par quelle puissance naturelle, divine ou magique elle fut exhumée des délicieux abîmes du sommeil. Imaginez la force nécessaire pour arracher une mère à sa première nuit de véritable repos depuis des années – corps entièrement relâché, inanimé, respiration ralentie jusqu'à ne plus être, rêves aussi réels que la vie elle-même. Elle gémit tandis qu'elle se sentait douloureusement soustraite aux mélasses du sommeil dans un cliquetis-clac du sang dans ses veines, l'estomac nauséeux d'adrénaline.

Dehors, de l'autre côté de la fenêtre, des choses grattaient, grognaient, soufflaient par des museaux humides, gargouillaient et léchaient. Elle perçut des corps qui se déplaçaient, s'agitaient, se grimpaient les uns sur les autres, impatients, inquiets, sur les nerfs, dans l'attente.

Ah merde, pensa-t-elle à moitié consciente. C'est quoi ce bordel ? Mais c'est quoi ce *putain de bordel* ?!

Elle toucha la poitrine du garçon qui ronflait doucement à côté d'elle, puis se leva et enfila un pantalon de jogging. Dans la cuisine, elle saisit un grand couteau avant de se raviser et d'empoigner une batte de baseball dans le placard de l'entrée. Épuisée, enragée, elle était bien décidée à frapper à mort tout ce qu'elle rencontrerait dehors. Elle les massacrerait de ses propres mains.

Elle jeta un coup d'œil par la grande fenêtre et c'est alors, éclairés par la pleine lune, qu'elle les vit.

Des chiens. Beaucoup de chiens. Quinze ? Vingt ? Elle se gratta les poils drus qui lui recouvraient maintenant tout le haut du dos, puis montra les dents. Elle pouvait entendre chaque bruit, sentir chaque odeur. Lentement, elle ouvrit la porte sur le côté de la maison et se tint un instant derrière la moustiquaire, scrutant la nuit. La mère flaira le retriever avant même de le voir, odeur de fraise et de savon. Il était là, assis en haut des marches. À côté de lui, le basset rondouillard aux jolis cils, et le border collie, corps hérissé d'énergie même en pleine nuit.

Derrière eux, beaucoup de chiens – bien au-delà de vingt même, discernait-elle à présent.

Je vous connais, grogna-t-elle à l'adresse du trio de chiennes, pas tout à fait méchamment mais plutôt pour dire *Bon sang, me réveiller au milieu de la nuit, faut croire que j'aurais dû être plus polie aujourd'hui.*

Elles étaient venues la chercher, comme elle l'avait craint et espéré, voulaient qu'elle les rejoigne, qu'elle les suive, mais elle, elle ne voulait pas partir, non, elle n'irait pas avec elles. Quelque chose en elle se mit en branle malgré ce refus, une exaltation à l'idée de les rejoindre, mais en moins défini. Plutôt un sentiment que son corps pourrait bondir et dévaler les marches et sortir dans la nuit sans même la consulter ; qu'il lui serait si facile de succomber au délicieux bruissement des cigales en cette fin d'été, de se laisser séduire par la chaude étreinte d'un air embrumé de rosée et de pollen, pour peu qu'elle n'y prenne garde. Mais ce qu'elle voyait ne pouvait être réel, il s'agissait forcément d'un rêve éveillé, une sorte d'hallucination hypnopompique due au stress et à l'épuisement. Elle secoua violemment la tête, puis s'ébroua jusqu'à la queue comme au sortir d'un bain.

Sous son pantalon de jogging, sa queue frétilla instinctivement. Soudain, elle sut qu'elle pouvait contrôler ses oreilles, les orienter en tous sens pour écouter les chiens, leur moindre souffle, gémissement, déglutition.

Tout ceci n'est pas réel, pensa-t-elle en avançant sur le porche, puis en descendant les marches, aiguillonnée par un désir âpre, par l'harmonie des bruits de la nuit et l'abondance des odeurs. Où était le danger ? Tout ceci n'était que faux-semblant, ou, comme elle disait si souvent à son fils, juste un jeu.

Elle avait laissé la batte près de la porte et s'était avancée dans l'allée devant la maison, où elle pouvait voir à présent que le trottoir était noir de chiens et que les bêtes se répandaient jusque sur la chaussée, jusqu'aux pelouses des voisins plongées dans l'ombre.

Le retriever lui prit la main comme la veille, et la guida à travers la marée d'animaux, chacun aussi alerte et immobile que la nuit alentour.

Au milieu de l'allée, au milieu des chiens, elle n'avait pas peur. Elle attendait. Ils attendaient. Puis, depuis la périphérie de la mêlée, un chien laissa échapper une plainte aiguë – la première note d'un hymne, pensa la mère, un appel à la célébration.

À cette note, le retriever saisit le revers du pantalon de jogging de la mère dans sa gueule et se mit à tirer sur le tissu.

Hé, arrête, s'écria-t-elle, en riant d'abord avant de s'arrêter net, car le retriever ne lâchait pas, ne voulait pas lâcher, et voilà que le collie attaquait l'autre jambe, tirant sur le tissu, si bien que la mère dut agripper la ceinture du pantalon pour empêcher qu'on ne le lui baisse.

Arrêtez, insista-t-elle, plus fermement cette fois, en donnant des coups de pied d'abord au retriever, puis au collie. Au lieu de lâcher, ils s'agrippèrent davantage à mesure qu'elle tirait plus fort.

Oh, bon sang, soupira-t-elle.

Le collie saisit le tissu au niveau de la cuisse, puis un berger au pelage touffu et aux yeux vairons entreprit de faire de même avec l'autre jambe. Un puissant labrador noir s'élança sur ses pattes arrière, entreprit de mordiller le bas de son tee-shirt, trouant l'étoffe chaque fois qu'il retombait gueule serrée sur le tissu.

Paniquée, la mère commença à se débattre. Elle distribua des coups de pied aux chiens et les frappa de ses mains, mais ils étaient de plus en plus nombreux à venir sur elle. Ils la bousculèrent d'un côté, de l'autre, avant de la faire tomber à quatre pattes, et là, plus rien ne pouvait les arrêter. Elle se protégea la tête avec ses mains, et ils s'en prirent à ses vêtements, déchiquetant le dos du tee-shirt, lacérant facilement le fin tissu de ses sous-vêtements.

Ce fut fini aussi brusquement que cela avait commencé, plus une patte sur elle. Au sol, elle haletait, nue, recroquevillée sur elle-même. Ses oreilles se dressèrent, et elle n'entendait plus que le doux souffle des chiens alentour. Elle reniflait leur épuisement.

Elle releva la tête. Les chiens faisaient les cent pas autour d'elle, gémissaient et piétinaient, la regardaient de biais, se figeaient et la fixaient, poil dressé le long de la colonne vertébrale. Doigts crochetés sur le pavement en ciment de l'allée, elle montra les crocs. Ses yeux s'enflammèrent, et elle sentit les muscles de ses hanches se contracter, sa chevelure se transformer en une monstrueuse crinière. Une pensée lui traversa l'esprit pour aussitôt disparaître : *Tu es un animal.*

Elle ne voulait plus penser, seulement agir. Seulement survivre. Elle grogna, puis se jeta aveuglément dans la foule de corps qui l'entourait, ses dents à la recherche de chair dans laquelle mordre. Elle n'était plus qu'os, sang, fourrure. Instinct et colère. Elle n'était plus consciente que du poids de son corps et de l'attraction qu'opérait la terre sur lui, de l'humidité particulière dans l'air nocturne, des chauves-souris qui volaient au-dessus, de chacun des mouvements des corps, pattes, têtes autour d'elle. Elle fouilla la nuit de sa bouche, avide de planter ses dents dans n'importe quoi. Les yeux à présent fermés, elle devint pur mouvement, pure obscurité, tressaillement, élan, le premier rêve de l'animal.

Elle se réveilla le lendemain matin dans son lit, vêtue de son tee-shirt et de ses sous-vêtements, son pantalon de jogging en boule par terre à côté d'elle. Elle grimaça et fixa le jogging un moment, tira sur son col de tee-shirt comme pour vérifier sa présence.

Même si elle savait qu'elle aurait dû être inquiète, qu'elle aurait dû se demander si elle ne perdait pas la tête vu l'état intact de ses vêtements, appeler le médecin immédiatement pour prendre rendez-vous, probablement faire un bilan psychiatrique, suivre un traitement médicamenteux, se confier à son mari dès son retour et lui raconter la rupture de la réalité qu'elle avait vécue, la présence des chiens, ses vêtements déchirés, et ensuite, là, dans la lueur du matin, ses vêtements intacts – même si elle savait tout cela, là, allongée dans le lit, alors que le petit lui grimpait déjà dessus, elle ne pouvait s'empêcher de bouillonner d'une extase quasi mystique, lumineuse et pure. Une extase qui sourdait du plus profond de son être.

Elle empoigna le garçon et le lança en l'air, encore et encore, jusqu'à ce qu'il en perde le souffle à force de rire. Elle enfouit son nez humide dans son cou et il hurla de plaisir et tira sur ses oreilles nouvellement veloutées de duvet. Elle saisit doucement son bras entre ses dents, il hurla à nouveau et s'enfuit de la chambre. Elle bondit du lit et le suivit, à quatre pattes, jusqu'à sa chambre. Ses cheveux étaient longs, plus longs qu'ils ne l'avaient jamais été, et ruisselaient dans son dos, sur ses hanches, les pointes chatouillant ses mollets. Ils jouèrent jusqu'à en perdre haleine ; la chambre était sens dessus dessous, les rails de train partout éparpillés, les piles de livres renversées, les draps jonchaient le sol.

En bas, elle sifflait en préparant le petit déjeuner du garçon. Que s'était-il passé au juste la nuit dernière ? Elle comprenait qu'elle aurait dû être effrayée, mais elle ne l'était tout simplement pas. Une force nouvelle animait son corps, et elle aimait son corps, elle aimait être un corps, et elle aimait le garçon, un autre corps qu'elle avait fabriqué.

Peut-être cela arrivait-il à toutes les mamans mais personne ne le lui avait dit, tout comme elle n'avait pas su que ses pieds grandiraient et s'élargiraient après la naissance de son enfant, ni que ses cheveux tomberaient par poignées sous la douche. Peut-être cela faisait-il partie des secrets qui entourent la maternité. Le garçon mangea ses pommes de terre rissolées. Elle s'assit sur la petite chaise en plastique à côté de lui, regarda distraitement par la fenêtre en caressant les poils sur sa nuque. Elle se leva pour sortir un steak du frigo mais, avant de le mettre à cuire, elle en découpa deux minuscules morceaux.

On goûte ? proposa-t-elle au garçon, en lui montrant les bouts de viande crue. On joue au chienchien ? Il hocha la tête et sourit, la bouche pleine. Ils prirent chacun une boulette rouge de viande, la mirent dans la bouche et mâchèrent. Elle grogna comme un chien et le chatouilla, et il éclata de rire.

On est des animaux sauvages ! entonna-t-elle, et le garçon s'écria : Dehors, aller dehors ! et elle accepta.

Le garçon courut à la porte pendant qu'elle finissait de faire cuire le steak. Elle s'éloignait du plan de travail, assiette avec le steak à la main, lorsque le garçon revint d'un bond dans la cuisine en criant : Regarde !

Il brandissait une souris morte. Elle poussa un cri puis éclata de rire.

Où as-tu trouvé ça ? demanda-t-elle. Beurk !

Pas beurk. Viens maman.

Elle le suivit. Il pointait son petit index grassouillet et l'observait, yeux écarquillés, pour voir comment elle réagirait devant le tas – un véritable tas – de souris, d'écureuils et de lapins, sur lequel trônait le corps flasque d'un raton laveur, un tas d'animaux morts déposé juste devant leur porte, sur le porche.

Le spectacle lui coupa le souffle.

Une offrande. Un signe. Une marque de bienvenue.

L'appétit aiguisé par tant de mort, la mère et le garçon prirent à midi la direction de leur lieu de déjeuner favori en ville, juste en face de la bibliothèque. Une de ces épiceries fines de quartier qui faisait aussi traiteur et qui proposait des rayons entiers de cookies et de biscuits apéro haut de gamme, de confitures importées, ainsi qu'un buffet de repas chauds ou froids principalement destiné aux étudiants de l'université locale mais très apprécié des mamans. On pouvait, si on le souhaitait, se servir une grosse portion de gratin de macaronis accompagnée de bâtonnets de poulet, ou une assiette rien que de raisins. La mère pouvait, au besoin, disposer sur une assiette deux cubes de fromage en guise d'yeux, une tranche de kiwi pour le nez et une éclaboussure de yaourt à la fraise pour la bouche. Et il y avait aussi du vin au verre.

Le garçon adorait y aller et donner des instructions à sa mère sur ce qu'il fallait mettre dans leur assiette. Il pointait du doigt comme un général en miniature, donnait des ordres en grommelant, tapait des mains, boudait et se comportait comme un tyran pour obtenir exactement ce qu'il voulait. La mère empila des tranches de pain de viande arrosées de ketchup, des morceaux de rôti émiettés, des bâtonnets de poulet, une montagne d'une délicieuse purée de maïs cuite au four – une quantité qui fit applaudir son fils de joie, car lui aussi adorait le maïs cuit au four. Dans un autre bol, elle se servit une belle portion de gratin de macaronis.

À la caisse, la vendeuse pesa les victuailles et se permit de jeter un regard en coin à la mère, laquelle, s'y attendant, afficha un grand sourire tandis que le garçon éclatait de rire. Puis elle précisa : Je suis carrément en plein SPM. La jeune femme lâcha un petit rire gêné et enfonça de plus belle les touches de sa caisse.

Carrément, fit la caissière.

L'addition se montait à plus de trente dollars, tant la faim de la mère était conséquente et, de ce fait, son déjeuner.

Ils s'installèrent à l'une des tables à l'extérieur où d'autres mères s'occupaient de leurs enfants, insistant pour qu'ils mangent un haricot vert ou leur proposant un yaourt, essuyant des dégoulinades sur les mentons ou nettoyant des boissons renversées.

La mère et son garçon s'assirent côte à côte. Elle posa le bol de macaronis devant lui et coupa un bâtonnet de poulet en petits morceaux qu'elle disposa sur une serviette en papier. Elle était inhabituellement silencieuse, distraite par sa faim et l'odeur de la viande. La mère était peut-être dans une sorte de transe animale – elle coupait le bâtonnet de poulet, certes, mais sans savoir ce qu'elle faisait. Elle ne pouvait se concentrer que sur sa faim, une faim qui la submergeait jusqu'à la rendre presque folle. Elle se tourna vers son assiette.

Oh ! La splendeur du pain de viande ! La souplesse des fibres musculaires de l'effiloché de viande rôtie ! Elle se servit d'une fourchette, puis de ses mains, et enfin elle accepta tout simplement de poser son visage sur le tas de nourriture, et on aurait pu croire qu'il s'agissait d'une sorte de rituel : cette mère qui, tête baissée, prenait les aliments directement dans son corps. L'acte n'était pas dénué d'une certaine pureté.

Le garçon la regarda un instant les yeux écarquillés puis il poussa un petit cri de joie et l'imita, plongeant le visage dans ses pâtes avant de relever la tête, une nouille collée sur la joue, du fromage sur les paupières. Il applaudit.

La mère poursuivit dans son élan, jouissant de la sensation de la viande dans sa gorge, de la viande qui la remplissait. Le garçon s'approcha pour prendre une bouchée de maïs mais elle émit un léger grognement sourd et il se ravisa, optant pour un morceau de poulet.

Elle engloutit la viande, gémit de plaisir, renifla et mâcha bruyamment, puis elle poussa l'assiette de maïs avec son nez vers son fils. Il se servit à pleines mains, fourra le tout dans sa bouche et mâcha les yeux fermés.

Elle mangea, mangea, mangea ; elle mangea avec une singulière concentration animale. Elle lécha son assiette et sortit de son état de transe pour s'apercevoir que toutes les mères autour d'elle étaient silencieuses. Même les hommes d'affaires avaient délaissé leurs portables pour la regarder.

Elle prit une serviette et s'essuya calmement le visage. Elle inspira profondément. Il fallait qu'elle soit naturelle, qu'elle la joue cool. Pas question de pleurer. Non, pas pleurer !

Catastrophe, elle croisa le regard d'un homme à la table d'à côté, un type en chemise blanche, cheveux impeccables, sa mallette posée à côté de lui.

Affamée, dit-il, mais moins comme une question que comme un *check* verbal, une reconnaissance quelque peu abasourdie de ce qui venait de se produire.

Oh, s'exclama-t-elle en piquant un fard, avant de détourner aussitôt le regard et tenter de rire.

Ouaf ! aboya-t-elle à son fils, incapable de glousser comme si de rien n'était, l'air de dire : ce n'était qu'un jeu ! Le jeu du chienchien ! Elle était une bonne mère, et ce n'était qu'un jeu, dit-elle en silence, à elle et tous ceux qui auraient pu se poser la question.

Ouaf, ouaf ! répondit le garçon, le visage rayonnant de plaisir et couvert de fromage. Elle lui tapota la tête, puis lui essuya le visage et il replongea dans sa nourriture tandis qu'elle portait aussi dignement que possible un verre d'eau à ses lèvres.

Il lui semblait que tout le monde était revenu à ses affaires, mais elle n'osait regarder, tant avaient été épouvantables cette perte de conscience de soi, cette faim irrépressible qui l'avait plongée dans un état second, un état dans lequel seuls comptaient les odeurs, les goûts et la faim.

OK, tout va bien, se dit-elle calmement, en respirant profondément. Tout va bien.

Maman ! cria le garçon. Il l'aimait, peu importe comment elle se comportait.

Fais chien, demanda-t-il. Elle sourit, lui dit C'est fini et signa le message paumes tournées vers lui. C'est fini, chéri. On refera le chien plus tard. Il aboya et retourna à sa nourriture, satisfait pour l'instant.

La mère sentit une main sur son épaule. Elle se retourna pour découvrir une femme d'un certain âge. Elle sentait la poudre sucrée, et ses courts cheveux gris étaient coiffés avec élégance. Tout en elle était agréable : son maquillage léger et ses lunettes propres, les fines rides autour de ses yeux souriants, la laine duveteuse de son cardigan par une journée d'été.

C'est tellement rigolo les petits garçons ! dit-elle.

La mère lâcha un rire avant de confirmer qu'elle passait effectivement un bon moment.

Et quelle mère vous êtes, poursuivit la vieille dame. Quelle merveilleuse mère ! Pour s'amuser autant avec son enfant. Je me souviens de ce temps-là.

Oh, merci, répondit la mère timidement, quelque peu surprise de cette femme qui au lieu de la réprimander se réjouissait et se remémorait.

Nous aussi nous jouions aux chiens ! expliqua-t-elle en s'adressant maintenant au garçon. Mon fils et moi ! C'était tellement amusant, et il adorait ça. Errrrr, grogna-t-elle en montrant ses dents au garçon et en remuant la tête dans tous les sens, avant de glousser en tapotant à nouveau l'épaule de la mère et de s'éloigner.

La mère regarda la vieille dame partir, désolée qu'elle ne se soit pas assise à côté d'elle pour discuter et lui raconter sa vie. Vous jouiez aux… *chiens* ? Vraiment ? Les gens ne vous trouvaient pas un peu bizarre ? Quel âge a votre fils maintenant ? Vous vous entendez toujours bien avec lui ? Vous travailliez quand il était petit ? Quelles étaient vos passions ? Pensez-vous avoir fait les bons choix ? Qu'auriez-vous fait différemment, avec le recul ? Que me conseillez-vous de faire, comment être heureuse, épanouie ? Quels sont les secrets ? Parce que je sais qu'il y a des secrets, et je veux les connaître, tous.

Elle était presque au bord des larmes tant elle aurait voulu converser avec cette femme, prendre ses vieilles mains douces et abondamment lotionnées dans les siennes, et lui poser des questions, tant et tant de questions. Sa propre mère, qui habitait loin, téléphonait rarement et, lorsqu'elle le faisait, ce n'était que pour parler du temps qu'il faisait, et du jardin, des jours qui raccourcissaient, du besoin urgent d'une bonne pluie.

Une fois, alors qu'elle était enceinte, elle avait essayé de lui parler de l'accouchement, de ce à quoi il fallait s'attendre, de sa peur de souffrir et de comment sa mère s'était débrouillée, mais sa mère n'avait eu que la réponse suivante : *Lorsqu'on parle d'accouchement on utilise le terme de travail et c'est en effet un travail difficile* – propos qui sonnaient comme une consolation. Bien sûr, disait en somme sa mère, c'est difficile et douloureux, mais tu es une femme, alors c'est ton lot dans la vie, ton travail de faire ce qui est difficile et indiciblement douloureux, et ensuite de respecter ce pacte de silence.

La mère remballa ses affaires, essuya son fils, rapporta les assiettes sales au comptoir aussi vite qu'elle le put, puis sortit en courant, sur les traces de son fils, vers l'aire de jeux. Elle scruta les environs à la recherche de la vieille dame, en vain.

Son fils aboya quelque part sur le terrain de jeux, lui intimant de jouer à cache-cache. La mère tourna le visage vers le soleil et poussa un hurlement, puis s'élança vers lui, pour jouer.

Tu ne me croiras jamais, dit-elle à son mari au téléphone cette nuit-là.

Mmm, fit-il distraitement.

Ce matin, sur le porche, il y avait tout un tas d'animaux morts.

Pardon ?! s'exclama-t-il.

Des lapins, des écureuils et des souris. Un raton laveur sur le dessus. Elle laissa échapper un retentissant rire exalté.

C'est quand même étrange, s'étonna son mari, à quoi elle répondit : Sans doute, oui, mais en même temps, c'était plutôt drôle.

Tu es sûre que tu vas bien ?

Je me sens merveilleusement bien. Cela fait des mois que je ne me suis pas sentie aussi bien !

Eh bien, en voilà une bonne nouvelle.

Ah oui ? demanda-t-elle en riant. Je veux dire, c'est une bonne nouvelle pour *toi* ?

Qu'est-ce que tu essayes de dire ?

Elle se mit à rire, sans pouvoir s'arrêter.

WW-

J'ai réfléchi à ce qui compte vraiment dans la vie. Je comprends que ce n'est pas une question originale, mais je voulais quand même vous présenter mes idées, au cas où vos réflexions iraient dans le même sens.

Avant d'avoir mon enfant, je n'avais jamais désiré fonder une famille, ni même me marier. Non, je rêvais plutôt de l'écho des salles de musée, de vastes sols impeccables et de murs blancs, la quiétude sacrée qui caractérise de tels espaces, et ensuite de mon travail là, dans cet espace. C'était mon premier fantasme, quand j'étais enfant, le plus générique des rêves, mais au fil des ans, il a gonflé et s'est transformé. Je ne pensais qu'à des coupes de cheveux onéreuses, la petite frange toute courte, aux lunettes branchées, à un atelier baigné de soleil dans lequel de nombreux projets intéressants seraient en cours d'élaboration.

J'imaginais des amis aux opinions variées et goûts assurés, des voyages à travers l'Europe, des étés passés en résidence artistique, et ainsi de suite. Je ne vais pas vous ennuyer. Ce que je veux dire, c'est que j'avais imaginé toute cette vie. Je l'avais rêvée.

Mais ensuite, mon corps. Ensuite, un enfant. Et, oui, il m'a apporté une grande joie – être mère, malgré mes bruyantes protestations, a été une expérience pure, douce et vraie –, mais l'enfant n'a pas sa place dans l'atelier baigné de soleil. Ou plutôt, l'art n'a pas sa place dans ma maison avec mon enfant. C'est comme si tous mes rêves avaient été réinitialisés. Les murs sont vides, je suis vide.

Tout cela pour vous demander : pour quoi une femme devrait-elle se battre ? Étant donné ses ressources limitées, son temps, son énergie et son inspiration eux aussi limités, quelle est la chose qui vaut la peine qu'on se batte pour elle ? L'art, peut-être ? Envisagé dans une perspective globale, l'art semble parfois inutile, voire égoïste. Imposer son point de vue au monde – qui en a réellement besoin, surtout face à un enfant qui a besoin aussi immédiatement d'une mère ?

Je n'ai pas de réponses si ce n'est que l'art me semble essentiel, aussi essentiel que le fait de materner. Pour être une personne à part entière, l'art est essentiel. Sans l'art, il me semble que je cesse d'être une personne.

Est-ce une raison suffisante, que cela m'importe ?

MM

Il y a des éraflures sur la porte, à l'intérieur et à l'extérieur. Les bords des livres sont rongés. Un des oreillers est déchiré, fichu. Elle ne sortira pas de la maison pour aller en ville ; elle n'en a pas envie. Elle et le garçon jouent avec de la pâte à modeler, préparent une tarte et dansent sur des chansons dans le salon.

Tout son corps est couvert de poils. Le chat – sa queue velue, son ventre souple – est irrésistible. Elle adore courir, courir à perdre haleine, dehors sur la pelouse, avec le garçon. Ils jouent à chat. Jouent à lancer et ramener la balle.

Et si on adoptait un chien ? propose-t-elle au garçon. Il est d'accord.

On demandera à papa, dit-elle, avant d'ajouter : Ou pas.

Ils se rendent au magasin de bricolage et achètent des friandises pour chiens et une gamelle en inox scintillant pour l'eau. Elle aime beaucoup cette gamelle. Elle l'étrenne dès qu'ils arrivent chez eux, et le garçon rit, puis lui aussi boit dedans. Dès lors, il ne veut plus boire que dans le fameux récipient, comme un chien, et elle aussi, alors c'est ce qu'ils font. Ils partagent avec le chat, car ce sont de bons chiens.

Elle est une meilleure mère à force d'être un meilleur chien ! Les chiens n'ont pas besoin de *travailler*. Ils n'en ont rien à faire de *l'art*. Pourquoi n'y avait-elle pas songé avant ?

Elle *aime* l'idée d'être une chienne : elle peut aboyer et grogner sans avoir à se justifier. Elle peut courir librement si l'envie lui prend. Elle peut être corps, instinct, pulsion ; sentir la faim, la rage, la soif, la peur, et rien d'autre. Elle peut revenir à un état pur, un état qui palpite. Elle a connu cette liberté quand elle a accouché, elle a crié, déféqué, juré et aurait pu tuer au besoin. Son mari avait failli s'évanouir à cause des bruits qui sortaient de sa bouche. C'est comme ça qu'il les avait appelés : des *bruits*. Pendant un moment, elle était restée allongée une jambe surélevée, et sa doula lui avait dit que c'était la position dans laquelle elle l'aurait mise si elle ne l'avait pas fait d'elle-même, pour aider le bébé à se retourner, mais la mère avait su instinctivement. Elle avait écouté son corps. Qui écouter d'autre ? Si elle ne pouvait pas faire partie des mondes de l'ambition, de l'argent, des carrières, alors elle les quitterait complètement pour s'enfoncer dans la férocité de ses rêves les plus profonds, de ses désirs corporels. C'en était fini de s'intéresser à qui contribuait à quelle exposition. Fini de se reprocher son manque de volonté, son incapacité jour après jour à se mettre au travail. Elle céderait en revanche à ce que, selon elle, elle était appelée à être : un animal qui prend soin de son petit. Un point c'est tout. Très bien. Parfait. Elle pouvait presque sentir pousser les poils de chacun des pores de son corps.

Elle aboya de pur bonheur et le garçon aboya aussi, avant de lui gratter la tête de sa petite main.

« … car qui sait quels mystères et merveilles les femmes cultivent en elles ? » interrogeait le texte dans la faible lumière de la lampe, avant que la mère ne s'assoupisse sur le canapé en cette fin d'après-midi d'une longue journée de rêverie canine, tandis que le garçon somnolait par terre à côté d'elle, nu à part sa couche.

Qui peut dire les exploits et les folies, les modes d'existence absolument inimaginables auxquels les femmes se sont livrées depuis l'aube de l'histoire humaine ? La femme, lorsqu'elle est poussée à bout, fait appel à toutes ses facultés et compétences, à tous les outils et astuces biologiques dont elle dispose, non seulement pour survivre, mais aussi – si elle s'est reproduite – pour prendre soin de ses petits. En ce sens, les pouvoirs de la mère surpassent ceux de la femme sans enfant, car la mère – en particulier celle d'un nourrisson et de très jeunes enfants – habite cet entre-deux très particulier, cet espace ni entièrement humain, ni entièrement animal, et c'est dans cet ailleurs liminal que l'on trouve nombre des femmes magiques les plus fascinantes. C'est dans cet espace que ses pouvoirs sont le plus redoutables et que sa constitution est le plus instable, créant un nexus, un ensemble complexe de capacités inégalées.

Elle s'enfonça davantage dans le canapé et cligna des yeux pour rester éveillée, car les mots semblaient sortir de quelque part au fond d'elle-même, même s'ils étaient juste là, sur la page…

Mais sans doute la chose la plus étrange : la plupart des femmes magiques ne sont pas conscientes de leurs pouvoirs et entrent dans le domaine de la magie sans même lancer un regard d'adieu. Pour elles, ce voyage est aussi naturel que de respirer, que de plonger dans le sommeil. Passer du monde du connu à celui de l'inconnu se fait souvent inconsciemment, mais que ce soit conscient ou non, cela marque le début de ce que les Kwolo appellent aga, *ou seconde vie.*

Son mari était de retour. Nous étions vendredi soir. La toute fin de l'été approchait, approchait au point qu'il suffisait de plisser les yeux pour voir que les feuilles étaient sur le point de changer de couleur. La journée avait été magnifique et, même après cinq heures de route, il était de bonne humeur, car pourquoi ne l'aurait-il pas été ?

La porte moustiquaire sur le côté de la maison n'était pas fermée à clé et, derrière, la lourde porte en bois était entrebâillée, comme souvent pendant les mois les plus chauds. Une brise soufflait par les fenêtres ouvertes, et des volutes de musique s'échappaient doucement du salon.

Bonjour, lança-t-il, en enlevant ses chaussures et en posant sa valise près de la machine à laver.

La cuisine était propre et rangée, la salle de bains à la lumière tamisée sentait bon l'eau de Javel. Les lits étaient faits, les tapis aspirés. À côté de leur lit trônait une niche neuve avec, à l'intérieur, un couchage composé d'une couverture moelleuse et d'un oreiller en plume. Les vêtements déjà portés ne s'entassaient plus par terre. Il n'y avait plus de jouets éparpillés aux quatre coins des pièces. L'air du soir soufflait à travers les fenêtres ouvertes, agitant les rideaux en toile à beurre.

Il parcourut la maison, hélant sa femme.

Chérie, où es-tu ?

Dans le salon, il trouva le garçon – joyeux, propre et nu à part sa couche – assis à côté d'un chien étendu sur le tapis. L'animal était énorme et le mari crut reconnaître un loup, avec son épaisse fourrure argentée et noire. Le chien ouvrit un œil pour surveiller le mari.

Bébé, où est maman ?

Le garçon tapa dans ses mains en riant.

Chien ! dit-il joyeusement, puis il enroula ses petits bras grassouillets autour du cou de l'animal et posa sa tête sur sa poitrine.

Le chien se leva lorsque le mari s'approcha de lui les mains en l'air, comme si on lui avait demandé la bourse ou la vie.

Gentil chien, dit-il. Gentil.

L'animal retroussa les babines, puis grogna, doucement, des profondeurs de sa poitrine. Soudain, il s'élança vers l'arrière de la maison, à travers les portes-fenêtres ouvertes, puis sur la pelouse gagnée par la pénombre en cette longue fin de journée. L'enfant criait de joie, et le mari talonna le chien. Sa femme, se dit-il, en avançant dans la nuit qui tombait. Elle doit être dehors quelque part.

Deux

Elle entendait, au loin, son mari l'appeler dans le jardin, mais elle n'était plus cette femme-là, cette mère, cette épouse. Elle était Nightbitch, et elle se sentait incroyablement bien. Il lui sembla qu'elle avait attendu cela depuis très, très longtemps.

Traçant son chemin pour rester dans l'ombre, elle piétina avec volupté le parterre de pétunias de son voisin d'en face, un vieil homme du nom de Stanley qui votait républicain, ne prêtait jamais le moindre outil de sa considérable collection, disait à peine bonjour et ne supportait pas que le petit pose le pied sur sa pelouse, un gazon qu'il entretenait avec une méticulosité quasi névrotique. Si jamais il s'y aventurait, Stanley le fixait méchamment puis croisait les bras pendant que la mère le réprimandait et lui demandait de revenir à ses côtés, et jamais ne se fendait du moindre sourire lorsqu'elle lui présentait ses excuses et cherchait à dédramatiser la situation par quelque mot d'esprit.

Son putain de gazon à la con, pensa-t-elle en s'accroupissant sur son terrain et en y déposant un monstre de crotte. Elle gratta l'herbe à côté du tas de caca en soulevant des mottes entières de terre, puis se dirigea en bordure du terrain où Stanley avait soigneusement jeté à la volée des semis de gazon sur les parties un peu dégarnies pour les éparpiller tout aussi soigneusement sur le trottoir à grands coups de pattes.

Elle se fraya un chemin à travers les jardins derrière les maisons et le long des clôtures, évitant les zones éclairées par les lampadaires, jusqu'au tunnel qui passait sous la voie ferrée, et le petit parc au bord du ruisseau. Elle savait que des sans-abri dormaient sur les bancs du parc et, une fois, alors qu'elle faisait du vélo, elle avait croisé un groupe de jeunes hommes qui se passaient une pipe. D'habitude, elle évitait ce coin, par peur de ce qui pourrait lui arriver, mais ce soir, c'était le seul endroit où elle voulait être. Son cœur battait la chamade tandis qu'elle sentait tous les animaux, sentait les hommes odorants qui dormaient sur les bancs.

Je pourrais les mordre à la gorge pendant leur sommeil ! pensa-t-elle, tandis qu'une énergie grisante la traversait. Elle était subjuguée par sa propre puissance. Submergée par sa propre violence. Elle voulait hurler, mais au lieu de cela elle se glissa dans le sentier qui traversait les bois, marchant avec précaution pour ne pas faire de bruit. Le petit cours d'eau froide coulait en marge de sa conscience, et elle songea à sa fraîcheur nocturne et à son flot furtif, incessant. Il était, de cette manière, son semblable.

Dans le clair de lune, elle percevait la vie dans la nuit qui échappait normalement à ses sens. Des insectes se déplaçaient sur des feuilles, et un oiseau sursauta à la cime d'un arbre. Dans les hautes herbes, sous les feuilles mortes, un serpent glissait vers une souris, déplaçant à peine un soupçon d'air autour de lui. La nuit entière bruissait et crépitait autour d'elle. Le clair de lune lui-même semblait vibrer et animer chaque chose.

Elle se figea au-delà de l'immobilité lorsqu'elle aperçut le lapin près d'un peuplier. Les poils sur sa nuque se dressèrent. Babines retroussées, elle souleva un bras, le posa, puis l'autre. Ses mouvements devinrent presque mécaniques, lents et mesurés. Elle se voulait une ombre qui se déployait et vacillait au gré des ruses de la lumière.

Le lapin remua le museau, puis une oreille, avant de s'élancer vers l'obscurité. Elle sentit chaque muscle de son corps se contracter, puis exploser en mouvement. Elle se lança à la poursuite de l'animal, fonça dans les buissons et transperça les mauvaises herbes pour saisir sa patte arrière avant qu'il ne puisse disparaître dans les bruyères.

Elle serra les crocs autour de son cou et sentit respirer le petit animal à l'intérieur de sa bouche. Elle le secoua violemment d'un côté, de l'autre. Ses yeux s'embrasèrent. Elle le jeta par terre pour voir s'il bougeait encore, puis le ramassa et le secoua de plus belle.

L'odeur musquée de sa peur !

La chaleur de son sang !

La sensation du crâne qui s'écrase entre ses mâchoires !

Elle emporta l'animal mort dans sa gueule à travers la nuit, jusque derrière sa maison, où, dans un coin du jardin, elle se mit à creuser un trou peu profond pour y enterrer la créature, son trésor, sa récompense.

Elle arpenta le jardin ensuite. Huma l'endroit où son fils s'était allongé dans l'herbe plus tôt dans la journée, et le chemin qu'il avait parcouru de la porte à la pelouse, les endroits où ses petites mains avaient touché la balle bleue qui se trouvait encore près de l'allée. Elle renifla la terre et sentit les pneus de la voiture. Elle sentit les marches du petit escalier derrière la maison, là où le chat aimait s'allonger au soleil, puis le chemin qu'empruntait le chat pour aller dans le patio, traverser la pelouse et jusqu'à sa cachette sous le pommier sauvage. Sous l'arbre, elle flaira les petites pommes ainsi que les odeurs fantômes des chipmunks, des écureuils et des oiseaux. Elle se roula dans l'herbe pour imprégner sa fourrure de ces senteurs en poussant de petits râles de bonheur, avant de se diriger vers le bac à compost puis le petit jardin de pierres où elle aimait planter des fleurs au printemps, et là se trouvait sa propre odeur, son odeur d'être humain – elle la reconnut immédiatement.

Comment aurait-elle pu savoir que ce dont elle avait besoin, depuis le début – davantage que de soins médicaux ou que d'une psychothérapie, davantage que de décider d'être heureuse ou de changer volontairement d'attitude –, c'était enfoncer ses dents acérées dans quelque chose de vivant, empli de sang, et de sentir l'essence vitale de cette chose se dissiper, s'évanouir jusqu'à l'immobilité, la mort et la putréfaction ?

Elle ne souffrait d'aucune carence en fer, ni ne traversait de crise. Il n'y avait rien qui « ne tournait pas rond » chez elle. Juste une nuit. Une seule nuit de violence, voilà tout ce dont elle avait besoin. Une nuit sans se soucier du qu'en-dira-t-on, une nuit à chier n'importe où, une nuit où elle ne serait indispensable pour personne, une nuit où elle ne serait qu'un corps en mouvement dans l'obscurité, une ombre, un fantôme d'elle-même. Une nuit à n'obéir qu'aux injonctions de son corps.

Épuisée, elle se pelotonna dans l'herbe et s'endormit.

Nue et mouillée de rosée, repliée sur elle-même, la mère se réveilla le lendemain matin de son escapade nocturne avec un sentiment de bien-être qui lui était jusqu'alors inconnu. Le soleil dardait ses premiers rayons au-dessus des toits de la ville, baignant le jardin d'une lumière pure et uniforme. Chaque brin d'herbe étincelait. Chaque oiseau chantait.

Elle se sentait reposée malgré ses quelques heures à peine de sommeil sous le pommier sauvage. Puissante et pleine de vie. Et elle n'avait pas froid en dépit de sa nudité. Jamais elle ne s'était sentie aussi réveillée depuis la naissance de son enfant, et même avant ; elle n'était ni vaseuse ni grognon, mais enthousiaste et tout à fait capable, se dit-elle, de faire un jogging matinal, ce qui aurait été une grande première. Ses sinus étaient dégagés, ses yeux vifs. Ses cheveux étaient propres au toucher, et elle imaginait sa peau fraîche comme la rosée et débarrassée des marques de toutes ces nuits fragmentées, écourtées, de toutes ces années où elle n'avait pas bu suffisamment d'eau, pas mangé assez de salade, pas mis de crème solaire.

Elle déploya ses membres, déroula ses bras jusqu'à sentir sa peau s'étirer sur les os, déplia lentement ses jambes, puis remua ses orteils pour les faire craquer. Elle se releva en déroulant sa colonne vertèbre par vertèbre ; puis elle étira ses bras vers le ciel et bâilla superbement, comme elle ne l'avait vu faire qu'au cinéma.

Elle contempla le jardin, les abeilles et les insectes qui commençaient leur journée, les rayons du soleil à travers les branches, les grandes feuilles luisantes des hostas. Elle ne savait pas qu'il était possible de se sentir aussi bien, aussi heureuse, alerte et rassasiée.

Elle marcha à pas de loup jusqu'au garage et tapa le code pour ouvrir la porte, resta courbée tandis que la porte se relevait avec un grincement mécanique trop fort, puis récupéra la clé de secours à l'intérieur.

Elle se précipita vers la porte latérale, en se couvrant de ses mains, et entra dans la maison, se sentant comme Ève avait dû se sentir en quittant pour la première fois le jardin, mais, franchement, quel soulagement. De se comprendre, enfin. De ne plus demeurer dans les limbes des hypothèses, des « et si ». De tout savoir à présent.

Le miroir de la salle de bains lui révéla un être jusqu'alors inconnu, cheveux emmêlés et maculés de boue, visage barbouillé de sang et de terre, narines encrassées de suie goudronneuse. Ses mains donnaient l'impression qu'elle avait jardiné sans relâche des semaines durant. Des éraflures rouges zébraient ses jambes. Elle retira une épine de sa plante de pied, et entra dans la douche.

Elle réchauffa sa peau sous l'eau chaude et regarda s'écouler et disparaître dans la bonde des poils épais et de la fourrure. La boue sur ses mains et ses pieds. Des bouts de feuilles et des brindilles de ses cheveux. Il lui sembla que les pointes de ses canines se détachaient, et elle les cracha dans l'eau trouble.

Un sentiment irrésistible de justesse, de « je te l'avais dit », de profonde lucidité la saisit tandis qu'après s'être séchée elle enfilait un tee-shirt propre et se glissait sous les draps, entre son mari et son fils en plein rêve.

Le fait est qu'elle avait eu raison à propos de tout. À propos des poils qui lui poussaient partout et de ses dents sans cesse plus pointues. De sa queue. De la meute de chiens qui s'était rassemblée inexplicablement devant chez elle. En vérité, tout ce qu'elle avait perçu était sensé et pertinent, non seulement cette histoire de transformation en chien, mais aussi, avant ça, sa colère et sa fatigue ; sensé et pertinent le fait qu'elle ne trouve pas normal de se retrouver mère au foyer, écartée du monde du travail, sa carrière en suspens, son art en suspens, sa vie indéfiniment en suspens, pendant que son mari, lui, s'épanouissait. Pas normal non plus que le travail consistant à élever son enfant soit dévalorisé, envisagé comme une besogne de femme, un travail ménager, pas normal qu'une fois devenue mère au foyer, elle ait commencé, lentement, imperceptiblement, à disparaître, jusqu'à n'exister pleinement qu'en présence de son enfant. Et lorsqu'elle songeait à ses journées, elle pouvait légitimement se demander si, sans lui, elle existait encore.

Le débat était donc clos, elle l'avait gagné. Mais quel débat au juste, pas facile à dire. Pourtant, elle avait l'impression de pouvoir, sans trop prendre de risques, affirmer qu'elle avait gagné *tous* les débats, du moins les plus récents. Désormais, elle savait pouvoir faire confiance à ses instincts et à son jugement, même si, dans un premier temps, ces instincts lui avaient paru déments. Elle pouvait, *devait* même, se sentir confortée dans ses convictions, savourer le fait qu'elle avait eu raison. Et pourtant, quel dommage de ne rien pouvoir révéler à son mari, ce corps allongé dans le lit à côté d'elle.

Non, définitivement, elle ne devait en aucun cas révéler sa transformation à ce brave homme. Certes il était gentil et raisonnable, mais comment être sûre de sa réaction lorsqu'il découvrirait ce qui fondait véritablement son être ? La forcerait-il à consulter un médecin, ou pire, un psychiatre ? Devrait-elle gober d'innombrables cachets pour calmer, ou pire, à jamais bloquer l'euphorie de la métamorphose ? La ferait-il interner ? La séparerait-il de son enfant ? Était-elle vouée à dépérir dans une pièce éclatante de blancheur, bras et jambes attachés à un fauteuil, vêtue d'un épais peignoir, fixant d'un regard vide par-delà la fenêtre ? Comment croire un instant qu'il était capable d'envisager sa transformation comme quelque chose de naturel, sain et réparateur, d'estimer qu'elle s'occupait bien de leur enfant en dépit de tout ?

Tu ne peux tout simplement pas faire ça, affirma son mari dans la cuisine le lendemain matin de sa transformation, l'air inquiet. Je rentre à la maison et tu n'es pas là ? Le petit est seul ? Et il y a ce chien ?

Nightbitch le regarda fixement. Elle croisa les bras, puis les décroisa dans un petit geste de magnanimité. Elle se dit qu'elle devait rester aimable pendant cette conversation, ne pas grogner, ne pas montrer les dents, pas de comportement agressif, parce qu'elle voulait, vraiment, régler cette affaire le plus simplement et calmement possible et, surtout, ne pas révéler à son mari ce qu'elle avait fait la veille, ou pourquoi elle avait dû partir si vite. Elle voulait que ses secrets demeurent des secrets. Ses secrets étaient, ces derniers temps, les seules choses exclusivement à elle, des choses qui n'avaient rien à voir avec le fait d'être *mère*, *épouse* ou *trentenaire*. Ses secrets étaient à présent presque aussi précieux pour elle que son art autrefois et, en y réfléchissant, son art aussi avait eu un aspect secret. La gestation d'une idée, l'excitation qu'elle gardait silencieusement en elle au moment de commencer l'œuvre, l'envergure qu'elle envisageait pour son projet, les heures de travail en solitaire, le fait de réfléchir, d'imaginer, de converser avec elle-même. Il y avait quelque chose de magnifiquement, délicieusement secret, intime et enivrant dans cette vie de création artistique.

Parler trop tôt d'un projet pouvait tout gâcher. Et en parler trop après son achèvement risquait aussi de le galvauder.

La meilleure façon de faire consistait à créer quelque chose, sans rien dire, en cachette, puis de le présenter au monde dans toute sa magnifique et surprenante gloire. Comme une naissance, pensa-t-elle. Faire émerger quelque chose de la partie la plus intime de soi. L'entendre pousser un cri à son arrivée. Faire en sorte qu'il soit parfait et merveilleux, sans prononcer le moindre mot à son sujet, juste en le tenant dans les bras, et le présenter ainsi au monde : Regardez.

Oui. Son art. Ses secrets. Elle devait les garder pour elle, même s'il n'en restait plus grand chose.

Son mari attendait toujours une réponse, une réaction de sa part.

Je t'ai laissé un mot, finit-elle par répondre, mais sans s'excuser ni s'aplatir. Ce n'était pas comme si elle avait disparu de façon inexplicable et pour toujours. Le mot qu'elle avait eu l'intelligence de laisser sur le comptoir de la cuisine disait clairement qu'elle était partie faire une longue promenade et qu'elle ne reviendrait pas ce soir-là, qu'elle avait juste besoin de prendre un peu le large, qu'il n'y avait rien de grave et qu'il ne fallait pas s'inquiéter, qu'elle était désolée de laisser le petit tout seul mais qu'elle pouvait voir sur son téléphone que la voiture de son mari était à deux pas de chez eux, vraiment très près, et qu'elle pouvait se permettre de partir quelques minutes avant son arrivée, qu'elle tournait en bourrique à force de rester à la maison, qu'elle avait besoin de prendre l'air, qu'elle l'aimait et qu'elle aimait le petit, et qu'elle les verrait tous les deux demain matin.

Après tout, son mari ne reconnaissait jamais ses torts. Il ne s'excusait jamais. Il argumentait pour se sortir de toute conversation conflictuelle, ou tentait d'argumenter. Il tenait bon, n'en démordait pas et s'expliquait calmement, sans jamais se remettre en question. Elle ferait pareil.

S'était-il excusé, par exemple, après avoir renversé son plant de cacahuètes, dont elle prenait le plus grand soin depuis un an, le bichonnant pour qu'il consente à pousser – pourquoi Dieu poussait-il si lentement ? –, le déplaçant d'une fenêtre à l'autre en fonction des saisons, le nourrissant d'eau enrichie d'un engrais sous forme de poudre bleue ? Agacé, un samedi matin où elle avait eu l'audace de rester couchée un peu plus tard, et alors qu'il était en train de préparer le petit déjeuner du garçon, de lui lire un livre et d'essayer de l'habiller, il avait, sur le chemin de la poubelle pour y jeter une peau de banane, fait tomber, dans sa maladresse, la fameuse plante posée sur le rebord de la fenêtre. Il s'était contenté de remettre à la va-vite le terreau dans le pot, dans lequel il n'avait que superficiellement enfoncé le pied de la plante. Tout cela il l'avait fait sans le lui dire et, quand la mère avait constaté le forfait – les débris de terre sur le parquet et le rebord de la fenêtre, la plante qui déjà commençait à dépérir –, quand elle eut découvert, donc, le pot aux roses et avait confronté son mari, il avait répliqué d'un ton agacé que la plante était perchée en équilibre précaire, que c'était évident qu'elle finirait un jour ou l'autre par tomber, laissant donc entendre qu'il n'avait fait qu'accomplir le destin de la pauvre plante, et n'avait commis, pour sa part, aucune maladresse.

Et puis c'était de la folie d'essayer de faire pousser un plant de cacahuètes. Qui faisait pousser ce genre de plante ? Et pouvait-on même en faire pousser à une latitude aussi septentrionale ? Combien de temps pour qu'elle arrive à maturité ? Et comment fait-on, même, pour torréfier une cacahuète ? Oui, elle s'était posé toutes ces questions et bien d'autres encore, mais elle avait décidé de persévérer parce que c'était « sympa », parce que c'était *son* projet à elle, rien qu'à elle, parce que c'était le geste artistique d'une mère confrontée à l'effacement de sa personnalité à force de tâches ménagères.

Je ne vois pas pourquoi elle serait en train de *mourir*, avait-il répliqué, agacé. Il n'y a aucune raison pour que ta plante meure. Juste remets-la dans la terre. Et arrose-la.

C'est ce que j'ai fait, avait-elle répondu.

Eh bien, c'est insensé que le fait de la renverser l'ait tuée, avait-il poursuivi froidement, comme si son raisonnement allait la ramener à la vie.

Tout ce que tu as à dire, c'est que tu es désolé. Voilà ce qui arrangerait les choses.

Mais je veux trouver une solution. C'est *ça* qui arrangerait les choses pour moi.

Juste dis que t'es désolé, lui avait-elle répété.

Mais au lieu de cela, il s'était dirigé vers la plante, avait tripoté la terre, maintenu la tige droite et l'avait regardée retomber quand il l'avait lâchée. Pour finir, il avait quitté la pièce et, en passant à côté d'elle, avait marmonné dans sa barbe : Désolé.

Elle avait eu envie de le mordre à la gorge, de l'exploser avec une batte de baseball, de hurler à pleins poumons mais, au lieu de cela, elle s'était mise à faire la vaisselle du petit déjeuner.

Elle réitéra donc ses arguments, soulignant qu'elle avait laissé un mot, ne s'excusant pas, affirmant que c'était ce dont elle avait eu besoin et demandant si un quelconque préjudice avait été commis. Non. Non ! Le mari écoutait, objecta, écoutait encore, et finalement se calma. Elle fit du café, qu'ils burent en silence. Leur fils babillait dans le salon, tandis qu'il jouait avec, ô surprise, ses petits trains en bois.

J'ai cru un instant que c'était *toi* le chien, annonça le mari d'un air penaud.

Oui, c'est ça ! ironisa-t-elle. Je me suis changée en chien. Tu t'écoutes, des fois ?

C'est que toi-même, ces temps-ci, tu parles sans arrêt de… commença-t-il avant de s'interrompre, pas très sûr de vouloir s'aventurer sur ce terrain irrationnel.

Tu ne vas pas sérieusement… commença-t-elle à s'indigner avant de se raviser.

Ils se turent un instant puis éclatèrent de rire. Il la saisit par la taille, elle sauta sur lui, et ils se laissèrent tomber par terre, puis le garçon accourut et s'affala sur eux.

Il y avait un vide merveilleux dans la maison ce samedi matin alors que la famille jouait à se bagarrer sur le sol et rigolait, mains caressant la peau douce d'un bras, d'une jambe, d'une joue. Assis par terre, ils se racontèrent des histoires et des blagues, jouèrent à des jeux de mains et à se chatouiller. Le garçon brossa les cheveux de sa mère, et Nightbitch ceux de son mari. Puis ils lurent des heures durant.

Le chat patrouillait le salon, miaulant horriblement, et le mari se leva pour lui courir après, bras tendus, un jeu auquel il ne s'adonnait que lorsqu'il était d'excellente humeur.

Minette ! appelait son mari, en traquant l'animal alors qu'elle s'éloignait de lui en se dandinant, les yeux écarquillés de panique. Je vais te balancer sur le toit et te laisser mourir de faim là-haut, menaça-t-il en l'attrapant de chaque côté de son ventre convexe et en la faisant se dégonfler, puis couiner, comme un jouet à mâcher en caoutchouc.

Peut-être qu'un faucon fera une descente en piqué et l'attrapera avec ses serres pendant qu'elle est là-haut, suggéra Nightbitch en retirant un mouton de poussière resté accroché à une patte que l'animal agitait furieusement, et en riant de son effroi. Puis l'oiseau l'emmènera dans le ciel et la laissera tomber de très haut dans une carrière super profonde, où d'énormes engins équipés de chenilles rouleront encore et encore sur son cadavre brisé en mille milliards de morceaux.

Eh ben ! s'exclama le mari impressionné. C'est drôlement précis.

Merci, répliqua-t-elle.

Cet après-midi-là, pendant que leur fils dormait dans sa chambre tamisée, sous la brise fraîche du ventilateur au plafond, Nightbitch et son mari firent l'amour. Dans leur propre chambre tamisée, ils s'unirent comme jamais ils ne l'avaient fait. Son mari, l'ingénieur, se montra particulièrement sensuel, ce qui, elle le savait, n'était pas évident pour un homme comme lui. Mais ce jour-là, c'était comme s'il s'était lâché, il mordait ses épaules et léchait son cou, l'embrassait avec force et ardeur, jusqu'à ce qu'ils soient, tous deux, enfin, libérés du fardeau de leurs pensées, des histoires de remboursement de la maison et de factures, de sols à aspirer et de fourmis dans les placards – tout ça, disparu, seulement eux, là, ensemble, des animaux en vie dans une maison.

Ouvrez grand les portes. Ouvrez toutes les fenêtres. Bienvenue les insectes et la saleté. Bienvenue allergènes. La famille passait librement d'un monde à l'autre pendant un moment, dedans dehors, à l'instar du vent.

Pourtant, n'était-il pas étrange – en effet peut-être plus étrange même que la transformation de la mère – que le mari n'ait pas réellement, sincèrement tenté de comprendre la présence du chien le soir où il était rentré chez lui, dans une maison presque vide ? N'était-il pas déroutant que ce détail reste largement non interrogé, de la part d'un homme de sciences et en l'absence d'explications raisonnables ? Et curieux, aussi, que la mère n'ait pas ressenti le besoin de rendre compte de la présence de l'animal ?

Doit-on supposer que le mari – bon, stable, fiable, avec sa rationalité d'ingénieur, son bon sens, sa grande maîtrise de la réalité – avait été, lui aussi, d'une manière ou d'une autre, ensorcelé ?

Le lundi matin, elle fit ce qu'aurait fait toute personne normalement constituée qui se serait récemment transformée en chien : elle s'assit sur le couvercle baissé des toilettes et fouilla Internet tout en écoutant d'une oreille distraite son mari et le petit s'activer dans la maison. Elle commença par chercher *loups-garous* et *monstres réels*, puis *métamorphose* et *métamorphose chez les Amérindiens*, puis *skinwalkers* et *sorcières Navajo*. Elle lut et lut, mais ce qu'elle aurait voulu trouver, c'était le cas d'une mère qui se transforme en chien – du genre familier, domestique, capable d'être un animal de compagnie –, et elle poursuivit donc ses recherches, *mythe de la mère* et *madre perro* (en se disant que l'espagnol produirait peut-être des résultats plus satisfaisants), *pics hormonaux et pilosité*, *pilosité excessive postnatale*, *humains qui tuent des animaux avec leur bouche*, et ensuite, parce que l'idée lui traversa la tête, *cannibales* et *headhunters*, et c'est à ce moment-là qu'elle sut qu'elle s'était égarée et s'arrêta tout net.

Malgré le grand ménage qu'elle avait fait cette semaine-là, la salle de bains laissait encore à désirer, la moisissure gagnait du terrain sur les joints du carrelage de la douche, cheveux et poils s'entremêlaient dans les recoins, et un vieux coton-tige traînait à côté de la poubelle. Les serviettes étaient suspendues n'importe comment ; elle les tripota en vitesse pour les remettre en ordre mais sans grande conviction ni efficacité.

Elle refusait de laver cette pièce à fond. Un point c'est tout. Le fait est que cette pièce était *impossible à nettoyer*, peu importe à quel point elle essayait ! Et maintenant, elle ne ferait plus l'effort. Elle laisserait la salle de bains devenir de plus en plus sale jusqu'à ce que son mari, un week-end, s'en aperçoive enfin et agisse. Et si je ne faisais plus rien du tout ? se dit-elle. Et si j'arrêtais, tout simplement, s'en apercevrait-il ? Se bougerait-il ? À la date d'aujourd'hui, ses conclusions étaient : non, et non.

Bien que leur séance de jambes en l'air ce week-end ait été salutaire pour leur couple et pour l'attitude générale de Nightbitch envers son mari, la petite lune de miel enchantée n'avait duré qu'un jour. Le dimanche matin, en effet, elle avait bondi du lit vers la salle de bains après avoir senti l'imminence d'un déluge de sang, qui effectivement eut lieu lorsqu'elle s'assit sur les toilettes. Elle avait été soulagée certes, mais terrassée d'épuisement, aussi, en songeant à la semaine à venir. Avec le sang venait son flot de vieilles rancœurs. La salle de bains était, oui, toujours encrassée. Son mari allait, oui, *encore* partir. Et se posait à nouveau la question de savoir si oui ou non elle arriverait, cette semaine, à être *heureuse*, à *réussir en tant que mère et personne*. La question restait là, en suspens, à la narguer.

Elle se leva des toilettes et s'étira. Elle se regarda dans le miroir, considéra les poches sombres sous ses yeux, puis retroussa sa lèvre supérieure pour vérifier ses dents et d'éventuels signes d'une métamorphose canine. Rien. Elle était déterminée, une fois de plus, à ne pas passer son temps à la maison. Ils iraient à la bibliothèque, à l'atelier pour tout-petits, ne serait-ce que pour se prouver qu'elle ne devenait pas folle, qu'elle maîtrisait la situation. Et en plus, elle en profiterait pour bien observer – comprendre renifler – Jen et ses acolytes, juste pour s'assurer qu'elles étaient des, eh bien, des mamans. Des femmes, quoi. Des *Homo sapiens* versés dans le commerce des plantes médicinales, et rien de plus.

Oui, elle optait résolument pour la voie raisonnable, se dit-elle en remplissant un sac de jouets, de couches, de lingettes, d'en-cas, d'eau et de vêtements de rechange pour le petit, juste au cas où. Elle se sentit étrangement enjouée lorsqu'elle embrassa son mari pour lui dire au revoir, et sortit même de la maison avant lui. Depuis le perron, il la regarda partir et le saluer – il avait l'air quelque peu déconfit, pour être honnête.

OK, bye-byeeeeee, avait-il braillé en agitant la main.

Elle voulait savoir comment une personne – après avoir passé la nuit à errer dans le quartier, à déféquer, à tuer et à hurler à la lune –, comment cette même personne pouvait se lever quelques jours plus tard pour emmener son enfant à quelque chose d'aussi banal qu'une séance de lecture de contes à la bibliothèque municipale.

Comment j'arrive à faire ça ? se demanda-t-elle, en examinant ses mains sur le volant. Le seul vestige physique de sa transformation était une bande de peau sombre sur son avant-bras, une tache de naissance en quelque sorte. Elle fut prise d'une envie soudaine de la lécher mais sut y résister.

Même si une grande partie de sa fourrure avait disparu et même si sa queue gisait quelque part dans les sous-bois tandis que ses griffes s'étaient rétractées dans ses doigts, elle ressentait toujours le pouls et le souffle de l'animal qu'elle était devenue. Son odorat l'avait distraite ce matin-là, la poussant à nettoyer des coins de plus en plus hors d'atteinte de sa cuisine dans le but de se débarrasser de la moindre trace de moisissure ou de nourriture. Elle rêvait de s'occuper de son fils comme elle sentait qu'elle devait le faire, en le léchant et en mordillant ses pieds avec amour, en jappant quand ils jouaient ensemble et en le nourrissant de viande crue. Cependant, elle se percevait comme profondément humaine aussi, se sentait une mère humaine à part entière : assaillie de soucis et des habituelles angoisses, de la peur de l'échec, de questions quant à sa carrière, de ressentiments conjugaux, de rage féministe… Tout cela était de retour, mais en quelque sorte transformé.

Elle sentait qu'elle pouvait le supporter tant qu'elle avait Nightbitch. Tant qu'elle avait au moins ça.

Si Nightbitch savait pertinemment qu'elle avait le droit à ses secrets, cela ne voulait pas pour autant dire qu'elle en était fière. Ne pas parler à son mari de sa transformation, garder pour elle l'événement comme un agréable souvenir passé sous silence, faire semblant que rien d'extraordinaire ni de bouleversant ne s'était produit, que la vie continuait comme si de rien n'était, tandis que le garçon jouait dans le salon avec sa flopée de jouets à roulettes, que le mari repartait en voyage d'affaires, et que la mère restait, inchangée, vaquant simplement à ses occupations domestiques, à sa vie simple – cette mascarade plongeait Nightbitch dans un tourbillon d'effroi. Elle n'avait pas l'habitude de mentir à son mari, et certainement pas à propos d'un événement aussi monumental que celui-ci, mais il lui semblait de la plus grande importance de garder tout ça pour elle.

À la bibliothèque, les mères et les enfants se massèrent dans une des arrière-salles où une bibliothécaire enjouée lisait des albums, agitait des marionnettes et chantait des chansons, après quoi les bambins avaient le droit de ramper, de cavaler et de se bousculer dans un joyeux spectacle de corps à corps, de couches gonflées et de têtes trop grosses. Et, bien sûr, il y avait Jen, Babs et Poppy, tout occupées à leur habituelle guillerette conversation. Nightbitch prit place dans le seul endroit encore libre sur le sol, plus près de Jen qu'elle ne l'aurait souhaité, ne sachant pas trop quoi lui dire ni comment se comporter vis-à-vis d'elle. Lorsque leurs regards se croisèrent, Nightbitch salua de la tête maladroitement, d'une manière trop formelle, et elle piqua un fard.

Elles aussi ? Ou non ? N'était-il pas absurde de penser que ces femmes étaient venues chez elle, lui avaient arraché ses vêtements et avaient laissé derrière elles un tas de vermine morte en offrande ?

Rester sereine ! Participer aux activités et agir comme une mère normale !

Un point c'est tout !

Elle écoutait les autres mères, les mamans épanouies, échanger des recettes de plats que les enfants acceptaient de manger. Elles semblaient toutes amies. Elle évita d'établir le moindre contact visuel, préférant fixer son téléphone et se sentir supérieure du fait que leggings et huiles essentielles étaient les cadets de ses soucis. Elle, elle se sentait éduquée. Elle se sentait intéressante, indépendante et n'avait aucune envie de ressembler à ces mères heureuses. Ne voulait-elle pas être heureuse ? Non, ce n'était pas ça. Elle voulait simplement être heureuse autrement.

Pendant tout ce temps, elle avait jeté des coups d'œil furtifs aux mamans les plus acharnées de l'atelier – ces mères qui se donnaient à fond dans leur rôle de maman, qui vendaient des plantes médicinales et cherchaient en permanence à nourrir intellectuellement leurs enfants – au premier rang desquelles, bien sûr, il y avait Jen, cils recourbés et sourcils dessinés au crayon, chaque petit défaut de son visage, jusqu'à la plus infime des imperfections, minutieusement recouvert de correcteur de teint. Ongles de mains et de pieds manucurés. Jambes impeccablement rasées. Elle souriait et bavardait avec aisance à propos de plantes médicinales, de la façon dont elle aa-dôô-rait Mombie (quèsaco ?) et des jours où elle se réveillait mal lunée, comme si cette mère, cette *Jen*, savait vraiment, réellement, concrètement ce que cela voulait dire d'être mal lunée.

Nightbitch avait envie de lui dire : Mais tu n'as *aucune* idée de ce que c'est ! As-tu déjà crié sur tes jumelles, à pleins poumons, au milieu de la nuit ? Hurlé, débordante de rage, pour qu'elles se rendorment ? As-tu déjà sangloté à côté d'elles après qu'elles t'ont demandé encore un verre d'eau, encore un truc à manger, alors qu'il est déjà 10 heures du soir, tu vois, t'es-tu vraiment lâchée, à pleurer ton âme, devant tes enfants, jusqu'à ce que ce soit eux qui te réconfortent ? T'es-tu déjà enfermée dans la salle de bains pendant vingt bonnes minutes pour jeter un œil à ton téléphone pendant que ton enfant tape sur la porte et hurle MAM, puis éclate en sanglots, un truc à le traumatiser à vie ?

Parfois – avait envie de balancer Nightbitch à ces mamans pour toutes les plonger dans un savoureux silence –, parfois je rêve de prendre ma voiture et de conduire nuit et jour, aussi loin que possible vers le sud, jusqu'à la mer, jusqu'à une de ces plages pas terribles, et là je prendrais une chambre dans un motel bon marché et je commanderais d'horribles piña coladas toute la journée, alanguie dans un vieux transat aux couleurs délavées.

Parfois – s'imaginait-elle leur balancer dans leurs jolies petites faces heureuses –, parfois j'imagine que j'abandonne ma famille, que je laisse cette vie derrière moi.

Alors ne me parlez pas d'être mal lunée à moins de l'avoir déjà été ! mourait-elle d'envie de hurler. De grâce, abstenez-vous.

Pendant que la bibliothécaire lisait l'histoire d'un géant qui était triste et avait juste besoin d'un câlin, Nightbitch étudia Jen jusqu'à la moindre petite ridule autour des yeux et trace blanchâtre de fond de teint qui s'y accumulait. Cette femme, cette mère parfaite, s'était-elle transformée en chien récemment ? Avait-elle erré dans la ville ? Comment distinguer les mères capables de transformation des autres ? Sûrement, elle ne devait pas être la seule ? Une horrible solitude gonfla dans sa poitrine lorsqu'elle envisagea la possibilité qu'elle soit effectivement la seule mère ici présente, voire du monde entier, à errer, mi-femme, mi-animal, à la lueur des lampadaires dans les rues silencieuses.

Une bouffée d'angoisse submergea Nightbitch. Il fallait qu'elle se fasse une amie parmi ces mamans ! Qu'elle ouvre la bouche et dise quelque chose ! Au moins essayer : un petit sourire, un premier mot. Elle devait absolument, absolument tisser un lien avec une personne, sinon elle allait devenir folle, si ce n'était déjà le cas.

Il suffisait pourtant qu'elle lance, sur un ton enjoué, *Oh votre fils est si mignon*, ou, d'un air compréhensif, *Nous aussi on adore les bretzels*, ou, en levant les yeux au ciel et en montrant d'un geste son fils, *C'est un obsédé des roues*. Elle pourrait aussi simplement demander, *Alors, c'est quoi cette histoire de plantes médicinales ?* Juste une petite bouteille lancée à la mer, quelque chose, n'importe quoi pour ouvrir la voie à une conversation qui dépasse les quelques mots, et qui reste malgré tout anodine. Pourquoi était-ce si difficile ?

Elle se tourna vers la maman à sa gauche, prête à sourire, mais la femme était occupée à farfouiller dans son sac à langer tandis qu'à côté d'elle une gamine pleurait, la morve au nez. À sa droite, Jen, les yeux fermés, chantonnait en berçant l'une de ses jumelles tout sourire.

La bibliothécaire lisait la dernière page d'un album, lorsque Nightbitch, qui peignait des doigts les cheveux indisciplinés de son fils, distraitement, instinctivement, baissa la tête et lécha l'épi qui dessinait un petit tourbillon sur son crâne.

En plein léchage – en fait, avant même d'avoir pu effectuer un léchage digne de ce nom –, Nightbitch se redressa soudain, comme si elle avait reçu une décharge électrique. Une vague de chaleur traversa son corps, puis de froid puis de chaleur à nouveau, tandis qu'elle sentait le sang pulser dans ses oreilles, qui virèrent au rouge. Elle fixa droit devant elle, ferma les yeux et inspira profondément.

Personne n'a vu, se dit-elle. Tout le monde rangeait ses affaires pour partir. Ce n'était qu'un petit léchage – un effleurement de la langue, rien de plus, même pas un léchage avec toute la langue. Tout allait bien. Même pas si bizarre que ça.

Elle s'efforçait de se calmer en se répétant encore et encore des choses qu'elle savait être fausses.

Pour finir, elle s'obligea à rouvrir les yeux et à regarder autour d'elle avec la plus grande nonchalance, genre imperturbable. Tout allait bien. Elle n'avait rien fait de bizarre. Et alors, si elle avait léché sa tête ?

Peut-être qu'elle était juste excentrique ? C'était juste quelque chose d'un peu singulier, d'un peu curieux, ce geste, rien qui pouvait laisser entendre qu'elle s'adonnait à des escapades canines. Personne, en la voyant faire, ne se dirait : Oh, cette mère doit parfois se transformer en chien.

Non, tout allait bien.

La mère de la petite fille au nez qui coulait lui nettoyait le visage avec une lingette humide. L'enfant ne pleurait plus et mangeait des Cheerios dans un récipient mauve. De l'autre côté, Jen discutait avec d'autres mamans. Les enfants s'amusaient avec des jouets que la bibliothécaire venait de sortir d'un placard : des rampes de voitures en plastique et des balles de couleur en tissu, des marionnettes de doigts en forme d'animaux et des Lego recouverts de microbes.

Oui, tout le monde papotait, et personne n'avait rien vu. Nightbitch laissa échapper un long filet d'air et observa son fils faire rouler à reculons une voiture miniature, la lâcher, la regarder prendre de la vitesse et s'écraser contre le mur, et rire.

Jen continuait de parler plantes médicinales, puis Babs aborda le sujet des leggings, et Poppy enchaîna sur les huiles essentielles. Elles se plaignaient de leurs maris, du fait qu'ils voulaient savoir ce qu'elles comptaient faire avec toutes ces plantes et combien ça allait coûter.

Je veux dire, en gros, à ce stade, s'il n'est pas d'accord avec moi, je lui mords la jambe et je reste comme ça jusqu'à ce qu'il comprenne et soit d'accord avec moi, racontait Jen avant de renverser la tête en arrière et d'éclater de rire.

Il faut juste les dresser, confirma Poppy.

Jen jeta une œillade vers Nightbitch, qui écoutait la conversation.

Tu vois ce que je veux dire ? Je n'ai pas raison ? demanda-t-elle à Nightbitch, qui sursauta et sourit timidement, Pardon ? Oh… Quoi ? Ha-ha. Oui, bien sûr. Oui, en effet.

Je veux dire, il faut juste aaaahhrrrrr… grogna Jen, montrant ses dents et secouant la tête dans tous les sens, yeux écarquillés. Les mamans gloussèrent, et Nightbitch ne fit qu'ouvrir les yeux plus grand, un léger sourire hésitant esquissé sur les lèvres.

Ha-ha ! s'exclama Nightbitch. Ah oui ? OK.

Écoute, dit Jen, il faut absolument que je te parle de ces remèdes à base de plantes.

Je n'en ai pas vraiment besoin, rétorqua Nightbitch tout en remballant ses affaires – une bouteille d'eau, une compote en gourde, un camion qui traînait par là –, ne sachant trop quoi faire d'autre.

Hé, je vais te donner ma carte, annonça Jen en fouillant dans son sac, avant de se pencher tout près pour lui tendre un petit rectangle de papier froissé. Je ne la distribue pas à n'importe qui, seulement aux personnes dont je pense vraiment qu'elles vont exceller. Alors jette un coup d'œil et reste ouverte d'esprit. Je veux dire, tu gagneras tellement d'argent. C'est une belle opportunité. Elle marqua une pause et établit un contact visuel intense avec Nightbitch, un contact visuel qui semblait pré-écrit, comme si elle s'était exercée à cette technique de vente dans quelque salle de conférences éclairée au néon d'un hôtel, au milieu d'un cercle de chaises.

Nightbitch ne savait pas comment composer son visage, quelles émotions y afficher. Elle était stupéfaite non seulement par le comportement animal de Jen – montrer ses dents et secouer la tête, voilà qui était particulièrement bizarre venant de ce genre de maman du Midwest, typiquement blonde et tout ce qu'il y a de plus dans la norme –, mais aussi par le parfum si particulier des cheveux de Jen qu'elle avait humé lorsqu'elle s'était penchée pour lui donner sa carte. Fraise, fraise, shampoing à la fraise.

Nightbitch se dit que tout ça était forcément dans sa tête, une vue de l'esprit. Après tout, ce n'était pas comme si le shampoing à la fraise était la chose la plus rare du monde ? Et était-ce vraiment de la fraise, elle était sûre ? Ça aurait pu être de la framboise ? De la mangue ?

Et alors, si cette mère parfaitement sympathique à la superbe chevelure blonde sentait précisément comme un chien mystérieux qui s'était présenté sur sa pelouse et avait essayé de l'éloigner de la maison pendant que deux autres chiens préparaient son fils à faire la sieste ? Elle regarda Babs et Poppy, qui flanquaient Jen. Poppy, avec ses longs cheveux épais, décolorés en balayage, et sa silhouette svelte et athlétique. Babs, oui, un peu joufflue, un peu une tête de chien battu. Nightbitch aurait pu en rire si elle n'avait pas été aussi abasourdie. Était-il possible que ces mères tout à fait normales mènent une double vie ? C'était trop grotesque pour être envisagé ne serait-ce qu'un instant. Certes, elle avait souhaité de toutes ses forces rencontrer d'autres mères comme elle, mais à présent que ce souhait était sur le point de se réaliser, Nightbitch se mit à transpirer et à avoir des vertiges : le contact visuel, l'odeur de fraise, qui déjà s'atténuait, l'étrangeté de toute cette situation, ce week-end et là, maintenant, à la bibliothèque, et Dieu sait ce que demain lui réservait encore.

Oh doux Jésus, tu es toute rouge, dit Jen en grimaçant d'inquiétude. Rien qu'un peu d'Équilibre ne puisse arranger, ajouta-t-elle en fouillant son grand sac.

Oh, non merci, répliqua Nightbitch en regardant la carte de visite de Jen, sur laquelle était inscrit *Ambassadrice de produits à base de plantes* accompagné du slogan *Vivez la vie que vous méritez.*

Merci, répéta Nightbitch, mais je n'ai besoin de rien. Puis elle s'allongea de tout son long par terre, respira profondément et se dit que tout cela n'était que dans sa tête.

Le visage de Jen envahit le champ de vision de Nightbitch. Elle brandissait un petit paquet d'Équilibre. Prends ça, lui conseilla-t-elle, tu te sentiras bien. Je trouverai tes coordonnées en ligne.

Jen lui déposa le paquet sur la poitrine, et tourna les talons. Nightbitch se retrouvait seule, allongée sur une moquette rase et sale, avec son fils qui n'arrêtait pas de lui grimper dessus, puis de lui mettre la main dans la bouche en disant Mama.

Jusque-là, Nightbitch avait tenu le coup de façon exemplaire. Elle avait continué de mener sa vie malgré des événements extrêmement déroutants et mystérieux. Alors il était hors de question qu'elle se laisse démonter par Jen, par ses grognements, crocs, parfum de fraise – ou par Babs et Poppy et leurs traits franchement canins à bien les regarder –, non, Nightbitch était bien décidée à persévérer.

Elle voulut héler Jen, lui dire d'attendre ! De revenir ! S'il te plaît, j'ai tellement de questions à te poser ! Mais comment démarrer la conversation ? Salut, on ne se connaît pas très bien mais est-ce que, eh bien, ha-ha, voilà qui est drôle, n'est-ce pas, est-ce que ça t'arrive parfois de te transformer en golden retriever ? Je me demandais juste, en fait, parce qu'il semble que tu utilises un shampoing parfumé à la fraise…

Mais le moment était passé.

Le lendemain matin, son fils la tira de son sommeil en lui sautant sur le ventre depuis le dossier du canapé, canapé où elle s'était endormie en lisant, une fois de plus, le chapitre consacré aux « Variétés domestiques » du fameux livre de Wanda White. C'était désormais son chapitre préféré, car elle y trouvait des types de femmes qu'elle avait autrefois croisées, ou avec lesquelles elle pouvait s'imaginer se lier d'amitié un jour. La veille, Nightbitch avait lu un passage au sujet des Blues, une si jolie variété qui lui rappelait une amie depuis longtemps perdue de vue et qui, à la lecture de ces lignes, lui manquait soudain beaucoup.

Nées près de l'eau, que ce soit sur une côte ou sur les rives d'une mer intérieure, les Blues sont connues pour la couleur vive et frappante de leurs yeux, allant de l'indigo argenté à un bleu marine profond et apaisant.

Aimant chanter, elles sont susceptibles de jouer de la mandoline ou du ukulélé – en fait, n'importe quel petit instrument à cordes fantaisiste fera l'affaire. Les Blues, sans exception, sont profondément spirituelles (voir : Rituels [Solstice], Botanique, Volontariat) sans pour autant adhérer à une religion organisée classique, et attirent à elles un cercle éclectique et accompli d'artistes, de musiciens, de toxicomanes en voie de guérison, de capitalistes déchus, de personnes âgées, de pauvres, de romantiques, de toutes sortes de personnes en quête de quelque chose. Cette espèce attachante est plus facilement identifiable à sa capacité à synchroniser toutes les femmes de son entourage avec son propre cycle mensuel, puisque sa fécondité est parmi les plus puissantes de la planète (même si vous n'en trouverez quasiment aucune qui soit l'épouse d'un homme). Leurs plantes d'intérieur sont parmi les plus vigoureuses que vous puissiez admirer dans une maison. Si vous surprenez une de ces femmes en train de les arroser avec l'eau utilisée pour rincer ses serviettes hygiéniques en tissu, vous pouvez être certain d'avoir devant vous une vraie Blue. Considérez-vous alors comme très chanceux.

Elle s'était endormie en lisant, puis avait rêvé de chaudrons remplis de breuvages odorants, d'une pluie rouge sang, d'empreintes de suie le long d'un chemin à l'ombre des arbres, de voix féminines chantant une vieille chanson quelque part au loin.

Aussi, lorsque le garçon la sortit de ce rêve en lui sautant dessus au point qu'elle crut un instant son foie réellement et irrémédiablement aplati, elle poussa un cri tout en souhaitant ardemment qu'une Blue apparaisse dans son salon pour faire quelque chose de maternel, de surnaturel, brûler quelques feuilles ou fredonner une chanson, peu importe, pourvu que cela arrange la situation.

Arooooooooooo ! gémit-elle si longtemps et si fort que le garçon éclata en sanglots.

Oh, je suis désolée, chéri, balbutia-t-elle pour finir, en se tenant le côté. Je suis désolée. Je ne suis pas en colère, le rassura-t-elle en lui caressant la tête et en se massant le ventre du bout des doigts.

Pendant que le garçon mangeait son petit déjeuner composé de céréales sans lait et de rondelles de banane, elle consulta les messages sur son téléphone. Un appel à candidature pour une exposition-concours. Supprimer. Une lettre d'information d'une galerie où elle avait autrefois monté une petite exposition. Supprimer. Et pour finir une demande en ami et une notification de message, *JEN !!!!!*, inscrit à côté de la photo de profil souriante de, eh oui, Jen.

Elle accepta la demande en ami et parcourut le message qui s'affichait dans l'application tandis que le garçon se mit à couiner et à jeter ses céréales par terre. *Tellement génial ! de te voir ! hier à la biblio !!!!!* commençait le message de Jen, dont Nightbitch ne pouvait s'empêcher, sincèrement, d'admirer l'audace en matière de ponctuation exclamative en milieu de phrase. Les points d'exclamation cédèrent la place aux MAJUSCULES dans les phrases suivantes, qui insistaient sur le fait qu'elle devait absolument venir à la *FÊTE* où elle pourrait *découvrir le PACK EXPÉRIENCE 10-JOURS*, qu'il y aurait du *VIN* et *beaucoup d'autres mamans / représentantes* qui partageraient *leurs expériences de SUCCÈS et d'ÉPANOUISSEMENT grâce à la marque.* Le message se terminait par la promesse d'un environnement *ACCUEILLANT POUR LES ENFANTS*, au cas où elle devrait venir avec son petit, *une communauté totalement dépourvue de contraintes, composée de mères au foyer motivées et ambitieuses.*

Suivait une invitation, et Nightbitch cliqua sur *Peut-être*, parce que Jen avait parlé de VIN, ce qui était, selon elle, l'élément le plus convaincant.

Le lexique de Jen, tout en positivité entrepreneuriale, son utilisation plus que généreuse de points d'exclamation, ses promesses d'épanouissement et de réussite dans le travail à domicile emplirent Nightbitch d'un sentiment des plus sinistres, comme si la coquille ensoleillée de son message contenait une veine à la méchante pulsation qui insistait sur quelque chose de sombre et de toxique. Ou peut-être que Nightbitch ne faisait qu'imaginer des choses.

Quoi qu'il en soit, elle ne voulait pas se laisser entraîner dans un trafic de remèdes à base de plantes ; cependant, la perspective de se retrouver entre amies, il fallait bien l'admettre, était un brin séduisante, malgré ce qu'elle avait toujours pensé des cliques de mamans. Il y aurait sans doute au moins une mère assez cynique pour siroter du vin avec elle dans un coin et faire des blagues douteuses sur le fait de tuer des chats et de chier sur les pelouses. Une seule. C'est tout ce dont elle avait besoin, tout ce qu'elle espérait.

Elle allait y réfléchir. Elle attendrait et verrait, y penserait et essaierait d'avoir une attitude plus positive et un esprit plus ouvert par rapport aux gens qui étaient différents d'elle, même si leur truc c'était les remèdes à base de plantes. Qui sait, peut-être qu'elle faisait ce genre de choses de manière ironique ?

Dans le livre de Wanda White, Nightbitch avait découvert une catégorie de mères qui apparaissaient et disparaissaient à volonté. Certaines étaient censées s'effacer par intermittence, même si elles demeuraient à peu près visibles sous la bonne lumière, le bon angle, quoique le plus souvent translucides, tandis que d'autres avaient plutôt un comportement de coyote, apparaissant inopinément dans un coin de la pièce pour s'éclipser au moment précis où on avait besoin d'elles. Ces mères, que White appelait les Flickerings, étaient considérées comme ayant presque entièrement disparu ; on continuait cependant à en signaler de temps en temps un peu partout dans le monde, comme cette mère à Buffalo qui avait été décrite comme disparaissant juste après l'heure du coucher.

Les enfants de cette femme avaient déclaré qu'ils ne la trouvaient nulle part lorsqu'ils se levaient la nuit pour aller boire un verre d'eau, ou alors qu'ils ne voyaient que son ombre qui se déplaçait toujours dans une autre pièce, papillonnant d'un mur à l'autre, insaisissable. Leur mère avait affirmé qu'elle ne se sentait, en effet, pas « tout à fait là » le soir venu, après une longue journée à s'occuper de ses quatre enfants, à cuisiner, nettoyer, repasser, donner le bain, chanter, danser, faire des promenades et toutes sortes de jeux. « Le lien entre le corps et l'esprit pourrait-il être fort au point que ces femmes soient en fait capables de désintégrer leur moi physique du fait d'un intense ennui maternel ? » demandait White, avant de poursuivre : « Pour ma part, je ne le pense pas, car l'élan maternel, ce qui motive une mère, s'inscrit davantage dans la création que dans la destruction ; il nous faut donc nous efforcer de considérer les Flickerings comme sujettes à un phénomène transformationnel. Nous serons ainsi mieux à même d'entreprendre l'important travail philosophique nécessaire pour comprendre une telle créature. »

Et ce jour-là, Nightbitch se mit à songer à une autre Flickering, une mère habitant à Barisâl, au Bangladesh, qui apparaissait tantôt comme une mangouste enjouée tantôt comme la femme qu'elle était. Nightbitch était très intriguée par cette femme magique en particulier, notamment par le fait qu'elle disparaissait et réapparaissait, et par la relation qu'elle entretenait avec ses enfants, et tout cela en dépit du fait que cette Flickering ressemblait plus à un rongeur qu'à un chien errant. Elle avait notamment remarqué que cette créature avait pour habitude d'apparaître juste au moment où ses enfants commençaient à jouer dehors, et sous les traits d'une belle mangouste au pelage soyeux et moucheté d'or qui s'amusait à leur voler leurs ballons, à perturber leurs jeux et à les faire rire.

Les enfants affirmaient que c'était leur mère, car la mangouste répondait à Ma (prononcé *Mai*) et à *Chokkabanijjo*, le prénom de leur mère. Et ce n'est pas tout : la fourrure, disaient-ils, ressemblait à ses cheveux, exactement de la même couleur, et sentait exactement comme elle, avec des notes de sauge et de savon. Leur mère, sous son apparence humaine, avait les mêmes dents que la mangouste, étonnamment pointues et tranchantes. Qui plus est, les enfants n'avaient jamais vu Ma la mangouste et Ma la mère au même endroit en même temps.

La mère n'avait jamais détrompé ses enfants de cette idée, ni même Wanda White : elle avait préféré éviter la question, une lueur de malice dans les yeux. Elle raconta à White que Ma surveillait les enfants quand ils jouaient dans la rue, qu'elle avait entraîné l'animal à faire de même, que la mangouste, en réalité, lui avait appartenu quand elle était petite. Et lorsqu'on lui demanda l'âge de la mangouste, et comment était-il possible que la créature ait vécu suffisamment longtemps pour non seulement la surveiller, elle, enfant, mais également à présent ses enfants, Ma haussa simplement les épaules et inclina la tête. Elle affirma, dans un premier temps, que l'animal descendait de la mangouste indienne siffleuse, puis qu'elle était apparue dans sa famille après la lecture d'une fable dans laquelle une mangouste sauvait un bébé des griffes d'un tigre, et, enfin, que son arrière-grand-mère l'avait acheté sur un marché en plein air il y a près de cent ans. « Pour finir, elle m'a dit qu'il n'était pas nécessaire de savoir une chose, mais de la vivre, écrivait White, et elle m'a suggéré de cesser de poser autant de questions. »

Et, à vrai dire, c'est cela que Nightbitch avait surtout retenu, cette consigne de se faire plaisir dans le mystère. Que d'efforts et de soucis imposés à soi-même pour tenter de comprendre, d'expliquer et de sans cesse réfléchir. Ne pouvait-elle pas, ne serait-ce qu'un après-midi, se contenter *d'être* ? Ils étaient en ville, après tout, par une belle journée d'été en milieu de semaine. Elle avait même promené le garçon à vélo, en tirant une remorque bleue, comme elle s'était vue le faire, dans ses plus beaux fantasmes de maternité, bien avant d'avoir l'enfant.

Elle trouvait ce raisonnement incroyablement sensé, incroyablement équilibré et sain, le genre de raisonnement que son mari approuverait à cent pour cent sans doute et, dans cet instant où elle sentit qu'elle pouvait prendre la vie et ses mystères à bras le corps, soudain elle eut envie de jouer – véritablement, pleinement – avec son fils sur le terrain de jeux à côté de la bibliothèque, par cette radieuse fin d'après-midi d'été. Bien sûr elle avait déjà joué avec lui avant, mais trop souvent sans enthousiasme, avec lassitude, incapable qu'elle était de se défaire du fardeau de la vie d'adulte. Cet après-midi-là, cependant, c'était comme si ledit fardeau avait glissé de sur ses épaules comme un peignoir de soie, et c'est resplendissante dans la lumière de l'après-midi, cheveux au vent, qu'elle s'élança vers le petit garçon fou de joie.

Il l'interpella depuis le petit pont en métal, le visage enfoncé entre deux barreaux, et elle se rua vers lui en aboyant. Il fit demi-tour et se sauva. Une fillette en tutu pouffait de rire sur les marches de la structure, tandis qu'un tout petit garçon regardait, bouche bée, perplexe.

Yip ! Yip ! glapit-elle à l'un puis à l'autre – déclenchant le hurlement de la petite danseuse et les pleurs du bambin haut comme trois pommes – avant de s'élancer à la poursuite de son fils, en montant quatre à quatre les marches jusqu'à la petite tourelle tout en haut d'où partait un toboggan rouge incurvé.

Attrape-moi ! cria son fils, et elle se mit à quatre pattes et grogna, le traquant maintenant, chaque mouvement mesuré et précis.

Mam ! s'écria-t-il sur un ton à la fois inquiet et ravi. Lorsqu'elle laissa échapper une série d'aboiements et de grognements meurtriers, le garçon dévala le toboggan en hurlant. Langue pendante, haletante, elle se laissa glisser à son tour.

Et cela continua ainsi : elle grimpait sur la structure à la poursuite de son fils à la plus grande joie de celui-ci tandis que d'autres enfants se joignaient à eux ou, effrayés, déguerpissaient. Bientôt, elle eut tout un petit troupeau d'enfants qui lui demandaient de les poursuivre et elle obtempéra, pourchassant, aboyant et haletant, et les enfants, à leur tour, jappaient joyeusement, si bien que toute l'aire de jeux en vint à ressembler à un chenil assourdissant de grognements et d'aboiements. Les plus petits restaient en retrait, sur les genoux d'un parent ou dans leur poussette pouce dans la bouche, car ce qu'ils voyaient n'avait aucun sens pour leurs petits esprits et bousculait leur perception d'un monde à peu près stable et ordonné.

Quel spectacle, cette mère pleine d'énergie et ces bruits de chiens, tous ces enfants déchaînés ! La fille en tutu apporta entre ses dents un bout de bois à son père perplexe. Un garçon aux cheveux roux posa ses mains pleines de terre sur le chemisier blanc immaculé de sa mère et lui aboya dessus – le désarroi sur son visage !

Alors que le soleil se couchait, toute la bande fut prise d'une frénésie à laquelle les parents présents autour de l'aire n'avaient jamais assisté : une meute d'enfants, sauvages, glapissant, reniflant, mâchouillant, pourchassant, et une mère qui orchestrait le tout, longs cheveux en bataille et visage déroutant tant il semblait devenir de plus en plus canin au fur et à mesure que les ombres s'allongeaient.

Bientôt, les adultes montrèrent des signes de lassitude et les enfants de fatigue à l'approche de l'heure du dîner et du coucher. Le groupe se dispersa, et il ne resta presque plus que Nightbitch et son petit bonhomme épuisé, blottis l'un contre l'autre dans la maisonnette nichée sous l'une des plateformes de la structure. Elle lui lécha un peu la tête, et il lécha son bras et se frotta à son visage. Elle était couverte de poussière et en sueur, et lui s'endormait déjà.

Elle le mettrait, à moitié endormi, dans la remorque à vélo, emmitouflé dans des couvertures, bien attaché, et utiliserait la force de ses jambes pour les propulser tous deux jusqu'à la maison. Mais avant cela, à l'abri de la maisonnette pour enfants, elle aperçut à la périphérie de sa vision un petit oiseau qui sautillait tout près, plus près, trop près, jusqu'à ce que d'un petit mouvement du poignet elle le saisisse, d'un geste habile, si souple et fluide que son fils ne broncha même pas tandis qu'elle portait le petit corps palpitant à sa poitrine et lui tordait le cou d'un petit bruit sec à peine audible.

Ils le suivaient vraiment à fond maintenant, l'emploi du temps de la mère au foyer, un emploi du temps au rythme effréné, car après l'atelier lecture et l'aire de jeux, aujourd'hui – quoi, déjà vendredi ?! Quelle belle journée ! – la sortie rando. Et la semaine prochaine, ce sera l'espace de jeux au centre commercial et la séance de gymnastique pour tout-petits. Nightbitch avait tout prévu ! Et tout était possible, même voler, littéralement. Les sorties en montgolfière pour enfants faisaient fureur en ce moment, une activité parfaite pour aider à surmonter les phobies / développer l'amour de l'altitude.

Elle était gonflée à bloc, certaine qu'elle faisait ce qu'il y avait de mieux pour son fils, qu'elle était pleinement concentrée sur ses besoins à lui. Elle se demandait *Comment faire pour être une mère plus parfaite encore ?* Et c'est à peine si elle n'avait pas de l'écume à la bouche tant elle désirait se parfaire, tant elle désirait être le plus maternelle possible. Bien entendu, son côté chien resterait présent mais elle le mettrait en sourdine, le rangerait derrière son rôle de mère idéale.

Le garçonnet avait le nez qui coulait et une horrible petite toux, et pendant tout le trajet jusqu'à la sortie rando, l'adorable petit prince n'avait cessé de donner des coups de pied dans le dossier du siège conducteur, malgré les implorations, calmes, de la mère, pour qu'il *arrête s'il te plaît*, que ce n'était *pas gentil ni drôle*, et qu'elle dirait *non, tout à l'heure, aux dessins animés*, une menace qu'elle mettait rarement à exécution, parce que le plus souvent elle avait très envie qu'il les regarde. Elle en avait envie à un point inimaginable, ne serait-ce que pour pouvoir s'asseoir au comptoir de la cuisine et manger du saucisson sec et des crackers beurrés sans penser à rien ; s'enlever les points noirs dans son miroir grossissant pendant tout un épisode de son dessin animé préféré ; ou s'allonger par terre dans le salon et fermer les yeux sans craindre qu'une petite personne ne lui saute dessus à pieds joints, comme dans les dessins animés justement, et ne lui explose un organe vital, ou ne lui assène un coup de pied à la tête, avant de trébucher et tomber sur elle, ou ne lui crache dessus, car n'est-il pas remarquable qu'un corps produise son propre liquide ! Comme par magie ! Regarde, Mam ! Regarde !

Le garçon, donc, donnait des coups de pied dans son siège tandis qu'elle fulminait, et très vite ils arrivèrent au départ du sentier pour la rando des petits. Je dois rester calme, se dit-elle, ne pas me mettre en colère, ne pas crier ni aboyer, puis elle le mit en garde qu'il ne devait pas jouer au chien pendant la randonnée, ce qui déclencha des sanglots, parce que, voyez-vous, le garçon avait hâte de jouer au chien dans la nature, dans les bois ! où il y avait tant d'odeurs ! de bâtons ! et d'insectes ! qu'un chien apprécierait.

Elle ne pouvait s'en prendre qu'à elle-même. Elle avait laissé l'enfant porter son tout nouveau collier bleu avec une petite plaque argentée qui scintillait dans la lumière du soleil et tintait agréablement en cognant contre le fermoir métallique. Elle l'avait autorisé à le garder autour du cou dans la voiture, pour s'amuser, mais sans le prévenir qu'il allait devoir le retirer aussitôt arrivés sur les lieux de leur randonnée.

Pire, elle avait également accepté qu'il puisse tenir sa toute nouvelle laisse rétractable et jouer avec le bouton de déblocage rapide dans la voiture pendant le trajet, et, une fois de plus, elle ne l'avait pas préparé comme il faut au fait qu'il s'agissait simplement – pour aujourd'hui du moins – d'un jouet pour la voiture qu'il faudrait poser et oublier dès qu'ils rejoindraient des personnes normales.

Mais nous sommes des humains, insistait-elle alors que le garçon criait et qu'elle lui caressait la tête. Il était toujours attaché dans son siège de voiture, et elle était maintenant penchée sur lui, debout à la portière ouverte pour lui parler, s'efforçant de couvrir ses hurlements avec son corps.

Chéri, t'as pas besoin de ton collier pour courir et jouer avec les autres enfants. Tu peux être un chien à l'intérieur de toi et un garçon à l'extérieur.

Nooooonnnnnn ! hurla-t-il, hors de lui. Jouer au chiiiiiieeeeennnn !

Les autres mères – les mères ponctuelles avec leurs enfants obéissants et sans collier –, qui s'étaient rassemblées au départ du sentier, se retournèrent, et Nightbitch leur adressa un petit signe de la main.

Chéri, chuchota-t-elle à son fils, *s'il te plaît.* Elle le détacha du siège de la voiture. Il refusait de sortir de la voiture, alors elle le souleva et se cogna la tête ainsi que celle du garçon. Là, il fit le mort, ou l'anguille, et, à peine sorti du véhicule, il se laissa choir entre les mains de la mère pour finir sur le bitume, lamentable petite flaque hoquetant de sanglots.

Allez minou, fit-elle.

Pas marcher ! cria-t-il.

Oh si, on va marcher, dit-elle fermement, et il poussa un hurlement de chiot triste, si bien que toutes les mères se retournèrent à nouveau, et que l'une d'elles fit même quelques pas vers Nightbitch.

Non, non, tout va bien. Juste une minute et on arrive, dit-elle d'un ton enjoué en leur faisant signe qu'elles pouvaient les laisser.

OK, murmura-t-elle au garçon, tu peux garder le collier, mais pas la laisse. Toutou veut être libre, non ?

Jouer 'vec laisse, implora-t-il, puis il frotta la paume de ses mains sur sa poitrine dans sa version toute personnelle du signe pour dire *s'il te plaît*. Te plaît, Mam. Te plaît.

Il arrêta de crier et de pleurer pour la regarder, se frotta les yeux avec ses petits poings, et tartina du dos de la main la morve qui lui coulait du nez d'une joue à l'autre. Il était enrhumé, fatigué et il voulait juste jouer. Alors pourquoi le lui refusait-elle ?

Et alors si les autres mamans trouvaient ça bizarre ?

C'était plutôt mignon, imaginatif. Alors, elles n'avaient qu'à aller se faire foutre.

Elle avait très envie de lui lécher efficacement le visage, mais se sachant observée, elle opta pour un vieux Kleenex déniché au fond d'une poche et essuya les crottes de nez sur ses petites joues roses.

OK, chéri. D'accord. Tu peux faire le petit chien. Mais les autres enfants penseront peut-être que c'est bizarre.

Le garçon, soudain radieux, aboya et haleta de sa petite langue rose. Il était épouvantable, et elle l'aimait. Elle déposa un baiser pile sur son petit nez mouillé.

Nightbitch esquissa une grimace en forme de sourire tandis que le garçon tirait sur sa laisse pour traverser le petit parking et filer droit vers Jen de l'atelier lecture. Le garçon aboya sur Jen, qui rigola, puis s'assit à côté d'elle et aboya à nouveau, attendant ostensiblement quelque chose.

Il veut que tu le caresses, je crois, fit mine de décoder Nightbitch comme si elle n'avait pas la moindre idée de ce qui avait bien pu lui prendre, et n'était-il pas *tellement* drôle ??? Enfin, c'est sûrement juste une phase, tu sais, et demain il retournera à ses trains et à ses camions. Tout cela elle l'exprima par un simple haussement de sourcils, combiné à un sourire las, des yeux à peine levés au ciel et un petit mouvement désapprobateur de la tête. C'était le signe universel des mamans pour dire *Regardez-moi ce psychopathe, il m'épuise chaque jour un peu plus, et pourtant je l'adore et je ferai tout pour lui et je le laisserai faire semblant d'être un chien et porter un collier et je le promènerai – OUI JE LE PROMÈNERAI – parce que je suis une merveilleuse mère.*

Eh bien, qu'avons-nous là ? demanda Jen au garçon en lui tapotant la tête. Les autres mères, dont plusieurs mamans qu'elle reconnaissait de la bibliothèque, esquissèrent un sourire circonspect ou gloussèrent poliment.

Il avait envie d'être un chien, expliqua Nightbitch. Je veux dire…

Mais oui, mais oui, la rassura Jen. Ils passent leur temps à vouloir être une chose ou une autre.

Alors que la randonnée se mettait en branle dans la fraîcheur ombragée de la forêt, les mères marchaient par deux ou par trois, rendant difficile de prendre part à toute conversation. Les enfants avançaient comme un unique organisme, se déplaçant comme une volée d'oiseaux d'un bord à l'autre du chemin. Son garçon, cependant, se tenait en retrait, marchant poliment au bout de sa laisse, et ne tirant sur celle-ci que pour poursuivre un papillon ou sentir une fleur.

Serpent mort ! Serpent mort ! s'écria un gamin un peu plus âgé en pointant du doigt un tronc d'arbre tombé.

Son fils tira sur la laisse et se retourna vers sa mère. Y aller ! Y aller ! s'exclama-t-il en montrant là où il voulait aller. Elle le détacha et il s'élança vers les autres enfants, redevenu un garçon à présent, ou peut-être était-il encore une sorte de chien, mais un chien qui voulait voir le serpent mort, le palper avec un bâton et, s'il était courageux, toucher sa peau.

Les mamans, à présent regroupées, surveillaient en silence, jusqu'à ce que Jen se tourne vers leur nouvelle recrue.

Salut, lança-t-elle.

Oh, salut, répondit timidement Nightbitch. Je suis désolée de ne pas avoir encore répondu de manière définitive à ton invitation. Je ne suis pas encore sûre de pouvoir…

Oh, t'inquiète, la rassura Jen. Je sais ce que c'est, on est toutes débordées. Mais tu devrais venir. Ce sont des produits vraiment extraordinaires.

Et, sans même attendre sa réponse, elle poursuivit :

Il y en a un pour prendre de l'envergure et un autre pour te rendre plus petite. Un pour te rendre heureuse, un autre pour t'aider à t'endormir.

J'adore le mélange Mombie ! déclara, ou plutôt hurla, une femme avec un bébé en bandoulière sur la poitrine. Ça donne une de ces pêches ! dit-elle avec force, ses yeux globuleux étincelant d'ardeur juvénile.

Oui, on sait que tu apprécies beaucoup le Mombie ! Bravo, félicita Jen avant de s'adresser à nouveau à Nightbitch. Toutes les mamans ici en vendent. Mais le principal pour nous, c'est de nous retrouver et de boire un verre, chuchota-t-elle à la fois sur un ton conspirateur et assez fort pour que tout le monde puisse l'entendre. C'est un moyen de passer le temps, ajouta-t-elle. Parfois on se fait un peu d'argent, parfois pas, mais dans tous les cas, ça permet de dire à son mari, quand il rentre à la maison, qu'on doit aller travailler pour son propre business et s'offrir ainsi quelques heures pour soi. Mais, au fond, c'est surtout une façon de sentir qu'on a quelque chose qui est seulement à soi, tu vois ?

Oh, répondit Nightbitch en souriant. Elle avait envie de dire : Mais moi je suis une artiste, je n'ai pas le temps pour tout ça, et puis elle se rappela qu'elle n'était plus une artiste et qu'elle avait, effectivement, du temps pour ces produits à base de plantes, mais bon.

Elle avait envie de dire, Mais se transformer en golden retriever, n'est-ce pas justement *ton truc à toi* ? Allez, reconnais-le !

Au lieu de cela elle répondit, en s'efforçant d'avoir l'air poli : Je ne pense pas que ce soit vraiment pour moi.

Ne prends pas de décision si vite, ma pauvre ! dit Jen en donnant un petite tape sur le bras de Nightbitch. Il faut que tu viennes au moins une fois à une de nos soirées ! Je te donnerai des échantillons gratuits. Jen secoua la tête en la regardant comme pour lui dire Tu ne sais même pas ce qui est bon pour toi, viens, pauvre idiote.

En fait, tu sais, les produits de beauté, les leggings et tout ça, c'est pas vraiment mon truc, tenta encore Nightbitch. Je ne me suis même pas brossé les cheveux aujourd'hui, ajouta-t-elle – en pensant très fort : ni, en vérité, depuis plus d'une semaine.

Justement ! Il s'agit de médecine curative sacrée ! Alors tu te sentiras tellement bien que tu auras envie de te maquiller et de t'habiller un peu chic !

Excuse-moi, mais c'est quoi exactement ces plantes ? demanda Nightbitch. Le paquet d'Équilibre que Jen lui avait lancé alors qu'elle était allongée par terre plus tôt dans la semaine dormait toujours au fond de son sac où il s'était malencontreusement un peu déchiré ; du coup une fine poussière de bouts de feuilles et de brindilles à l'odeur sucrée tapissait l'intérieur de sa besace.

Oh mon Dieu, c'est chinois. C'est thaïlandais. C'est japonais. Jen dessina un grand cercle avec ses mains et écarquilla les yeux. Sa voix s'éleva d'excitation. C'est toute la sagesse ancienne des grands guérisseurs réunie dans un flacon, s'enthousiasma-t-elle avant de passer un bras sous celui de Nightbitch comme si elles étaient copines depuis toujours. Mais n'entrons pas dans les détails maintenant. Il faut que tu viennes, c'est tout.

Oh ! Et assure-toi d'avoir accès à un peu de *dinero* supplémentaire. Six cents et quelques ? chuchota-t-elle. Tu me remercieras.

Cet après-midi-là, un autre texto de Jen apparut sur son téléphone alors que Nightbitch couchait le petit pour la sieste. Elle le borda avec un canard jaune en peluche qui couinait quand il le mordait, et un petit couvre-lit qu'elle avait fabriqué pour lui dans deux tissus différents, un représentant des petits os et des chiots, et l'autre figurant une image photo-réaliste de viande crue. Elle s'assit sur le lit pour lire le message.

Le plus notable, à la première lecture, était toutes ces phrases – en fait, la quasi-totalité du message – qui semblaient avoir été directement empruntées à un modèle tout fait de recrutement trouvé dans une brochure sur papier glacé encourageant les femmes à *aller de l'avant* et à vivre *pleinement leur potentiel.*

Je cherche des personnes motivées et dynamiques pour s'associer à moi, commençait Jen sans même une salutation ou quelque autre signe indiquant qu'elle était un être sensible plutôt qu'une sorte d'automate moderne programmé uniquement pour recruter et vendre. *Vous disposez déjà d'un réseau tellement vaste*, poursuivait-elle, et *Ce modèle séduit les mamans très occupées.* Suivaient des affirmations de *docteurs* non identifiés et leur *crédibilité* douteuse pour fournir un *produit à succès à l'échelle mondiale.* Des histoires anecdotiques *d'amies de lycée* qui avaient connu de belles carrières d'avocate, d'enseignante ou de dermatologue avant d'avoir des enfants, et qui s'étaient *engagées* à devenir des *mères au foyer* et à intégrer leur activité commerciale dans les moindres *interstices* de leurs vies, entre les siestes et les repas, et en envoyant des courriels avec leur téléphone depuis le parc ou la bibliothèque. *C'est réellement une entreprise qui est trop belle pour être vraie… mais qui l'est quand même !* écrivait-elle, avant de conclure en disant à quel point elle pensait que Nightbitch connaîtrait un *succès fou* avec des tonnes de *recommandations* et qu'il ne fallait pas qu'elle laisse passer cette opportunité d'un *revenu d'appoint significatif pour les années à venir.*

Elle était allongée dans son lit tandis que son fils applaudissait et gloussait à côté d'elle en fixant le ventilateur qui tournait paresseusement dans la douce lumière de cette fin d'après-midi d'été. Les cheveux parfumés à la fraise de Jen, ses talents de mère, ses plantes, son recrutement incessant. Une mère avocate qui restait désormais à la maison avec ses enfants et vendait des plantes médicinales était l'histoire la plus déprimante que Nightbitch avait jamais entendue, peut-être plus déprimante même que sa propre existence. Il était impossible que cette mère ait une vie intérieure riche et étrange qui colorait ses journées par ailleurs monochromes en nuances magiques de chien. C'était une avocate qui faisait ce qui était raisonnable, qui donnait à manger à ses enfants de la compote de pommes et qui prenait un petit boulot à côté pour contribuer juste un peu aux finances de la famille et se consolider en tant que mère aimante et pourvoyeuse de revenus.

Cette maman était-elle heureuse ? Le fait d'avaler des poignées de substances non identifiées avec son café format XXL tout en textant furieusement d'autres mamans tout aussi défoncées à ces substances en train de pousser frénétiquement leur gamin sur une balançoire, tout cela la comblait-elle ? Peut-être, à la différence de Nightbitch, n'avait-elle pas besoin d'être comblée ? Peut-être que ses enfants lui suffisaient ? Nightbitch aurait tout donné pour que cela lui suffise aussi, pour que les caquètements délirants de son fils, ses petits poignets grassouillets et ses mots d'amour déformés et bredouillants oblitèrent la moindre parcelle d'ambition. Pourquoi être mère, cuisiner, faire les courses, le ménage, les lessives, aller au parc et aux séances à la bibliothèque ne suffisaient-ils pas pour la remplir de joie, de bien-être, d'un sentiment de vie bien vécue ? Peut-être que si elle prenait ces substances, allait aux soirées et devenait un peu plus du genre à participer elle serait, elle aussi, satisfaite ?

On a passé une super semaine ! rapporta Nightbitch à son mari. Il était encore dans la voiture, fenêtre baissée, au point mort dans l'allée devant chez eux. Debout sur la pelouse, elle tenait le chat mouillé, enveloppé dans une vieille serviette de plage, pendant que le garçon arrachait de l'herbe avant de se mettre à jouer au chien et à renifler des fleurs. Son aura était entièrement différente, déclara son mari. Elle rayonnait. Elle était pieds nus, le visage ponctué de taches de rousseur, les joues dorées par le soleil.

Nous sommes allés à l'atelier lecture pour les tout-petits, raconta-t-elle, en berçant le chat comme un bébé, tandis que son mari descendait de la voiture. Elle venait de laver les fesses du chat, une fois de plus. Les yeux de

Nightbitch brillaient comme si un feu brûlait à l'intérieur de sa tête, et ses cheveux virevoltaient autour de son visage dans la brise. Nous sommes allés à l'aire de jeux, n'est-ce pas, chéri ? demanda-t-elle au garçon, ce à quoi il répondit gaiement Woaf ! tout en creusant un trou dans son parterre de fleurs avec ses deux petites pattes.

Eh bien, dit le mari en sortant la valise de la voiture et en claquant la portière, ce qui fit sursauter le chat mais pas au point de se défaire de l'emprise de Nightbitch.

Oh. Une chose, ajouta-t-elle. Le chat a détruit mes écouteurs.

Encore ? fit-il en grattant la tête de l'animal. Elle est épouvantable.

J'aimerais la projeter comme un ballon de foot, ajouta-t-elle en berçant l'animal qui commençait à s'agiter.

Imagine ses petites pattes, dit le mari.

Je la hais tellement, ajouta Nightbitch.

Ouais. Je vais te tuer, dit-il au chat sur le ton de la plaisanterie.

Nightbitch plongea son regard dans les grands yeux verts vides du chat. Son petit museau noir tressaillit d'une manière tout à fait adorable mais pas suffisamment adorable ; puis l'animal plaqua ses oreilles en arrière et se mit à siffler.

Je pense que ce chat m'a refilé la toxoplasmose, annonça-t-elle.

Ah bon ?

J'ai lu un article qui disait qu'il y a un lien entre la rage explosive et la toxoplasmose. En fait, ils ne savent pas s'il y a une relation de cause à effet, ou quelle est la cause et quel est l'effet, mais il y a assurément un lien.

Son mari ne dit rien.

Tu crois que je suis folle à cause d'un parasite que j'aurais dans le cerveau ? insista-t-elle.

Aucune idée. Peut-être. Mais tu serais probablement folle de toute façon.

Je déteste ce putain de chat, s'indigna-t-elle, ce à quoi le chat siffla à nouveau et, cette fois, se débattit, s'échappa et fila à travers la pelouse pour se cacher sous le porche.

Ce fut ce dimanche matin-là que le garçon entra dans le salon à quatre pattes. Un steak cru, magnifiquement persillé, dépassait de sa bouche. Il laissa tomber le morceau de viande aux pieds de son père.

Il aboya, puis haleta, sa petite langue pendante.

Eh, petit bonhomme, s'étonna le mari, qu'est-ce que tu fabriques ?

Toutou, répondit le garçon, puis il se mit à lécher la jambe du mari. Il leva alors les yeux vers son père, puis une grimace se dessina sur son visage tandis que visiblement il tournoyait sa langue dans la bouche.

Poil, dit-il, en prenant sa langue entre les doigts. Poil ! hurla-t-il.

Viens, montre-moi. Le mari examina la langue du garçon et enleva le poil. Voilà, tout va bien, le rassura-t-il. Mais, mon amour… on ne met pas de la viande crue par terre. Ni dans la bouche, d'ailleurs. C'est dégoûtant, dit-il en faisant une grimace de dégoût.

Le garçon secoua la tête.

Mam, affirma-t-il. Oui, Mam. Viande. Oui !

Chérie ! appela le mari en direction de la chambre.

Nightbitch avait tout entendu depuis la chambre, où elle était, comme d'habitude, en train de ranger les vêtements de la dernière lessive pendant que son mari scrollait à n'en plus finir sur son téléphone. Même si elle avait prévenu le garçon que leurs jeux de chiens étaient strictement un divertissement maman-fils, et essayé de lui faire comprendre que ce jeu n'intéressait pas papa, et qu'il ne faudrait jamais lui demander, par exemple, de boire de l'eau dans la gamelle ou de ramener un bâton dans sa bouche, elle redoutait le jour où il montrerait inévitablement au mari les jeux auxquels ils s'adonnaient en son absence.

Merde, souffla-t-elle dans sa barbe. Merde. Merde. Fait chier.

Dans la cuisine, le mari nettoyait le morceau de viande en le passant sous l'eau, alors que le garçon gémissait à ses pieds.

Croc ! criait-il. Un croc !

Beurk, fit le mari. Il faut d'abord le faire cuire, chéri.

Non, s'écria-t-il, puis, en voyant sa mère : Mam, croc.

Elle tapota la tête du garçon et déclara, le plus nonchalamment possible, Il aime la viande crue, que veux-tu ?

Pardon ?! rétorqua son mari en la regardant, agacé, incrédule et avec cet air de dire j'en-étais-sûr, une expression qui reposait sur un simple froncement de sourcils et qui laissait entendre qu'elle ne pouvait pas s'empêcher de tout faire de travers.

Le gamin a un palais raffiné, poursuivit-elle. Tartare de bœuf. Il n'y a rien de mal à ça.

Quand notre fils a-t-il commencé à manger de la viande crue ? interrogea le mari. Enfin, comment a-t-il eu cette idée ?

Hmmm, fit Nightbitch en souriant au garçon, puis en tendant la main pour le chatouiller et le faire se tortiller en gloussant sur le sol.

Je suppose que j'étais en train de préparer le dîner et qu'il a dû chaparder un petit morceau de viande crue, proposa-t-elle en prenant un verre dans le placard.

Non, corrigea le garçon depuis le sol. Mam donner viande. Miam miam. Moi toutou.

Chéri… reprocha-t-elle gentiment au garçon, puis, s'adressant à son mari : Quel coquin celui-là, non ?

Oui, t'es mon petit toutou toi, lui déclara-t-elle affectueusement en lui caressant ses cheveux soyeux. Il ferma les yeux de plaisir.

Lui as-tu, oui ou non, donné de la viande crue ? interrogea son mari.

Juste un peu, c'est tout, dit-elle sur la défensive. Mais c'est bon, t'inquiète.

Et les parasites ? Il pourrait être contaminé ! s'indigna-t-il.

Ça m'étonnerait, répliqua-t-elle en montrant d'un geste le garçon, qui était, oui, l'image même de la santé : belles boucles blondes, joues roses, un petit ventre tout rond, vestige de l'époque où il était bébé et qu'elle espérait le voir garder pour toujours. Le garçon sourit à ses parents, voyant que les deux lui prêtaient désormais toute leur attention, et bascula la tête en arrière pour laisser échapper un *wouaf, wouaf*, net et clair.

Oui, bien sûr, il a *l'air* heureux, murmura le mari plus tard ce soir-là, au lit, par-dessus le garçon qui dormait entre eux. Il ne lâchait pas l'affaire, comme d'habitude.

Il *est* heureux, chuchota Nightbitch en retour.

Je pense juste que ces histoires de chiens doivent cesser une fois pour toutes, rétorqua le mari.

Mais il adore les chiens, insista-t-elle. Alors où est le mal ?

Genre, la viande, commença à lister le mari. Et il a une niche juste pour… jouer dedans ? Dans le salon ! Ce n'est pas naturel. C'est trop, conclut-il, comme si c'était le mot de la fin, comme s'il avait tiré une conclusion qu'ils devaient à présent tous accepter.

Elle leva les yeux au ciel dans l'obscurité.

Ce n'est pas comme s'il en mangeait tant que ça, expliqua-t-elle. Et c'est bien pour un enfant de jouer à faire semblant. Tout va bien, franchement.

S'il tombe malade, ce sera *ta* faute, chuchota-t-il sèchement. Si les autres enfants le trouvent bizarre, ce sera *ta* faute.

Mais oui, bien sûr, répondit-elle. Je suis responsable de *tout*. De tout.

Ils restèrent allongés sans plus rien dire. Ils avaient eu ce genre de dispute un million de fois. Elle attendit qu'il poursuive, mais il n'y avait que le bruit de la respiration régulière de son fils. Elle s'endormit en imaginant le goût du sang frais.

Tout ce que voulait Nightbitch, c'était ne plus jamais s'occuper du coucher jusqu'à la fin de sa vie. Nous étions lundi, son mari était parti ce matin, et elle et le garçon avaient préparé des muffins et joué au petit train, joué avec de la pâte à modeler, fait une promenade jusqu'à la voie ferrée, sorti le tuyau d'arrosage et fixé le gicleur pour s'amuser avec, joué à chat, joué à la balle, joué à lancer / rapporter dedans et dehors. Les pieds sales, le nez sale, ils mangèrent des sandwichs au beurre de cacahuète et à la confiture sur les marches du porche tandis que le soleil disparaissait lentement derrière l'horizon. Leurs muscles étaient chauds, fatigués, heureux, et le garçon fixait devant lui le regard vide d'épuisement, la bouche tartinée de confiture.

Oh oui, Nightbitch, dans sa grande folie, avait vraiment cru que le coucher serait facile ce soir-là. Hop, au lit, bonne nuit. Un bisou, un petit câlin, et le garçon serait parti au pays des rêves. En fait, un tel coucher n'avait jamais eu lieu de toute la courte existence du petit, mais Nightbitch refusait de l'admettre et préférait croire dur comme fer que c'était de l'ordre du possible.

Oui, ce serait un merveilleux coucher ce lundi soir, se disait-elle en lavant le garçon et en lui enfilant son pyjama, puis en glissant tout ce petit paquet de bonheur entre les draps bleus et frais du grand lit.

Pourtant, dès qu'elle fut allongée à côté de lui, elle sut, elle sut immédiatement à quel point elle avait été folle d'y croire : l'enfant s'agitait sous les draps, réclamait de l'eau bien fraîche, exigeait un gant de toilette humide pour le rafraîchir, suppliait sa mère de lui donner une carotte, une pomme, un biscuit…

Non, répondait-elle, non, et encore *non*. C'est l'heure de dormir, pas de manger. C'est le moment de reposer nos corps. C'est l'heure d'être un bon toutou et de ne plus bouger.

Les tentatives pour obtenir l'attention de sa mère s'avérant vaines, le garçon se redressa dans le lit et commença à jouer à faire du bruit en tambourinant sur tout son petit corps puis il se mit à rire de manière incontrôlée. Elle était tellement, mais alors tellement épuisée qu'elle aurait donné n'importe quoi pour pouvoir s'enfoncer et disparaître dans le matelas à mémoire de forme. Elle ferait n'importe quoi pour une seule soirée sans la corvée du coucher, une seule soirée où elle pourrait faire autre chose que lire toujours les mêmes livres, inventer des histoires, et encore une autre, jouer des petits airs sur son téléphone, rester là à ne rien faire, rien faire si ce n'est attendre, et encore attendre que le petit finisse enfin par s'endormir.

Il était vrai que c'était elle qui, pour ainsi dire tous les soirs, couchait l'enfant et ce depuis sa naissance. Elle avait été, cela va de soi, la seule à pouvoir l'endormir lorsqu'il était nourrisson et qu'il tétait jusqu'au moment de plonger dans des rêves d'oreillers moelleux et d'océans de lait chaud. N'était-il donc pas légitime de dire que son mari lui devait de ce fait un nombre incalculable de séances de coucher ? Ne devait-il pas, chaque fois qu'il en avait l'occasion, s'occuper du rituel du coucher et ce avec plaisir et reconnaissance, ne serait-ce que pour compenser les nombreux couchers – qui se comptaient en années – dont elle s'était occupée ?

Oui, cela aurait été juste mais, bien sûr, ça ne se passait pas comme ça chez eux. Même quand son mari était là, après sa semaine de travail, c'était elle qui couchait l'enfant le vendredi soir, parce que monsieur était fatigué – il était, en fait, toujours fatigué, et parfois il avait un peu mal à l'estomac à force de boire du café et de manger des cochonneries dans la voiture sur le chemin du retour, lui qui se demandait toujours pourquoi il avait la nausée... – et aussi, il voulait juste pouvoir retourner à son ordinateur, ses jeux vidéo, ses dossiers, se détendre un peu, tu vois, et Nightbitch ne voulait pas piquer une crise, faire une scène, démarrer une dispute, parce qu'elle était à bout de force. Le manque d'équité concernant le rituel du coucher n'était qu'une source de rage de plus pour Nightbitch, allongée dans son lit tandis que les lucioles dansaient leur bal de lumières dehors et que le garçon se tournait et se retournait à côté d'elle.

Une heure, deux heures de garçon qui parle, rit, applaudit, se retourne, pleure, demande un câlin, ne veut plus de câlin parce qu'il fait trop chaud, réclame à nouveau de l'eau bien fraîche, pleure parce qu'elle ne veut pas, puis ne cesse de remuer encore et encore. Il n'en fallait pas plus pour que Nightbitch ait désespérément envie de mourir.

Je passe ma vie allongée dans le noir, se disait-elle. Je passe mes années les plus productives à attendre, couchée sur le dos, à ne rien faire.

S'il te plaît, endors-toi, supplia-t-elle, avant de se mettre à pleurer, là dans son lit, doucement, parce qu'elle était tellement fatiguée, aurait voulu ne serait-ce qu'une heure sans l'enfant à ses côtés, une heure devant la TV, une heure sur le canapé à fixer le mur, juste une heure. Juste ça. Mais au lieu de cela, elle restait là, allongée, à attendre, attendre et encore attendre, et il était 22 heures.

Elle avait repoussé le moment de sevrer le garçon de sa tétine, car pourquoi rendre plus difficile l'heure du coucher, plus pénible sa vie. La tétine était, en fait, une source constante de batailles ces jours-ci et, lorsqu'elle tombait par terre, cela déclenchait les hurlements du garçon qui voyait les résidus de terre, d'aiguilles de pin et d'écorce collés dessus et refusait de la remettre aussitôt dans la bouche.

Et, bien sûr, il y avait le problème des réveils nocturnes, les réveils constants et sans fin lorsque la tétine tombait de sa bouche, la fouille dans l'obscurité, la panique, puis la consolation. Si seulement elle pouvait avoir une nuit entière de sommeil… Elle fantasmait à ce sujet, imaginait comment elle se sentirait le lendemain matin, les rêves qu'elle pourrait faire. Qui serait-elle avec une bonne nuit de sommeil ? Sans doute quelqu'un de complètement différent.

En plus, le garçon était trop grand pour la tétine. À la bibliothèque, les autres enfants de son âge n'en avaient plus. Elle le lui fit remarquer un jour qu'ils y étaient. Tu vois ? Que les bébés. Mais le garçon secoua la tête et s'accrocha à sa tétine, la suçant obstinément.

Moi bébé, insistait-il. Moi bébé.

Ainsi, ce lundi soir-là, alors que c'était encore elle bien sûr qui assurait le coucher, qu'elle avait chaud et se sentait au-delà de la fatigue, et particulièrement énervée contre son mari – cette nuit-là, donc, elle décida, après deux heures passées au lit avec le garçon, qu'il n'y aurait plus de tétine.

En temps normal, elle aurait inventé un scénario sophistiqué mettant en scène des fées, aurait procédé à une cérémonie consistant à envelopper la tétine dans un foulard et à choisir le parfait rameau de lilas dehors sur lequel l'accrocher en offrande aux fées. Mais ce soir-là, c'est le sang de Nightbitch qui coulait dans ses veines, et elle annonça au garçon qu'ils allaient jouer à un jeu de chiens, et que la seule façon de jouer était de rester en mode chien.

Le règlement des chiens, déclara-t-elle sévèrement, et le garçon hocha la tête.

Tout d'abord, dit-elle, les chiens n'ont pas de tétines, n'est-ce pas ? Le garçon la regarda d'un air sérieux à la lueur de la veilleuse et lui tendit la tétine jaune sans même protester. Bon sang. Elle aurait dû faire ça il y a des mois.

Bien, poursuivit-elle. Et où dorment les chiens ? Les sourcils du garçon se froncèrent et il leva ses petites mains potelées pour exprimer sa perplexité. Attends, dit-elle, en sortant du lit en grognant et en descendant l'escalier pour aller chercher au salon la niche surdimensionnée qu'elle traîna dans l'escalier étroit et jusque dans sa chambre où elle la poussa dans un coin. Le garçon, stupéfait, regarda sa mère fourrer une couette à l'intérieur, puis se tourner vers lui et faire un geste vers la niche en s'exclamant Ta-da !

Il pointa du doigt la niche, l'air de dire : c'est pour moi ?

Très bien ! répondit Nightbitch. De quoi notre petit chien a-t-il besoin pour rendre sa petite maison confortable ?

Sans même un mot, le garçon rassembla ses affaires – la couverture bleue toute douce, le nounours en lambeaux qui autrefois avait été à elle, son oreiller en forme de locomotive. Visiblement, il était excité par cette aventure, le côté nouveau, le fait de jouer au chien même la nuit maintenant. Et sa mère était d'accord pour jouer avec lui !? Après avoir refusé de lui donner un verre d'eau !? Elle voyait bien que le garçon pensait avoir remporté leur petite guerre des nerfs, et c'est exactement ce qu'elle voulait qu'il croie.

Elle l'aida à disposer ses doudous dans la niche, et il se pelotonna à l'intérieur sans mot dire, l'endroit lui allait comme un gant.

Porte ouverte ou fermée ? demanda-t-elle.

Ouvert 'ti peu, répondit-il, et elle poussa alors légèrement la porte et passa la main à l'intérieur de la niche pour lui tapoter la tête.

Elle s'assit à côté, par terre, jambes croisées, et se mit à compter à rebours à partir de cent, comme elle le faisait souvent, en se balançant légèrement dans l'obscurité, et quand elle atteignit un, elle se leva doucement et se dirigea vers la porte de la chambre, s'attendant à entendre sa petite voix, son cri, mais au lieu de cela, le silence.

Elle soupira doucement, puis se mit à rire, juste un petit gloussement qui se transforma en fou rire incontrôlable, l'obligeant à sortir dans le couloir où elle se laissa glisser le long du mur pour s'asseoir par terre et littéralement pleurer de rire, de fatigue et de soulagement. Une irrépressible envie de s'allonger et de dormir, là, dans le couloir, l'envahit. Quelle délicieuse victoire. Mais il était 22 heures déjà, trop tard en vérité pour se mettre devant la TV, alors elle fit un brin de toilette et s'étendit dans son lit merveilleusement vide pendant que son fils, dans sa niche, rêvait.

La mère active, celle qui avait été à la fac avec elle, s'était mariée, avait eu des enfants et parvenait à concilier vie privée et professionnelle, voulait déjeuner avec elle.

Et si on déjeunait au parc ? disait son SMS. *Viens avec ton fils et on pourra discuter et rattraper le temps perdu.* Bien sûr, avec plaisir, avait pensé Nightbitch. Cela faisait tellement longtemps qu'elle n'avait pas vu la mère active – en fait, depuis qu'elles s'étaient retrouvées autour d'un café lorsque la mère dirigeait encore la galerie – et, oui, quelle bonne idée de reprendre contact. Elle montrerait à son amie la mère active comment elle s'était confortablement installée dans son rôle de mère au foyer, à quel point elle était heureuse et épanouie, n'avait même pas besoin d'art ou de carrière à ce stade, mais alors pas du tout, à quel point elle comptait juste profiter de ce moment privilégié en se consacrant uniquement à son fils. Et, honnêtement, elle ne faisait plus vraiment semblant à présent, car elle s'était effectivement, du moins en partie, persuadée de toutes ces choses, de son bonheur, et commençait même à voir d'un bon œil le coup des remèdes à base de plantes, d'être amie avec Jen et de côtoyer le reste de la clique des mamans, car, en effet, quelle était l'alternative ? Devenir malheureuse et dingue au point que l'énergie de ces émotions engendre un changement cellulaire capable de la transformer en louve ? Courir dans les rues comme un chien, et accepter cette situation comme étant son lot désormais ?! Cela n'était, ni ne pouvait être, la solution.

Elles avaient donc pris rendez-vous et la mère qui travaillait ainsi que la mère qui ne travaillait pas (mais qui, en fait, travaillait beaucoup) se retrouvèrent le jour et à l'heure convenus.

La mère active qui était reconnue pour son travail – du fait qu'il s'inscrivait en dehors du cadre du foyer et était donc considéré comme ayant une valeur et par conséquent rémunéré – continuait d'enseigner l'art et d'en créer, et disposait de toutes les choses que les femmes modernes sont censées avoir sans effort, avait également un déjeuner parfaitement organisé dans un sac isotherme écologique, sandwich emballé dans du papier ciré lavable et réutilisable, cuillère-fourchette en amidon végétal biodégradable, et qui aurait pu la critiquer pour ça ? Certainement pas la mère au foyer, avec ses petites compotes à boire et sachets de biscuits individuels de marque discount.

Les femmes choisirent un banc à l'ombre d'un arbre juste à côté de l'aire de jeux.

Tu as la belle vie, remarqua la mère active en regardant le garçon jouer.

C'est vrai, répliqua fièrement Nightbitch, car sa vie était belle, cette vie de mère au foyer. Et là, en cette splendide journée d'été, elle ressentit pour la première fois une véritable gratitude et l'impression qu'un changement minuscule mais bien réel affectait ses peurs et ses rêves les plus profonds, ces gros cailloux de manque et de désir qui s'agitaient dans ses tripes.

Ahhhh, soupira-t-elle, et la mère active lâcha un rire.

Son amie, tout en prenant d'impeccables petites bouchées de son sandwich, entreprit alors de lui parler de son art, de ses efforts pour rester dans la course, de ses enfants, mais Nightbitch avait cessé de l'écouter à peine avait-elle commencé à parler, captivée qu'elle était par un mouvement dans les arbres bordant le parc.

Elle se figea sous l'effet d'une vigilance animale. Là, si près, si docile, tellement, tellement stupide, un écureuil à la queue touffue grignotait un truc.

Tout va bien ? s'enquit la mère active, sourcils froncés en un petit nœud interrogatif.

Chut ! siffla Nightbitch, sans bouger, puis, dans un murmure : Excuse-moi. Juste une minute…

Elle s'éloigna tout doucement du banc, regard braqué sur l'écureuil, mais celui-ci sentit chez Nightbitch quelque chose de menaçant et aussitôt se cacha derrière un autre arbre.

Écureuil ! cria-t-elle à son fils dans l'aire de jeux tout en courant et en montrant l'animal du doigt.

Écureuil ! Écureuil ! cria-t-elle à nouveau, cette fois à personne en particulier. Elle aboya le mot par pur plaisir et détala après le petit animal. Son fils, qui ne voulait pas manquer le spectacle, glissa à toute berzingue le long du toboggan et se précipita vers sa mère.

L'écureuil s'immobilisa dans les broussailles à l'orée du bois, et Nightbitch et son fils s'arrêtèrent ensemble, à quelques mètres de là.

Attrape-le, murmura le garçon.

Elle l'avait bien entraîné. C'était un très gentil garçon qui savait qu'il ne fallait pas bouger, pas effrayer la bête. Il attendait les instructions de sa mère.

Tu dois attendre, lui expliqua-t-elle à voix basse. Attendre le bon moment avant de… Et au mot *bondir*, elle fit justement cela. Elle se projeta en avant bras tendus, bouche ouverte, grognant férocement, son fils derrière elle, hurlant *Raaaaar raaaaar raaaaaaaaaar.*

L'écureuil n'était plus que deux yeux remplis de terreur, petit nez tressaillant, minuscules pattes avant, et Nightbitch s'abattit sur l'animal – elle l'aurait ! il serait à elle ! – et elle sentit sa fourrure entre ses mains, mais ensuite la créature disparut dans un brusque mouvement de queue, glissant entre ses ineptes doigts d'humaine.

Arrrrreeeeeeeee ! hurla Nightbitch, couchée dans les herbes, les bras écartés, tongs plusieurs mètres derrière elle.

Arrroooooooo ! hurla le garçon en se jetant à côté d'elle et en riant.

On l'a presque eu ! souffla Nightbitch de manière complice au garçon, en se tournant sur le côté pour le regarder. L'herbe leur piquait les joues, et le garçon tendit la main pour toucher les cheveux de sa mère.

Pas gave, maman, dit-il. Cureuil !

On l'aura la prochaine fois, le consola-t-elle, et il la serra contre lui, et elle se leva avec lui dans ses bras et retourna à l'aire, où la mère active attendait.

Juste un petit jeu entre nous, expliqua Nightbitch d'un air gêné, en revenant vers le banc.

C'était… commença la mère active, en peine pour trouver le bon mot, stupéfiant.

Je fais juste mon boulot, répondit Nightbitch en levant les yeux au ciel et en esquissant le plus petit des sourires, pressée de changer de sujet.

Eh bien ! s'exclama la mère active. La maternité semble vraiment te convenir.

Oui, je crois en effet ! répliqua Nightbitch en regardant son fils monter sur le toboggan. En effet, oui. Mais ce n'est pas du travail travail, poursuivit-elle. Pas comme toi. Tu sais : l'art, un salaire. Tout ça.

Oh, allez, réagit la mère active, en balayant quelques miettes invisibles sur ses genoux. Ton travail à toi, c'est le plus difficile qui soit.

Je déteste quand les gens disent ça, rétorqua Nightbitch, même si c'est vrai.

Tu devrais venir dîner ce week-end, s'enthousiasma la mère active comme si elle venait d'avoir l'idée du siècle.

Une vidéaste – *elle aussi* une ancienne de la fac – revenait cet automne en tant que professeure invitée dans la formation qu'elles avaient toutes suivie et, pendant un instant, Nightbitch eut une bouffée de jalousie, avant de sombrer dans un dégoût de soi qu'elle connaissait trop bien. Mais qu'est-ce qu'elle s'imaginait ? Elle passait ses journées à chasser les écureuils avec son fils. Cela faisait combien de temps qu'elle n'avait pas travaillé, enfin à leur manière ? Et c'était quoi son projet le plus récent ? Pouvait-elle montrer *quoi que ce soit* datant de ces trois dernières années ?

Un dîner. OK. Oui. Avec plaisir, se dit-elle. Mais juste pour passer un bon moment ! Ce sera génial de découvrir leur travail et d'être éblouie par tout ce qu'elles ont fait. Elle, elle serait comme une sœur, une fan, une féministe. Elle raconterait ses propres triomphes en tant que mère à plein temps et se réjouirait de leurs succès professionnels tout en offrant une oreille attentive et sincère aux inquiétudes qu'elles avaient sans doute au sujet de leur propre rôle de mère, et de leurs propres enfants qu'elles abandonnaient chaque jour. Oui, toutes les perspectives, tous les choix pouvaient être représentés autour de la table du dîner où elles rompraient le pain et travailleraient à la construction d'une communauté de femmes solidaires. Nightbitch était si positive, si optimiste, voire en plein délire, qu'elle ne voyait même pas à quel point elle était à côté de la plaque, car comment pouvait-elle *décider* de renoncer à l'un de ses désirs les plus fondamentaux : créer de l'art ? Pourtant, elle pensait, espérait, avait décidé que c'était de l'ordre du possible.

Ce week-end-là, lorsque son mari fut de retour à la maison, elle voulut qu'il la prenne par-derrière. Qu'il lui saisisse la nuque à pleines dents. Elle voulait se battre, mordre, et ensuite le baiser bien fort. Elle voulait du brutal, et après, qu'on lui tapote sur la tête, qu'on lui caresse les cheveux, qu'on les lui lisse en arrière, qu'on la gratte sous le menton, et qu'on lui frotte le ventre aussi.

Le bon, le gentil mari obtempéra, et, chaque fois, elle le récompensait d'un *gentil garçon*, et il aimait ça. En fait, il avait tout aimé.

Plus tard, le mari dit à sa femme qu'il ne savait pas quelle mouche l'avait piquée, mais que surtout elle ne change rien.

Comme tu voudras, lui avait-elle répondu en lui mordant affectueusement le bras.

Et c'est après l'un de ces nombreux, inhabituels intermèdes, ce samedi-là, alors qu'elle se prélassait l'après-midi dans leur lit aux draps froissés et souillés, et que leur fils, ô miracle, faisait une sieste dans la niche, à présent déménagée dans sa chambre, qu'un certain sentiment s'esquissa doucement dans l'espace vide et limpide créé par l'harmonie conjugale. Un sentiment si ténu qu'elle aurait aussi bien pu passer à côté sans ce court moment rien qu'à elle, là, nue dans le lit, à écouter son mari réveiller doucement leur fils de la sieste. Alors qu'elle savourait ce moment revigorant et rare de sérénité post-coïtale, ce moment de solitude, elle prit conscience d'une sorte de peur insidieuse qui titillait le fond de sa gorge, une peur qui planait autour d'elle depuis cette nuit magique de métamorphose animale. Elle savait qu'à trop se pencher sur cette sensation celle-ci pourrait la submerger, la consumer. Car que signifiait au juste sa transformation en animal moins de quinze jours auparavant ? Quelle en avait été l'origine, la raison ? Quelle *force* avait engendré la chienne qu'elle était devenue, cette Nightbitch ? Elle s'empêcha de considérer pleinement ces interrogations, de s'attarder sur les ténèbres qui avaient fait naître un monstre, une bête, une créature issue des recoins les plus profonds et sombres de son humanité. S'empêcha de regarder de trop près cette petite boule de peur qu'elle sentait grossir en elle, car elle ne pouvait tout simplement pas se le permettre. Elle devait sortir du lit, s'occuper de son enfant, de sa maison, de son bien-être. Elle devait se ressaisir, un point c'est tout, et ce pour le bien de sa famille car, sinon, que se passerait-il ? Tout ce qu'ils possédaient – cette maison, leur famille, leur vie –, tout s'écroulerait si elle s'écroulait, et c'était impensable. Il devait y avoir une explication raisonnable, se dit-elle, déterminée. Et qui mieux que Wanda White pour la lui apporter ?

Stimulée par l'harmonie qui régnait dans sa maison, puis par la peur de voir tout s'écrouler autour d'elle, elle rédigea une autre missive à l'attention de Wanda White ce même week-end, d'autant plus qu'elle n'avait pas eu de réponse à son premier e-mail et se demandait si elle avait la bonne adresse (une adresse à l'université de Sacramento), et si White était encore en vie (elle devait avoir dans les quatre-vingts ou quatre-vingt-dix ans, d'après la date de publication de son livre et d'autres éléments que Nightbitch avait pu glaner ici et là), même si elle n'avait vu aucune nécrologie la concernant. En fait, en dépit de son grand savoir-faire en matière de recherches sur le Net, et sa manière exhaustive de chercher tous les mots et combinaisons possibles dans le voisinage proche et moins proche du sujet ciblé, elle n'avait pas trouvé grand-chose sur White, ce qui était plutôt bizarre. Elle voulait parler de White à son mari, mais elle ne savait pas trop par où commencer pour lui expliquer l'importance que revêtaient à présent pour elle cette femme et ce qu'elle représentait.

Je suis complètement obsédée par ce livre, lança-t-elle finalement en agitant le *Field Guide* dans sa direction alors qu'il vérifiait les réglages de son ordinateur portable sur la table de la cuisine.

Oh, répondit-il, sans lever le regard. C'est quoi ?

C'est une sorte de guide bizarre sur les femmes mythiques du monde entier, mais c'est censé être vrai. La femme qui l'a écrit est une universitaire. Et ce qui est vraiment étrange, c'est que tout ce qu'elle dit dans ce livre correspond à ce que je ressens ou pense, comme par magie. Un peu comme les pubs qui apparaissent sur certains sites.

Son mari jeta un coup d'œil en coin au livre.

Cool, dit-il. Je peux voir ?

Elle serra involontairement le livre contre sa poitrine, soudainement désireuse de protéger la sagesse qu'il renfermait ; il ne lui semblait pas approprié de montrer l'ouvrage, désormais si personnel, presque sacré, à son mari. En lisant ce livre, elle avait communié avec quelque chose de plus grand qu'elle, avec White et les femmes décrites dans ses récits. Soudain, le livre lui parut trop saint, trop sensible pour qu'elle en parle, surtout à son mari, qui ne le percevrait pas comme il faut, ou du moins pas comme elle en était venue à le percevoir. Il ne comprendrait pas à quel point elle s'identifiait au livre ni le fait que le livre lui-même semblait s'identifier à elle. Il ne comprendrait pas cette relation, car, oui, elle était dans une relation avec ce livre et son autrice, et elle ne voulait pas que son mari s'en mêle.

Bien sûr, répondit-elle sans lâcher l'ouvrage. Dès que j'aurai fini de le lire.

Juste un coup d'œil, fit-il en se tournant à présent vers elle, main tendue, aiguillonné par le sentiment qu'elle ne voulait pas le lui prêter. Allez, montre.

Attends, d'abord j'ai un truc à écrire, dit-elle en se dirigeant vers la chambre d'amis, où se trouvait son ordinateur.

Hé ! s'indigna-t-il quand elle tourna les talons.

Assise à son bureau, elle posa le livre sur les genoux. Pourquoi White n'avait-elle pas répondu ? se demandait-elle avec la même ferveur qu'une ado amourachée. Et c'est avec ce désir, là, dans son sein, qu'elle commença à écrire.

WW-

Encore une fois, bonjour. J'attendais votre réponse à mon message mais n'ayant toujours pas de nouvelles, je me permets de vous écrire à nouveau. J'espère que je ne vous importune pas, et que vous comprenez que je suis, pourrait-on dire, « spirituellement contrainte » de vous écrire. Ce que je veux dire, c'est que votre livre et vos recherches m'ont profondément parlé, aussi ai-je besoin de connaître la personne capable d'écrire un texte qui converse si intimement avec mes pensées et désirs les plus privés.

Je me demandais si, au cours de tous vos voyages, vous aviez rencontré, disons, une mère au foyer vivant dans quelque banlieue américaine ou plus précisément dans une petite ville du Midwest, une femme qui aurait en quelque sorte des qualités animales ? Peut-être une femme plus poilue que la normale ? Quelque peu agressive ? Sujette à des crises de hurlements ? Mais pas réellement folle à lier, notez bien. Simplement un peu versée dans l'espièglerie canine, dans une approche fantaisiste de sa maternité, pourrait-on dire.

S'il vous plaît, dites-moi : avez-vous déjà rencontré une telle femme ? Et, si oui, pouvez-vous nous mettre en contact ?

En outre, auriez-vous par hasard une sorte de manuel sur la façon d'être une femme magique dans une petite ville au cœur de l'Amérique ? Un guide sur comment exister entre les mondes de la raison et de l'imagination à une époque où la politique, le discours public et même la météo prennent un tour inquiétant ?

Je n'ai pas été en mesure de trouver des informations en ligne sur vous ou votre travail au-delà de votre *Field Guide* et je serais curieuse d'en savoir plus sur votre longue et riche carrière et sur vos publications.

Je suis trop longue. J'arrête. Bien à vous.

MM

Et c'est justement au moment où tout semblait se mettre en place – alors que son fils commençait à dormir tout seul dans sa niche, que sa vie sexuelle reprenait du poil de la bête, qu'elle se faisait des amies parmi les mamans, et que, osons le dire, elle commençait à *apprécier* un petit peu plus sa vie de mère à plein temps, grâce à ses jeux de chien, et à ne *plus se soucier* de sa carrière, comme tant d'articles sur Internet et de personnes bien intentionnées l'avaient suggéré –, justement au moment où son univers de mère au foyer commençait à se mettre en place, eh bien, c'est là qu'elle s'autorisa à sortir, et en plus un soir de week-end, avec deux copines de fac, la mère active avec qui elle avait déjeuné l'autre jour et la fameuse vidéaste.

Quelle nouveauté ! Quel bonheur ! Se joindre à d'autres femmes accomplies pour partager un dîner préparé par quelqu'un d'autre, un verre de vin blanc et une conversation stimulante ! L'occasion de partager leurs expériences dans un contexte d'admiration et de respect mutuels !

La mère active qui enseignait à l'université commença immédiatement à parler de son travail, expliquant, avant même qu'elles aient passé commande, comment elle avait abordé et *complexifié la notion d'appropriation, de propriété artistique et de persona public* en recontextualisant des posts Instagram pour en faire des œuvres d'art. Cette femme – cette mère / artiste active, pour qui tout semblait aller comme sur des roulettes – avait simplement imprimé des posts Instagram à grande échelle, et c'était tout ; c'était ça son art. Oh bien sûr, cela impliquait aussi une certaine *curation* et abordait la notion du pouvoir de la juxtaposition, mais, dans les faits, elle n'avait fait que parcourir Instagram, trouver des photos, se procurer une imprimante grand format et, voilà ! De l'art. Nightbitch avait lu des choses sur ce projet sur son site Web, puis dans le

Times, où elle avait appris qu'une œuvre récente s'était vendue un demi-million de dollars.

L'autre amie de fac – la vidéaste – expérimentait quant à elle l'interaction entre celui qui voit et celui qui est vu, et les façons dont nous sommes des intermédiaires du réel, comme si elle tenait là la nouveauté du siècle, s'agaça Nightbitch. Comme s'il y avait vraiment la moindre pensée originale dans un tel projet. Cette amie venait d'exposer, à la Biennale de Kelly, deux vidéos littéralement impossibles à regarder. Dans l'une d'elles, la vidéo s'interrompait selon que le courant passait ou s'arrêtait, ce qui était censé inspirer une réflexion sur notre relation à l'information et au pouvoir (au sens *power* / *Power*), mais Nightbitch estimait que l'installation était tout simplement agaçante ; que le propos ne nécessitait même pas vraiment une installation, juste une déclaration de l'artiste. L'autre création, avait expliqué la vidéaste, était une vidéo en temps réel de vingt-quatre heures de sa journée, diffusée à côté d'une actrice qui jouait la même journée dans le même espace. À table, la vidéaste dit alors quelque chose à propos de performance, du style Peut-on vraiment être soi-même lorsqu'on est observé… bla bla bla. Nightbitch hocha la tête et sourit. C'est c'la oui.

Et toi, tu travailles sur quoi ? lui demandèrent-elles, et elle bafouilla, pouffa, piqua un fard, fixa le mur un instant avant de dire quelque chose sur la sauvagerie de la maternité, les pulsions de violence de la mère moderne, les pouvoirs transformateurs de la colère. Ses amies plissèrent les yeux, puis inclinèrent la tête d'un air perplexe.

Je n'en suis qu'à la phase du concept pour le moment, ajouta Nightbitch. Mais je pense qu'il s'agira en définitive d'une performance.

Ahhh, fit la mère active, à quoi la vidéaste ajouta : Ton travail a toujours été si théâtral, et bien que Nightbitch eût très envie de lui répondre *Tu veux dire quoi par là au juste, pauvre conne ?* ou *Au moins moi je ne fais pas dans le projet médias sociaux à la con qui donne une si mauvaise réputation à l'art,* ou encore *Si ton idée c'était de faire dans la mouvance méga barbant, je pense que t'as réussi ton coup.* Mais, au lieu de ça, elle hocha calmement la tête et ne dit rien.

C'était censé être un dîner agréable, une sorte de réunion d'anciennes de la fac, dont une qu'elle n'avait pas vue depuis quoi, huit ans ? Ça avait commencé de manière assez sympathique – comment ça va, et la famille, des nouvelles d'untel et untel – mais, très vite, Nightbitch comprit, elle comprit exactement ce qui était en train de se passer.

Voyez-vous, ces vieilles copines avaient bien plus travaillé qu'elle – mais alors beaucoup plus. Elles étaient autrefois des collègues et des concurrentes amicales, au coude à coude il y a des années, à la fac, et même juste avant la naissance de son fils, mais depuis, ces amies avaient en effet avancé, progressé de manière raisonnable, voire extraordinaire compte tenu de leurs talents et compétences, alors que, elle, elle avait rendu sa carte d'artiste pour rejoindre le pays des mères au foyer. Elle n'avait pas voulu que son bébé passe ses journées avec ces horribles femmes et leurs tétines en caoutchouc. Elle avait voulu le tenir, embrasser ses joues et renifler son cou. Elle avait refusé de continuer de pleurer pendant qu'elle lui donnait le sein, ou lorsqu'il s'endormait alors qu'elle n'avait pas eu le temps de le faire rire ou de lui lire une histoire parce qu'il était si fatigué, épuisé, par sa journée à la crèche avec ces horribles femmes, où il ne voulait pas, où il *refusait* de dormir. Et il lui était impossible de faire son travail à la galerie, s'occuper de son art et aussi du bébé alors qu'elle était toute seule la plupart du temps. Elle n'y arrivait tout simplement pas, et donc elle avait choisi le bébé – *le bébé, le bébé*, son pouvoir d'attraction avait été enivrant, irréel – et laissé tout le reste de côté. Et à présent. À présent.

Ces autres femmes – elles étaient ses amies ! – avaient des enfants, mais l'une d'entre elles avait vendu une œuvre d'art pour un demi-million de dollars et avait également une nounou à domicile, tandis que l'autre était capable de ne pas se soucier des horribles dames de la crèche, ou du moins de ne pas le montrer, de ne pas céder, et avait au lieu de cela inscrit son enfant à la crèche à plein temps, ainsi qu'à des activités périscolaires avant et après sa journée, alors que l'enfant n'était même pas encore scolarisé. Si Nightbitch savait tout ça, c'est parce que la vidéaste l'avait dit, en passant, en éclatant de rire. En éclatant de rire ! La vidéaste n'avait aucun regret – chose qu'elle avait d'ailleurs dite expressément après un troisième verre de vin – Aucun regret ! – avec un éclat de rire et en trinquant, faisant tinter son verre contre celui de Nightbitch –, aucun sentiment ambivalent, une vision forte et claire d'elle-même dans l'atelier et de son enfant ailleurs, peu importe où. Donc, ces autres femmes, ces femmes qui avaient réussi, évidemment qu'elles se mirent à discuter de leurs nombreux succès, à échanger des noms de commissaires d'exposition et d'agents d'artistes avec une excitation croissante, à pousser des cris stridents de joie quand l'une annonçait sa prochaine exposition, l'autre une bourse, à comparer leurs plannings de résidence et d'enseignement pour l'année à venir.

Je croule tout simplement sous les propositions, déclara la mère active. Je vais devoir renoncer à celles qui m'ennuient, honnêtement. Il n'y a tout simplement pas assez de temps dans une journée.

Nightbitch opinait, en espérant donner l'air de quelqu'un qui comprenait entièrement. Pas assez de temps pour tous ces projets de création. Carrément. Mais oui.

Nightbitch avait commandé une salade de chou kale garnie d'un joli morceau de saumon, mais plus elle mangeait, plus elle avait l'impression qu'il y avait du chou dans son assiette. Elle le fourrait assidûment dans sa bouche tout sourire, et mâchait, mâchait, mâchait. Et pendant que les deux femmes parlaient – à un moment allant jusqu'à tourner leurs chaises pour se faire face et se rapprocher autour de la table ronde ! – et parlaient, parlaient, parlaient, Nightbitch, elle, mâchait.

Je suis une vache, se répétait-elle sur le ton de la méditation. Je suis une vache zen dans une prairie calme et verte.

Elle avait besoin de cette méditation pour contrecarrer la bouse qui montait du fond de ses entrailles, car c'était là, devait-elle découvrir dans un violent accès de nausée, qu'elle avait enfoui toute sa colère et sa tristesse, toute sa déception face à la tournure de son existence. C'était là qu'elle avait enterré la jeune femme talentueuse et courageuse aux grandes idées et au point de vue inhabituel. Oui, cette jeune femme se trouvait dans ses tripes, attendant son heure, ou peut-être était-elle morte, étouffée dans toute cette merde. Et là où Nightbitch vivait, là, à l'air libre et à la table de ce restaurant à la lumière tamisée, établissement niché dans une charmante rangée de maisons en briques d'une charmante petite ville universitaire, là était assise une mère ni jeune ni vieille, une femme qui avait quitté le monde de l'art depuis autant de temps qu'elle y avait appartenu, une femme qui n'était plus une artiste débutante, certes, mais pas non plus encore une artiste émergente, ni même une artiste véritablement *introduite* dans le monde de l'art, hormis une poignée d'expositions régionales mineures, quelques articles ici et là, mais sinon, non, elle n'était résolument pas ce qu'on appelait émergente, ni n'avait grand espoir de faire surface de sitôt. Or ce n'était pas comme ça que Nightbitch se voyait, loin de là, car, jusqu'à présent, elle avait toujours voulu croire qu'elle avait tout le temps du monde, que les possibilités et les opportunités étaient infinies, qu'elle n'était quand même pas *si* vieille que ça, que sa vie n'était pas terminée ; or, là, à cette table, elle prit conscience de manière assez brutale, après deux verres de vin et l'équivalent d'une bonne balle de chou kale, que tout ça n'était que foutaise et qu'elle était, en un mot, insignifiante. Elle se vit soudain comme ces deux femmes la voyaient : une mollassonne peu loquace qui sirotait son vin sans contribuer par le moindre propos intéressant à la conversation. Elle était si inintéressante qu'elle dut attendre une bonne demi-heure avant qu'elles s'adressent véritablement à elle. Ce n'était pas de la méchanceté de leur part. C'était juste qu'elle ne faisait pas partie de la conversation. (Ce n'était quand même pas de la méchanceté, si ? Elle avait du talent. Et elle *aurait eu* autant de succès qu'elles, si elle avait poursuivi. Elle était partie du principe qu'elles savaient toutes ça, que c'était une chose connue et acceptée, et qu'elles étaient toutes trois sur un pied d'égalité. Très franchement, elle ne songeait véritablement à tout cela qu'à présent, obligée qu'elle était de se voir telle qu'elle apparaissait dans ce contexte pathétique, dans cette situation pitoyable.)

Au début, elle crut qu'elle allait pleurer, puis elle vit qu'elle ferait quelque chose de bien pire.

Tel un raz de marée, toute la rage et tout le désespoir de ces longs mois avant l'arrivée de Nightbitch refluèrent pour la submerger. Ses amies n'avaient sûrement rien voulu insinuer, n'avaient pas cherché à la rabaisser, ne pensaient même pas trop à elle à vrai dire, mais c'était justement ce manque de considération qui la blessait le plus, le fait qu'elle ne faisait même plus partie de la conversation, non pas qu'elle aurait voulu prendre part à un tel bavardage égocentrique, mais elle aurait aimé être invitée à s'y joindre pour mieux le contester – elle méritait, au minimum, cela. Elle se remit à avoir d'horribles pensées : son mari sirotant un petit crème dans un café tranquille en feuilletant un magazine, ses longues journées passées à jouer au petit train, les siestes ratées, les encouragements pour faire sur le pot, et encore et toujours les petits trains, les petits trains.

Elle se gonfla d'une colère délibérée, car en effet elle voyait bien qu'elle était sur le point de piquer une grosse colère comme celles que piquait son fils lorsqu'il se jetait par terre et tapait des mains et des pieds, finissait par se faire mal et se mettait à pleurer plus fort encore – mais elle ne pouvait, ni ne voulait, se retenir. Soit elle expulsait sa colère, soit elle la gardait à l'intérieur, et elle refusait de la conserver en elle plus longtemps. Elle ne se laisserait pas ronger de l'intérieur, elle ne laisserait pas ses tripes devenir acides, elle en avait fini de grincer des dents dans son sommeil ou de se créer des douleurs aux cervicales, et tout ça juste pour se montrer civilisée, mature, indulgente et pondérée.

Et c'est au moment où la vidéaste fit de l'humour en déclarant, Bon, je sais que je plaisante sur le fait que je suis narcissique, mais je pense réellement que je le *suis*, que Nightbitch se leva d'un coup de sa chaise – emportant avec elle la table, ce qui fit bruyamment tomber les couverts par terre et renversa un verre d'eau sur les genoux de la mère active aux yeux à présent écarquillés et la bouche ouverte en un O silencieux –, se leva donc en rugissant, stoppant net le brouhaha dans le restaurant et plongeant la salle dans un silence de stupéfaction. Elle se tenait là, debout, pantelante, déjà essoufflée par tant de rage.

Elle grogna sur les femmes, puis aboya encore et encore, yeux fermés, tout son corps mobilisé pour sortir ces sons de bête du plus profond d'elle-même, muscles abdominaux puissamment contractés, plancher pelvien parfaitement hissé après tant d'années d'assidus exercices de Kegel.

Je pourrais écraser une noix avec mon vagin ! hurla-t-elle à personne en particulier, et c'est alors que les gens autour d'elle lui apparurent soudain dans toute leur netteté. Ses amies – Les Artistes –, attablées en face d'elle : l'une, la main devant les yeux comme si elle regardait directement le soleil, l'autre, les lèvres esquissant un début de sourire ; le vieil homme assis derrière, bouche bée ; une gamine à deux tables, blottie dans le sein d'une mère qui lui caressait les cheveux en murmurant quelques mots de réconfort sans quitter Nightbitch des yeux.

Soudain frappée d'un horrible sentiment de honte, Nightbitch se mit à transpirer abondamment, à haleter la bouche ouverte. Une pensée fugace la traversa : pouvait-il s'agir des affres d'une ménopause précoce ? Puis, bien malgré elle, elle se mit à pleurer des larmes de colère, et alla récupérer sac et manteau.

La mère active commença à dire quelque chose d'une voix douce et apaisante. Nightbitch leva une main.

Stop, la mit-elle en garde avant de se précipiter vers la sortie dans un mouvement plus proche de la tornade que d'une quelconque propulsion bipède humaine. Elle bouscula tout sur son passage, les serviettes voltigeaient, des tasses se renversèrent, puis elle trébucha, manqua de tomber, grogna. Elle n'avait qu'une idée : sortir de là avant que la transformation ne soit complète. Mais c'était sans compter sur l'irrésistible odeur de viande rouge, d'autant plus irrésistible qu'elle avait eu l'impression d'avoir passé une vie entière à mâcher ce foutu chou frisé.

Elle arrêta sa folle course devant un jeune couple attablé près de la porte, où la femme, rayonnante d'amour, bague étincelante au doigt, s'enfonça dans son siège et étouffa un cri d'épouvante lorsque Nightbitch, d'un geste, s'empara de son burger à moitié entamé, en arracha une bouchée, se débarrassa du pain, de la feuille de salade, de l'oignon et de la tomate avant de franchir d'un bond le seuil de la porte. Elle fourra le steak haché dans sa bouche, mâcha et saliva tout en cavalant. Elle s'engouffra dans une succession de ruelles parsemées de flaques puis, une fois loin du centre-ville, elle se fraya un chemin entre les arbustes, à l'abri des regards, tapie dans une ombre où elle pourrait haleter, grogner et sangloter.

Elle se dirigea vers le parc naturel, vers les bois sombres et réconfortants nichés dans la ville, pour pleurer et grommeler dans l'obscurité sous les arbres, pleurer et s'ébrouer dans le ruisseau qui, au-delà, coulait jusque dans son quartier, et qu'elle suivrait, c'était décidé, c'était ce qu'elle voulait, là, debout, ses douloureux pieds en sang engourdis par l'eau glacée. Elle avait perdu ses sandales quelque part en chemin, et l'eau lui faisait tellement de bien qu'elle poussa un petit gémissement guttural. La morve qui coulait de son nez se mêlait aux chaudes larmes, le tout dessinant des traînées sales sur son visage. Elle avançait en zigzaguant dans le ruisseau, poussant de côté des troncs d'arbres tombés, arrachant des arbrisseaux du rivage dans sa quête d'équilibre. Elle ne désirait qu'une chose : détruire, saccager, ravager pour se débarrasser de la rage, de la tristesse et de la folie accumulées depuis la naissance de son fils. Accumulées dans l'épaisse peau d'orange sur ses cuisses, dans son petit ventre triste et mou qui pendouillait lamentablement, dans ses perpétuelles cernes marron foncé, dans ses mains devenues, dernièrement, douloureuses lorsqu'elle était fatiguée, en colère ou triste, c'est-à-dire à peu près tout le temps.

Oh, ces deux femmes ! Ces horribles garces ! Elle pleurait et s'enfonça dans les bois en projetant des éclaboussures, avant de s'asseoir sur un tronc d'arbre pour sangloter. Cela faisait bien longtemps qu'elle ne s'était pas sentie comme ça ; depuis le lycée ? le collège ? L'impression d'être nulle, une moins que rien, une naze rejetée par tous. Plus elle sentait cette émotion typique des adolescents l'envahir, plus elle se maudissait d'être assez stupide pour y succomber. C'était une adulte ! Ce genre d'émotions appartenait au passé. C'était ridicule. Elle continua pourtant de sangloter doucement, comme jamais elle ne l'avait fait depuis des dizaines d'années.

Les efforts herculéens déployés au cours des dernières années, toutes les désillusions, la peur de ne pas être une bonne mère, malgré tous ses sacrifices, l'angoisse de ne jamais pouvoir se remettre à son art et l'éventualité que cela soit désormais son lot dans la vie, être maman et rien de plus – toutes ces pensées tambourinaient dans sa tête tandis qu'elle pleurait et pleurait comme une adolescente au cœur brisé. Mais n'avait-elle pas eu un merveilleux week-end à la maison, riche d'une libido revivifiée et d'un moment en famille normal et serein, elle, l'épouse, la mère et aussi la mère-chien (mais qui maîtrisait, n'est-ce pas, parfaitement son truc de mère-chien) ? Elle avait été si proche d'atteindre enfin un certain état de contentement, et ce en renonçant une fois pour toutes à l'art, en s'efforçant ces dernières semaines de maîtriser sa psychologie et de contrôler ses pulsions et désirs. Et voilà que ces deux mères, ces deux artistes, étaient venues tout gâcher, un gâchis qu'elle considéra avec toute l'amertume des innombrables séances de couchers interminables, des innombrables après-midi sans art.

Elle émit un son comme jamais elle n'en avait entendu auparavant, un long gémissement rauque, un souffle empli de rage, de désir et de chagrin. Un son d'une puissance terrifiante, expulsé par chaque muscle de son corps, abdos contractés, gorge serrée. Ses orteils se raidirent, et ses mains se crispèrent en griffes. Un cri bestial, aveugle, dirigé vers le *monde entier*. L'expulsion de tout ce qu'elle avait en elle.

Non loin, depuis sa tanière, un raton laveur lui répondit dans sa propre langue bestiale et, sans réfléchir, Nightbitch plongea tête baissée à sa poursuite, vers les deux petits yeux qui brillaient dans l'obscurité sur la rive. Elle était furieuse : il l'avait fait sursauter. Comment osait-il !! Comment osait-il.

Elle le saisit, lui brisa efficacement le cou avant qu'il ne puisse la mordre et jeta le corps avec un *plouf* dans le ruisseau. La tête renversée en arrière, elle remplit le ciel d'un hurlement aussi vaste que toute son existence et elle sut, alors, qu'une seule chose comptait à présent : rentrer chez elle. Et c'est en larmes, l'adrénaline pulsant encore dans ses veines, muscles abreuvés de sang, qu'elle se lança à corps perdu dans la nuit.

Sur son chemin, qui passait par l'endroit où elle et le petit lançaient des pierres dans l'eau les après-midi ensoleillés, la voie ferrée, et enfin son propre jardin, elle massacra un total de trois petits rongeurs et un lapin sans défense qui n'auraient simplement pas dû se trouver là.

Dans son jardin, elle s'allongea à plat ventre dans l'herbe, huma la terre et s'essuya le visage contre les frondes vertes et lisses. Ses jambes et ses bras étaient couverts d'égratignures, ses mains sales et maculées de sang.

Elle se précipita chez elle, sans crier l'habituel salut amical pour prévenir son mari de sa présence, et fila directement dans la salle de bains dont elle verrouilla la porte derrière elle. Là, elle se débarrassa de ses vêtements souillés et extirpa des brindilles de ses cheveux emmêlés. Elle ouvrit à fond le robinet d'eau chaude de la douche et resta sous le jet de longues minutes, pour se calmer et se laver de la nuit.

Elle s'endormit à force de pleurer dans la chambre d'amis et se réveilla avant son mari et son fils, mais pour mieux pleurer une fois levée. Elle avait vingt-six messages non lus sur son téléphone. Elle l'éteignit carrément. Jamais plus elle ne pourrait regarder ces amies-là en face.

Elle s'en voulait de se laisser contrarier par tout ça, elle s'en voulait de se croire une ratée. Se considérer comme une ratée était la meilleure manière d'en devenir une – c'est ce qu'on dit, non ? Il ne fallait pas penser comme ça. Cela n'avançait à rien. Pourtant, elle n'avait envie que d'une chose, rester en pyjama à regarder des films débiles, et pourquoi pas puisque aujourd'hui elle n'avait besoin d'aller nulle part. Elle n'avait rien d'important à faire, personne ne dépendait de son expertise, personne n'était excité de voir une de ses nouvelles œuvres. Non, personne n'avait besoin d'elle à part un enfant de deux ans. Elle pouvait faire ce qui lui chantait – sauf pleurer sans cesse. Alors elle ne sangloterait que de façon sporadique en se planquant dans les toilettes.

Le maudit chat miaulait sans arrêt jusqu'à ce qu'elle lui donne sa ration de pâtée à la répugnante sauce visqueuse. Elle flanqua quatre saucisses surgelées dans une petite poêle sur la cuisinière, glissa des gaufres surgelées dans le grille-pain, découpa en rondelles une banane et rinça une poignée de fraises. Elle avait envie de frapper les murs avec ses poings en transbahutant le linge mouillé du lave-linge au sèche-linge. Elle s'imaginait en train d'arracher la tête d'un oiseau chanteur avec ses mains en passant l'éponge sur la table de la cuisine, puis sur la petite table en plastique de son fils. Elle se moucha, fit du café et écouta les nouvelles. Elle servit le petit déjeuner à sa famille, aida son mari à rassembler les choses à mettre dans sa valise puisque ce pauvre chéri était incapable de se souvenir où se trouvaient ses affaires. Il n'était jamais là, le pauvre nigaud ! Alors forcément il ne savait pas où chaque chose était rangée !

Son mari voulut savoir ce qui n'allait pas, et elle lui répondit que c'était juste ce moment-là du mois, un effet de la nature désormais erratique de ses hormones vieillissantes, et il répliqua, inquiet, C'est juste que je ne t'ai jamais vue pleurer comme ça. Elle lui fit un geste de la main comme pour lui dire de la laisser tranquille et se remit à pleurer.

Je suis en périménopause, dit-elle toujours en sanglotant, se sentant encore plus enfoncée dans le désespoir, même si à peine dix minutes plus tard elle réussit à afficher un semblant de sourire pour que son mari ne s'inquiète pas trop. Ce n'était pas un mauvais bougre et il n'avait vraiment pas besoin de ce stress supplémentaire – même si ce n'était pas comme si, une fois parti, il allait s'inquiéter pour elle. Elle n'était pas franchement convaincue qu'il consacre beaucoup de temps, lors de ses déplacements, à songer à elle et à son moral.

Le lendemain matin, elle salua son mari sur le départ – après le petit déjeuner préparé par la mère et qui l'attendait tout chaud à son réveil, après qu'il eut tranquillement pris le temps de chier, après une bonne longue douche et une pile de vêtements propres et chauds tout droit sortis du sèche-linge, qu'elle avait pris la peine de plier et de poser pour lui sur le siège baissé des toilettes après avoir pschitté du désodorisant dans la pièce – et s'enfonça un peu plus encore dans son dégoût d'elle-même tandis qu'elle lançait des pensées haineuses en direction de la voiture qui s'éloignait.

J'aimerais, moi aussi, pouvoir chier tranquillement un jour, pensa-t-elle avec amertume.

Impossible de sortir de l'état de déprime dans lequel elle se trouvait, alors elle alluma la TV, mit la chaîne qui diffusait des dessins animés et s'allongea à côté de son fils qui regardait deux bestioles se frapper sur la tête avec des maillets. C'était sans doute beaucoup trop violent pour lui, mais il adorait ça, tapait dans ses mains et gloussait de rire. Elle était une mère épouvantable. Sentant une nouvelle crise de larmes monter, elle se leva pour s'alimenter, n'ayant pensé ce matin-là qu'aux autres habitants de la maison et, de nouveau, elle se retrouva nez à nez avec ce stupide chat qui avait pourtant déjà mangé il y a peu mais qui s'était posté sur le tapis devant l'évier, son endroit de prédilection, où toujours il traînait à l'affût.

Les pommes de terre pourries dans la poubelle dégageaient une odeur nauséabonde ; l'air était si sec, les nuages dehors si épais, et la matinée si grise. Elle constata en poussant un petit cri d'angoisse, penchée devant le réfrigérateur ouvert, qu'il ne restait plus le moindre petit morceau de viande dans la maison, à part les horribles boîtes de pâtée de l'horrible chat, pour lesquelles le félin déjà miaulait, miaulait. En versant le contenu d'une autre boîte encore dans la gamelle du chat, Nightbitch renifla la pâtée par curiosité, mais c'était trop gluant, effiloché, anonyme pour exciter son appétit. Elle regarda avec dégoût le chat avaler goulûment l'amas de viande innommable. Le dessin animé du petit faisait des petits bruits suraigus tandis que Nightbitch fulminait dans la cuisine, yeux rivés sur le chat, tasse de café tiédasse à la main, mal fagotée dans son peignoir.

Elle s'efforça d'écouter les nouvelles, mais cela ne fit que stimuler sa soif de sang, alors elle éteignit le poste et se mit à faire les cent pas devant l'évier. Elle fouilla un placard à la recherche de quelque chose pour stopper son mal de crâne et, bredouille, en claqua rageusement la porte. Elle saisit un couteau pour couper… quelque chose, n'importe quoi, puis se retourna pour chercher une pomme, une carotte ou un putain de morceau de bœuf séché, puis marcha par accident sur cet imbécile de chat qui venait de finir son deuxième petit déjeuner et était venu se tenir, bizarrement, en silence, juste derrière ses pieds. Nightbitch, bien sûr, trébucha, se vautra par terre, et tomba ce faisant de tout son poids sur le chat, lequel détala vers le salon, grands yeux verts écarquillés, grosse boule transportée par de petites pattes tricotant à la vitesse d'un personnage de dessin animé.

Nightbitch s'était fait mal au genou, et à la hanche. Ses yeux remplis de rage silencieuse, elle s'élança vers le chat, l'attrapa par les pattes arrière, tira la bête à elle sur le parquet et lui plongea le couteau dans la poitrine. Jamais elle n'aurait cru possible que les grands yeux verts du chat puissent s'écarquiller à ce point, des yeux dépourvus de la moindre étincelle d'intelligence, juste habités d'une espèce d'instinct morne, le minimum vital, en fait, juste pour assurer la survie d'une créature aussi stupide.

Elle tira vers elle la lame à travers la partie molle du ventre du chat. L'animal se fendit comme un pantalon trop serré. Tout en grognant dans sa poitrine, Nightbitch se pencha et saisit la nuque du chat avec les dents. Elle se redressa et, prise d'une crise de fureur aveugle, se mit à secouer le corps dans tous les sens tandis que le chat se dégonflait peu à peu – petit couinement par petit couinement d'air – à chaque mouvement violent, et que le sang éclaboussait les placards peints en blanc et le vieux parquet. Une boucle d'intestin violacé s'échappa de la fente sanguinolente et se mit à claquer de-ci de-là comme une écharpe mouillée. Une chaleur épaisse se répandit le long du menton et sur la poitrine de Nightbitch qui, extatique, secoua de plus belle la tête, tandis qu'intestins et organes giflaient son visage avant de tomber par terre. Elle secoua plus fort encore, rageusement, furieusement. Partout dans la cuisine du sang était projeté, puis un craquement sec se fit entendre et le corps se détendit dans un état d'ultime résignation. Elle arrêta de secouer. Du sang gouttait sur ses pieds nus et entre ses orteils. Elle laissa choir la chose dans ses mains pour la renifler et la fouiller de son nez, l'examiner avec une curiosité animale. Nightbitch, perdue dans une étrange rêverie, se figea soudain au milieu de ce saisissant, de cet extraordinaire chaos.

***

—

Ce n'est que maintenant, en se remémorant le passé, que les événements de ces dernières semaines commençaient à prendre sens. Car évidemment elle savait, savait depuis qu'elle était petite, elle dont l'enfance s'était déroulée selon de vieilles coutumes allemandes, avec de vieux parents dans les vieux contreforts des Appalaches, ces épaisses et sombres collines entourées de vallées enserrant des décennies, des siècles de secrets. Elle se souvenait avoir regardé les mains de sa mère, sans cesse en mouvement, confectionner au crochet des anges complexes dans de fins fils de coton, jardiner le carré de plantes aromatiques, lier les brins récoltés et les suspendre à sécher aux poutres de la cuisine, retirer la viande sur une carcasse de poulet, doigts qui passent entre les côtes, tenir le bréchet à la lumière de la fenêtre pour l'admirer, faire tournoyer un couteau d'office au-dessus d'un bol de fraises qu'on équeute, assembler les boîtes de congélation, les tapisser de sacs en plastique, les remplir, les fermer d'une torsion d'attache métallique, remiser les boîtes dans le congélateur ; et toujours les mains de sa mère qui s'agitaient pour ramasser dans des buissons plus grands qu'elle des myrtilles par milliers, sa mère, avec ses cheveux bouclés, qui se gratte la tête, les yeux fatigués, fermés, mains qui massent les nœuds dans le cou de son mari, pétrissent la pâte, cherchent à tâtons au fond de l'évier les fourchettes sales noyées dans l'eau de vaisselle savonneuse. Elle se souvenait de l'épais manteau bleu marine que sa mère enfilait été comme hiver avant d'entrer dans les réserves réfrigérées où était entreposée la viande, de ses mains puissantes remontant la grosse fermeture éclair, mains qu'elle posait sur chaque pièce frigorifiée de viande comme pour la réconforter, et chaque pièce, dans son sillage, de se balancer, comme réconfortée. L'unique ampoule dans la réserve dardait une lumière froide et dure sur la chair et les os. Oui, la fillette savait reconnaître l'odeur du sang depuis son plus jeune âge. Elle savait aussi les conséquences de la violence. Certes ses parents et leur religion prônaient le pacifisme, mais la violence était présente à chaque instant : dans les têtes de poulet et les œufs fêlés, dans ce chaton mort blotti dans une botte de foin, ce cochon suspendu qu'on vide de son sang, dans les corps lents des cerfs qui serpentent parmi les arbres.

Sa mère voulait être chanteuse, une chanteuse d'opéra. Elle avait le genre de voix qui s'élevait au-dessus de tout et s'emparait, là-haut, de l'air pour le transformer en une chose vive, diaphane, parfaite. Mais au lieu de cela, chaque dimanche, elle ramassait en chignon ses longs cheveux, les couvrait d'une coiffe et se rendait à l'église pour chanter des harmonies à quatre voix. Se fondre dans la masse était une vertu. Faire passer le groupe avant soi était une vertu, et c'est ce qu'elle avait fait toute sa vie. Longtemps auparavant, lorsqu'elle était encore une jeune fille, elle avait chanté un solo lors d'un office du mercredi soir, et qui se trouvait dans l'assistance sinon le cousin de quelqu'un, un cousin venu de la grande ville pour profiter des couleurs locales ? Après l'office, il l'aborda, un mouchoir d'une blancheur éclatante à la main pour essuyer ses larmes car, selon ses dires, jamais il n'avait entendu une telle voix, alors qu'il était du métier. Il proposa à la jeune femme de devenir son mécène afin qu'elle puisse étudier dans la meilleure école de chant d'Europe, et lui remit une carte de visite blanche. Elle avait remisé la carte cachée dans le socle de la boîte à musique qui se trouvait sur sa commode, car sa famille estimait que ce rêve d'aller chanter en Europe était le comble de la stupidité, le comble de la vanité. Elle s'était promis de vivre son rêve quand elle serait grande, mais elle était loin de se douter… C'est ainsi qu'elle racontait l'histoire, ainsi qu'elle la concluait toujours : *J'étais loin de me douter* ; et sa fille, chaque fois, de demander : *Te douter de quoi ? Loin de te douter de quoi ?* – elle voulait tellement savoir. Et, chaque fois, sa mère éclatait de rire, mais un peu plus longtemps et un peu plus fort qu'il n'aurait fallu, avant de lui dire d'aller se coucher, qu'il se faisait tard.

Pendant un certain temps, même après avoir donné naissance à une parfaite petite fille, il lui arrivait d'aborder le sujet de l'Europe, mais rien que le fait d'en parler était considéré comme diabolique, dangereusement égocentrique – l'individu, lui rappelait son mari, n'avait que peu d'importance pour l'Église…

Son père était un homme bien, mais sa mère était extraordinaire. Elle se souvenait des chaudes nuits d'été, sa mère assise sur la pelouse, pieds nus, un tourne-disque déversant de l'opéra dans l'herbe et l'air noirs et les arbres immobiles. C'est ainsi que la fillette, tous les soirs, s'endormait, bercée par les volutes de musique qui montaient jusque dans sa chambre, sa mère, pieds nus, jupe à fleurs, couchée dans l'herbe et contemplant les étoiles. Une nuit, elle avait rêvé que sa mère, dehors dans l'herbe, se faisait attaquer par des renards, des ratons laveurs et des loups. Sa mère miaulait comme un chaton et, chaque fois que l'un des animaux l'attaquait, elle le caressait affectueusement et miaulait alors qu'il la déchiquetait. Dans son rêve, la jeune fille assistait à la scène depuis sa fenêtre et sentait monter en elle un grand désespoir. *Je le savais,* se dit-elle. *Je l'ai toujours su.* Elle s'était réveillée en sursaut et était descendue pour trouver sa mère, pour s'assurer que rien ne lui était arrivé, le rêve toujours vivace alors qu'elle était éveillée. Tout était confus. Quoi, sa mère était là, dehors, avec les chatons ? Mais elle *n'aimait même pas* les chatons ! Non, attendez. Elle chante…

Et elle avait vu, à la lumière de la lune, que sa mère était toujours là sur la pelouse, immobile. La fillette, craignant qu'elle ne soit morte, l'avait appelée. Sa mère s'était redressée d'un bond et essuyé le visage. Pourquoi tu pleures ? avait demandé la fille. Je ne pleure pas, avait-elle répondu. Je suis simplement fatiguée. Retourne te coucher.

C'est juste que les chatons n'arrêtaient pas de la suivre, ils la suivaient tout le long du chemin vers l'arrêt du car scolaire chaque matin. Elle larmoyait et leur jetait des pierres, les grondait et leur disait de rentrer à la maison, mais ils savaient que ses doigts avaient le goût du lait, ils voulaient les lécher, et aussi qu'il faisait chaud sous son manteau, contre sa poitrine. Elle suppliait ses parents de retenir les petites créatures à l'intérieur pour qu'ils ne la suivent pas, qu'ils ne s'éloignent pas de la maison et se perdent dès lors qu'elle serait montée dans le car. Elle les imaginait couinant toute la journée dans le petit chemin de pierres, affamés, frigorifiés, puis s'égarant dans les bois pour se faire dévorer par un renard. Elle sanglotait et suppliait ses parents, et ils étaient sidérés par son désespoir. Ne t'inquiète pas pour eux, ils vont se débrouiller, affirmaient-ils, perplexes. Tu vas rater ton car, disaient-ils en la poussant vers la porte. Ils n'avaient aucune intention de s'occuper des chatons, car ce n'étaient *que des animaux*, et la jeune fille courait de toutes ses forces sur les huit cents mètres qui la séparaient de l'arrêt, pleurant et courant, jambes en feu, poumons comme des sacs de graviers, car elle aimait ces petits chatons comme s'ils avaient été ses propres enfants, elle les chérissait, et ses parents s'en fichaient, et elle savait qu'il y avait entre eux un horrible fossé que rien ne pourrait jamais combler. Elle se sentait très seule en attendant le car, visage mouillé, souliers crottés, et l'air, à cette époque, toujours si froid, toujours plus froid que prévu dans l'ombre éternelle de la sombre forêt sous un ciel sans soleil.

Elle était allée chez sa grand-mère pour trouver une solution. Sa grand-mère, une vieille femme toute ridée, presque aveugle, vivait dans une petite maison sur leur propriété, ne s'habillait qu'avec des tissus sombres et unis, souliers ordinaires, et souriait quand elle s'asseyait au soleil. La mère de sa mère, qui parlait à peine l'anglais, marmonnait un allemand alambiqué, mais la jeune fille était quand même allée lui demander de jeter un sort, car elle savait que sa grand-mère en avait dans son petit livre, à la couverture usée, ornée de signes hexagonaux et de symboles inconnus, écrit en allemand.

J'ai besoin d'un sort pour protéger les chatons, avait-elle dit à la vieille femme assise en silence sur une chaise à dossier droit sur son porche. La femme avait souri, son visage s'était illuminé, et elle avait fait entrer l'enfant dans sa maisonnette, qui sentait l'ail, la terre et la bougie. Elle avait sorti le petit livre de sa table de nuit et tourné les pages souples. La fillette s'était demandé comment sa grand-mère parviendrait à lire les mots fanés, lorsque celle-ci avait sorti une loupe. Ayant trouvé la bonne page, la grand-mère avait posé le livre ouvert sur la table de la cuisine pour le consulter régulièrement tandis qu'elle prenait des bocaux sur les étagères et mettait une lourde marmite en fonte à chauffer sur le foyer ouvert. Sous le regard de la jeune fille, elle avait déposé dans la marmite des aromates séchés et des herbes fraîches, versé une quantité d'eau, tirée à la pompe au-dessus de l'évier rudimentaire, soigneusement mesurée. Elle avait demandé à la fillette d'aller cueillir trois têtes de pissenlit dans l'herbe, ce qu'elle avait fait, et lorsqu'elle était revenue dans la pièce peu éclairée, elle avait vu sa grand-mère plonger la dépouille d'un petit rongeur dans la décoction. Elles avaient bu une camomille en attendant que le mélange bouille, puis sa grand-mère avait retiré la marmite du feu, un torchon autour de chaque poignée, pour la transporter jusqu'à la clôture en bordure du pré, où elle avait déversé le mélange bouillant le long de la barrière en marmonnant tout bas en allemand.

Voilà, avait annoncé la grand-mère, et la fillette lui avait enserré la taille en respirant profondément la vie en elle. Elle n'aimait personne davantage. Le lendemain, toutes les mauvaises herbes à cet endroit étaient mortes, le corps du rongeur avait disparu et les chatons dormaient paisiblement quand ce fut l'heure d'aller à l'école.

Sa mère était une *bonne* personne, *responsable*, *droite* et aussi toujours ailleurs dans sa tête, ou bien elle avait mal à la tête, ou elle faisait la sieste, ou tout simplement s'il te plaît laisse-moi tranquille. Oublie ta grand-mère et son précieux livre. Sois sérieuse. Fais quelque chose de sérieux. Et toujours, la fille avait pensé que sa mère la poussait vers la porte, loin, loin et vite. Elle pensait que c'était une sorte d'abandon, mais maintenant elle le voyait pour ce que c'était : le plus bel amour que sa mère pouvait lui offrir. Combien de générations de femmes avaient remis à plus tard leur ambition, jusqu'à ce que le temps qui passe en vienne à bout ? Combien de femmes avaient manqué de temps pendant que les hommes ne savaient que faire du leur ? Et quel méchant tour nous jouent ceux qui qualifient de noble ou de généreuse une telle abnégation. Comme il est diabolique de glorifier les femmes qui ont renoncé au moindre de leurs rêves !

Cela faisait tellement longtemps qu'elle ne s'était pas remémoré tout cela, n'y avait même pas songé. En quittant ses parents, elle avait tout condamné à l'oubli – un oubli volontaire, car oublier son enfance signifiait qu'elle y avait survécu.

Ses propres œuvres faites de bois et d'os, l'installation qu'elle avait cousue dans l'aire de jeux, toutes ces choses faisaient appel aux compétences acquises pendant son enfance paisible dans les Appalaches. Elle savait s'occuper d'une colonie d'abeilles, confectionner des bougies, brosser de la laine, utiliser un rouet et fabriquer du fil, faire sécher l'oignon et l'ail, développer des photographies avec le jus extrait de légumes, cuisiner, faire toutes sortes de tresses, chanter d'innombrables chansons, suivre à la trace les animaux dans les bois. Elle savait s'orienter, distinguer un poney rapide d'un lent rien qu'en regardant sa tête. Elle en savait assez pour vivre une vie entière toute seule, et pourtant c'était son mari – avec ses compétences en électronique, son ingénierie – qui gagnait l'argent, même si elle, elle pouvait non seulement créer un monde mais aussi une personne pour l'habiter.

Et que dire de cet être, son amour de petit garçon ? Il ouvrait les yeux chaque matin, et le premier mot qui sortait de sa bouche était *Maman*. Il fallait le prendre dans ses bras pour le sortir du lit, car il était si petit et si endormi, puis l'habiller, le nourrir, le baigner, jouer avec lui, lui chanter des chansons, le chatouiller, le balancer dans les airs, lui courir après. Il avait besoin qu'elle le regarde, *Regarde-moi, maman*, quasiment chaque seconde de sa vie éveillée. Il lui arrivait parfois de poser sa petite main toute douce sur son visage pour lui tourner la tête afin qu'elle regarde ce qu'il voulait lui montrer. Et c'est dans ce geste qu'elle vit ce que l'avenir lui réservait, un avenir dans lequel tout tournerait autour de ce garçon, tout serait décidé par lui : quand elle devait se réveiller, quand dormir, où ils iraient, ce qu'ils achèteraient, jusqu'à la direction du regard de la mère. Si elle n'y prenait pas garde, il en viendrait à considérer le monde comme un endroit qui se plie à tous ses caprices, car effectivement elle voulait se plier à ses désirs, par amour, mais dans les moments les plus difficiles – là, par exemple, un cadavre mou de chat dans ses mains ensanglantées –, elle en voulait terriblement à cette petite âme innocente, pour qui la vie s'annonçait facile, qui aurait la certitude qu'on s'occupe de lui, qu'il peut avoir tout ce qu'il veut, que le monde, réellement, véritablement, lui appartient, est *le sien*. Elle ne voulait rien lui refuser, n'avait aucune envie de lui rendre la vie difficile, mais elle sentait monter en elle l'envie irrépressible de faire quelque chose pour qu'il se sente *responsable*, de lui dire *non*, *non* et *non*, de lui enseigner le contraire de ce que le monde entier lui inculquerait : Écoute-moi bien, je ne suis pas toute à toi, je ne suis pas seulement là pour toi. Mais elle était, en définitive, bel et bien sienne, tout entière.

Trois

Oh, doux Jésus.

Son chaton.

Sa choupinette.

Cette pauvre idiote d'adorable boule de poils. P'tite moumoute. Doudou d'amour. Avec ces pattes toutes pleines de poils et son miaulement comme une clochette de fée. Un jour, elle avait eu envie de la décorer avec de minuscules ornements – assise, elle avait pris une forme parfaitement conique et ressemblait tellement à un petit arbre de Noël. Sa petite princesse. Sa petite minette. Oh, doux, doux Jésus. Doux Jésus.

Combien de temps était-elle restée plantée là dans ce décor de film d'horreur ? Le temps de deux dessins animés ? Cinq ? Le garçon entra dans la cuisine et découvrit le visage couvert de sang de sa mère, les mains aussi, son peignoir maculé de sang tombé sur une épaule tandis qu'elle retirait de sa bouche des touffes de poils et qu'à ses pieds gisait un petit monticule de fourrure noir, inanimé. Du sang sur les placards. Partout sur le sol. Au plafond.

Le garçon se figea, les yeux écarquillés, son regard alternant du petit tas par terre à sa mère, de sa mère au tas.

Oh non. Le garçon ! Qu'avait-elle fait ? Elle resta parfaitement immobile, observant le garçon s'approcher timidement d'elle, renifler son peignoir, puis le chat mort. Il toucha le corps avec son nez, lui souleva une patte et la regarda retomber.

Il leva les yeux vers sa mère à nouveau, puis poussa un petit hurlement de joie, avant de pousser le corps ensanglanté du bout de son minuscule pied.

Oh, chéri, dit Nightbitch, revenant subitement à l'air sec de cette morne journée, à la réalité, une réalité faite d'une mère en peignoir et d'un garçon en pyjama se réjouissant de la présence d'un cadavre de chat dans la cuisine, d'un garçon hurlant et tripotant l'animal mort, tachant de sang ses parfaits petits orteils. De quoi ça avait l'air, et qu'est-ce que ça signifiait ? Elle ne voulait pas de sang sur la peau parfaite de son petit, elle ne voulait pas qu'il participe à cette pure folie. Il fallait tout arrêter, mettre un terme définitif au jeu du chien. Oh, doux Jésus. Mais quelle mouche l'avait piquée ? Qu'avait-elle dans la tête ?

Rien. C'était ça. Elle n'était que pure émotion, pur désir, pure rage. Jamais aucune réflexion n'aurait pu engendrer un tel forfait.

Pauvre minette, dit-elle en caressant l'animal, qui n'était plus qu'un amas flasque de poils sur le sol. Elle regarda dans ses yeux fixes et morts. L'horrible plaie le long de son ventre, les tripes violacées qui s'en échappaient. Elle tenta de tout remettre à l'intérieur. Elle prit un torchon sous l'évier pour envelopper la créature, pour essayer de doter cette situation indigne d'un peu de dignité.

Oh, mon Dieu, soupira-t-elle.

Attrape chat ! hurla le garçon, visiblement excité par l'odeur de la mort. L'inquiétude de Nightbitch redoubla. Étaient-ils allés trop loin en jouant aux chiens ? Avait-elle perdu le contrôle, franchi une limite ? Son fils serait-il à jamais marqué psychologiquement par une telle enfance ? D'aucuns assimileraient-ils cette situation à de la maltraitance, une mauvaise éducation, une forme de maladie mentale, la première occasion venue ? C'est qu'il y avait du sang *partout dans la cuisine*. Qui a fait ça ? Il lui fallait tout nettoyer immédiatement.

Pauvre, pauvre minette, répétait-elle. C'était un accident. J'ai trébuché sur elle et j'ai dû… Elle s'interrompit, faute de savoir que dire. J'ai dû perdre le contrôle de mes facultés humaines et devenir comme un chien enragé ? Je la détestais, en effet, mais elle ne méritait pas de mourir, si ? Elle était très belle et en même temps très, très bête, non ?

Ils regardèrent tous les deux l'animal.

Manger chat ? demanda le petit après un long moment de réflexion.

Oh non, s'indigna Nightbitch en posant une main sur sa tête. Minette n'est pas faite pour être mangée. Nous devons l'enterrer dans le jardin. Dire au revoir minette. Nous t'avons aimée. Minette était notre amie.

C'est donc à cela que la mère et son fils consacrèrent leur après-midi, à creuser dans le jardin, d'abord avec des pelles, puis directement avec les mains, projetant la terre derrière eux tandis qu'ils creusaient des tunnels dans la terre, de plus en plus profonds. C'était un vrai bonheur. L'odeur de glaise, les vers de terre qui se tortillaient, les épaisses racines d'arbre dans lesquelles ils pouvaient enfoncer les dents et tirer, tirer et tirer encore.

Quand ils eurent creusé un trou assez profond pour accueillir le chat, la mère et le fils étaient noirs de boue, leurs doigts leur faisaient mal, et pourtant – ça en valait le coup, ne serait-ce que pour la rigolade.

Ils enveloppèrent le chat dans une vieille couverture de bébé et le déposèrent dans le sol. Le garçon fixait la petite tombe d'un air solennel.

On devrait prononcer quelques mots gentils pour lui dire au revoir, proposa la mère.

Oh, petite minette. Tu étais si belle, et ton miaulement était si délicat, comme le tintement d'une clochette. Merci d'avoir été notre chat.

Minette douce, dit le garçon, avant de se précipiter dans le trou pour y déposer une dernière boîte non ouverte de pâtée pour chats.

Elle avait peur maintenant, vraiment *vraiment* peur, encore plus peur qu'après sa première transformation et l'escapade nocturne, mais au lieu de se détourner de cette émotion, elle se laissa sombrer, corps et âme. C'était le même genre de peur qu'elle avait connu jeune, lorsqu'elle avait trop bu et se réveillait, le lendemain matin, en proie à une vague sensation d'effroi. Où avait-elle été ? Qu'avait-elle fait ? Il fallait qu'elle *change*.

Qu'elle se *reprenne en main*, absolument, impérativement. Elle était plus que profondément convaincue (une fois de plus) qu'il était grand temps de changer, qu'elle ne pouvait plus continuer ainsi, malheureuse comme les pierres, et maintenant, en plus, capable de crises de rage de cette ampleur, incontrôlables, surtout pas devant son fils, son pauvre petit bonhomme, petit ange, à qui elle ne ferait jamais de mal, jamais, mais, quand même, regardez ce qu'elle avait fait au chat, c'était terrifiant et elle était terrifiée, presque à en pleurer de terreur quand l'image d'elle mordant la nuque du garçon traversa son esprit à toute berzingue comme un car scolaire sans conducteur rempli d'enfants hurlant de panique et zigzaguant tout droit vers un précipice. Elle devait absolument se *fixer des objectifs* et *obtenir des résultats*. Se *remettre sur les rails* une bonne fois pour toutes, plus d'excuses. Elle allait donc, maintenant, respirer profondément et s'efforcer d'être *raisonnable*, comme sa mère le lui avait autrefois, si souvent, ordonné.

Elle devait adopter une attitude calme et maternelle, alors même qu'un vent de panique soufflait en elle. Fini le café. Davantage de légumes. Cuire la viande. Nettoyer la maison. Faire des promenades. Se coucher toujours à la même heure, se lever toujours à la même heure. Voir du monde… Cependant, elle ne put se résoudre à quitter la maison et passa, au lieu de cela, une semaine tranquille entièrement consacrée à des activités manuelles, à jouer au petit train, à cuisiner et à jardiner.

D'abord, elle nettoya la cuisine de fond en comble, lessiva tout à l'eau et au vinaigre blanc, donna au garçon un seau et une serpillière pour détremper le sol.

Allez, vas-y, barbouille par terre ! ordonna-t-elle en montrant le seau d'eau savonneuse. Ouvrant de grands yeux étonnés, il se mit aussitôt au travail avec sérieux, et en effet, barbouilla allègrement. Elle demanda ensuite au petit garçon de passer l'aspirateur pour aspirer la moindre brindille, feuille ou touffe de poils qui restait, ce qu'il fit avec un zèle inégalé. Il demanda même à sa mère d'écarter un peu le four du mur afin de pouvoir aspirer des toiles d'araignée derrière. Il déchira une feuille de papier de couleur et plaça les bouts un à un dans le tuyau pour qu'ils soient aspirés efficacement et de manière très satisfaisante dans le réceptacle en plastique transparent.

Après la cuisine, elle entreprit de nettoyer la chambre à fond. Elle s'efforça de faire le lit alors que le petit se roulait sous les draps, annulant tous ses efforts. Dans le lit, ils trouvèrent deux vieilles balles de tennis, un os à mâcher, la laisse du garçon – qu'il brandit au-dessus de sa tête pour célébrer cette retrouvaille d'un petit trésor dont il avait vite oublié l'existence – et, pour finir, une courte corde nouée à chaque extrémité, parfaite pour mâcher, jouer à tirer ou à rapporter. Elle enleva l'épaisse couche de poussière sur les pales du ventilateur du plafond. Nettoya autour de la gamelle pour chien. Rassembla les vêtements qui jonchaient le sol et les plia sur le lit fraîchement fait.

Sous la pile de joggings, de brassières de sport et de tee-shirts près du lit, elle tomba sur les albums du garçon et, tout en dessous, son *Field Guide*. Il fallait qu'elle se remette à le lire, dès ce soir ! Aussitôt elle se ravisa, cependant. Ce livre était-il digne de confiance ? Pouvait-on, de manière réaliste, considérer un expert en ethnographie mythique comme une autorité scientifique ? Et pourquoi l'autrice ne répondait-elle pas à ses e-mails ?

Mais que faire, sinon ? se demanda-t-elle. Que faire d'autre, vu les circonstances ? Même si elle avait décidé de se ressaisir une bonne fois pour toutes, il semblait assez évident qu'elle ne trouverait pas de réponses logiques à son problème, qu'aucune réponse n'était à attendre de la part du corps médical, des revues spécialisées, ni même d'aucun lieu où ce satané soleil se lève à l'est et se couche à l'ouest. Oui, les réponses à ses questions se trouvaient là où le soleil évolue à l'envers, là où les aiguilles d'une montre tournent à rebours, dans ce lieu peuplé uniquement d'artistes, de diseuses de bonne aventure, de personnes déambulant sur des échasses. Et Wanda White, ethnographe mythique, n'était-elle pas originaire d'un tel lieu ? Qu'elle soit scientifique ou autre chose, sa quête n'était pas si différente. Et c'est ainsi que Nightbitch prit la ferme décision de lire le fameux ouvrage et de le prendre à cœur, son cœur ne pouvant, ces temps-ci, supporter grand-chose d'autre.

C'était une chose de tuer un lapin sauvage, c'en était une autre de tuer le chat de la maison, surtout de manière aussi épouvantable, et en plus avec son jeune fils dans la pièce à côté. Elle y pensa à nouveau à l'heure de la sieste, alors que le garçon ronflait tranquillement tout près d'elle. Certes, ils s'étaient bien amusés à l'enterrer, mais quelle que soit la résilience du psychisme du garçon, cette image de sa mère dans la cuisine lui resterait, les mains écarlates de sang, des touffes de poils flottant dans l'air, les entrailles mauves virant au bleu dégoulinant sur le vieux parquet. Tellement vieux que là où le vernis avait disparu, les taches de sang étaient indélébiles, peu importe à quel point elle frottait.

Merde, marmonna-t-elle. *Et merde.*

De retour vendredi, son mari ne manquerait pas de demander des nouvelles du chat, comme à son habitude. Qu'allait-elle bien pouvoir raconter ?

Elle y réfléchit longtemps, cherchant la meilleure manière de présenter la situation afin d'en minimiser l'impact, pour que la nouvelle atterrisse aussi délicatement qu'une plume sur son front, si délicatement qu'il la sentirait à peine.

Il n'était pas du genre à réagir de manière excessive ou à tirer des conclusions hâtives, mais pas non plus du genre à prendre un risque ou à laisser passer quelque chose qui nécessitait d'être examiné plus en profondeur.

Devait-elle mentir ? Déformer la vérité pour en arriver à un scénario moins macabre ?

Et le garçon, se souviendrait-il de ce qui s'était passé ? Il n'avait que deux ans, après tout. Elle n'avait, personnellement, aucun souvenir de ses deux ans, pas l'once d'un souvenir, alors peut-être qu'il y avait de l'espoir.

Il lui suffisait de présenter la chose comme un terrible accident. La chute inopinée de la marmite en fonte sur le chat ? La pauvre minette a été retrouvée aplatie comme une crêpe dans la rue, le chauffard anonyme déjà loin ? Un délit de fuite ! s'indignerait-elle.

Mais bien sûr, il y avait la question du garçon, de ce qu'il avait vu, savait et ce dont il se souvenait. C'était certain, il vendrait la mèche en évoquant les mains couvertes de sang de sa mère ou l'allure bizarre des entrailles de la bête. Elle ne pouvait pas trop déformer la vérité, et donc, après mûre réflexion, elle se décida pour une explication plausible et s'endormit, à côté de son fils qui faisait la sieste, en revoyant les détails.

Ce soir-là, impossible de fermer l'œil. La cause ? La sieste tardive et les événements monstrueux de la matinée. Elle ouvrit le livre de Wanda White et tomba sur le passage où elle parlait des femmes prédatrices, cette « espèce vraiment très rare » de femmes qui bien que terrifiantes, « ne feraient jamais de mal à leurs petits, même si cela leur était préjudiciable ». (Que Dieu te bénisse, Wanda, pensa-t-elle avec soulagement.) « Prenez, par exemple, la très vénéneuse tribu des Apothicaires, qui, au bord de la famine au milieu du XVIIe siècle, s'assurait que ses jeunes étaient non seulement nourris, mais engraissés, tandis que tous les adultes plus âgés de l'espèce mouraient les uns après les autres. »

White poursuivait :

Autre témoignage de la dévotion féroce de la femme magique pour son espèce, celui des Mères-Garous de Sibérie… une espèce particulièrement difficile à cerner. On ne sait pas très bien d'où elles viennent ni comment elles enfantent des petits sans mâles dans les environs. (Il convient de noter que les mâles n'existent peut-être même pas, car il n'y a eu aucune confirmation empirique de leur présence en Sibérie. Il convient également de noter que les mâles ne sont pas nécessaires, puisque les Mères-Garous semblent s'autoféconder. Nous y reviendrons plus loin.) Des observations sporadiques de cette espèce véritablement majestueuse sont à noter.

Les Mères-Garous de Sibérie sont l'une des rares espèces que j'ai eu le plaisir de voir de mes propres yeux. Lors d'une excursion personnelle pour des raisons sans rapport avec mes recherches, je me suis retrouvée aux confins de cette région au plus profond de l'hiver. Le jour ne dure alors que six heures, et bien que mes provisions fussent abondantes, je craignais quand même pour ma sécurité et mon bien-être.

Un hélicoptère militaire soviétique m'avait déposée non loin du centre de la taïga de Sibérie orientale, une écorégion s'étendant sur plus de vingt degrés de latitude et cinquante degrés de longitude.

Bien qu'il m'ait été recommandé de ne pas entreprendre un voyage aussi éloigné pendant une période saisonnière aussi rude (les températures descendaient parfois jusqu'à −50 °C), j'ai réussi à les convaincre de mes aptitudes, de ma robustesse et de ma détermination, et ils ont accédé à ma demande.

Une fois dans la forêt de mélèzes, j'ai marché dans la neige peu épaisse qui recouvrait le pergélisol avec un sac à dos de presque vingt kilos. Adepte du camping en hiver, j'avais tout ce qu'il fallait pour passer trois semaines dans cette région. Cependant, la première nuit, j'ai été envahie par une peur intense que je n'avais jamais connue auparavant. Je la caractériserais comme une sorte de malaise psychique, irrationnel et très déstabilisant.

Je me suis retrouvée à errer dans la neige en chaussettes et vêtue de nombreuses couches thermiques, au clair de lune du petit matin. J'étais à la fois en sueur et en hypothermie. Je ne savais pas qui j'étais et pourquoi je me trouvais dans un tel endroit. Comme vous pouvez le supposer, cela ne me ressemble pas du tout, moi qui me considère comme une personne très rationnelle et pondérée.

Devant moi, dans une trouée éclairée par la lune, ce qui semblait être deux femmes au pelage dense m'ont fait signe. Elles paraissaient enceintes, avec des torses bombés et, rassemblés autour d'elles, il y avait entre vingt et quarante petits d'âges différents. Les Mères-Garous marchaient à quatre pattes, bien qu'elles aient des pouces opposables sur leurs « pattes » avant, si tant est que je puisse les appeler ainsi. Il s'agissait plutôt de mains modifiées, incroyablement semblables à celles des Homo sapiens. Elles possédaient un visage de toute beauté, à mes yeux, un mélange de traits humains et canins, avec un museau proéminent et de grands yeux expressifs. Bien que je ne puisse pas être entièrement certaine de l'exactitude de ma mémoire à ce moment précis, je me souviens que ces créatures m'ont parlé de leurs origines à Pripiat, en Ukraine, quelque quarante ans plus tôt et à presque cinq mille kilomètres à l'ouest, bien qu'elles ne se soient pas exprimées de la manière habituelle. Il semble plutôt qu'elles aient utilisé une sorte de télépathie pour transmettre cette information directement dans mon esprit.

Je me suis approchée d'elles, à peine consciente de mes gestes ou de l'étonnante physionomie de ces créatures, même si, plus tard, ces images indélébiles me sont revenues lors de rêves éveillés hypnotiques.

La meute de jeunes forma alors une sorte de socle – une seule masse travaillant à l'unisson – sur lequel l'une des mères m'a poussée. Je me suis étendue sur la meute, et ils se sont déplacés comme un seul corps, me transportant sous les arbres jusqu'à une tanière confortable dans une grotte bien protégée. « Quels bons enfants », ai-je répété encore et encore dans ma démence tourbillonnante. À l'intérieur de la grotte, un feu brûlait. Des yeux brillaient dans les recoins sombres de la tanière. Je pense qu'une douzaine de Mères-Garous y nichaient, ainsi que d'innombrables petits.

Dans la grotte, à la lumière du feu, j'ai pu mieux étudier les Mères-Garous, même dans mon état d'épuisement. Leur fourrure était vraiment magnifique, aussi épaisse que celle d'un ours et étincelante de poils comme faits d'argent pur. Une Mère-Garou m'a enveloppée dans un épais coutil de flanelle rembourré de duvet. À quel endroit elles avaient pu se procurer une telle couverture, c'était un mystère, mais j'accueillai sans me poser de questions sa chaleur et son confort.

Les petits vinrent se blottir sous la couverture, et la présence de ces corps chauds contribua à augmenter ma température interne assez rapidement et efficacement. Une Mère-Garou me tendit un bol en bois contenant quelque chose de très proche d'un bouillon de poulet. Les petits aboyaient d'une manière telle que j'ai cru percevoir un langage, comme un obscur dialecte russe pour dire « balle » et « jeu ». Une autre Mère-Garou lécha mon visage, et cela me fit l'effet d'un linge chaud qui me rappelait ma propre enfance humaine.

Ai-je imaginé l'odeur du pain frais ? Aurais-je halluciné les berceuses que j'ai entendues ce soir-là, alors que je sombrais dans le sommeil ? Les Mères-Garous étaient les plus douces des créatures, même si leurs grandes canines étaient terrifiantes. Elles étaient assurément de grandes chasseuses et d'excellentes protectrices de leurs petits. Je me suis également demandé quel sort j'aurais connu si j'avais été un homme cette nuit-là, errant dans un état second dans la forêt. Peut-être que, comble de l'ironie, c'est ma féminité qui m'a sauvée ce jour-là, plutôt que de me condamner.

J'ai passé le reste de mon séjour avec les Mères-Garous. J'ai assisté à la naissance de nombreux petits et aussi à une réimprégnation spontanée quelques jours seulement après une naissance. Si j'avais disposé de plus de temps pour enquêter sur cette très belle espèce, j'aurais été curieuse de voir si de tels cycles de vie étaient viables sur de longues périodes.

Il y a tout juste un an, je suis retournée dans cette région à la recherche des Mères-Garous et, bien que je sois certaine que mes calculs géographiques étaient corrects, je n'ai trouvé aucune trace de leur existence.

Elle surveilla attentivement son fils cette semaine-là pour repérer d'éventuels signes d'un traumatisme lié à ce qu'il avait vu. Elle fit des recherches sur Internet sur les enfants témoins de violences, et le garçon ne semblait présenter aucun des symptômes – pas de douleurs bizarres, pas de cauchemars, pas de peur de la séparation (mais ce n'était pas comme s'ils étaient jamais bien loin l'un de l'autre) ou de crises d'agressivité (autres que les habituels grognements de chien), juste des rires, des dessins animés, des collisions de voitures dans le salon, des seaux de sable puisés dans le bac qu'il déversait sur la pelouse et qu'il ratissait ensuite dans l'herbe avec son râteau taille enfant. Non, il avait l'air d'aller bien, mais, quand même, elle l'emmena à deux reprises cette semaine-là acheter une glace au marchand près de la rivière, et ils lancèrent des cailloux dans l'eau calme et boueuse. Ils se rendirent au parc avec ses manèges anciens, et ils montèrent à bord du petit train huit fois, chaque fois dans le fourgon de queue, le garçon ne s'en lassant jamais. Il y eut des larmes quand elle lui annonça qu'elle n'avait plus de jetons et qu'il était l'heure de partir.

Oui, elle irait à la réunion chez Jen. Et, oui, elle investirait dans ces substances à base de plantes. Tout était bon à prendre à ce stade. Y avait-il un mélange « Bye-bye rage » ? Quelque chose pour empêcher les transformations magiques en chien enragé ? « Not-Dog », peut-être ?

Le lendemain, toujours dans l'idée de *progresser* et de *tourner la page*, Nightbitch s'assit à la petite table en plastique de son fils dans la cuisine et écrivit *DIX CHOSES QUE JE VEUX FAIRE AVANT DE MOURIR*, en majuscules donc, au dos d'une feuille de papier de couleur couverte de gribouillages au crayon de cire. Elle s'adonnait là à un de ces exercices de self-help qu'elle détestait tant, et personne, absolument personne ne devait être au courant, mais bon, c'est comme ça… Son fils était assis dans un immense faitout plein de grains de maïs pour pop-corn, une truelle en plastique à la main. Il remuait ses pieds nus dans le maïs et riait. Il y avait, posés à côté de lui, une plaque de cuisson, des cuillères dans une large gamme de tailles, des bols en plastique, et beaucoup, beaucoup de grains éparpillés presque jusqu'au seuil du salon.

Nightbitch regarda sans la voir la vaisselle qui s'accumulait dans l'évier. Dix choses, dix choses. Bon Dieu, elle n'arrivait même pas à en trouver une seule. *Perdre cinq kilos*, écrivit-elle mollement avant de s'arrêter.

N'avait-elle vraiment plus aucun désir ? Aucune envie ? Où étaient passés ses passions, emportements et discours grandiloquents de ses vingt ans ?

Bon Dieu de bon Dieu, mais de quoi avait-elle envie ? Il y avait forcément quelque chose.

Elle s'obligea à noter tout et n'importe quoi – allez on se lance, on y va – et c'est ainsi qu'elle griffonna *Je voudrais courir nue dans un pré, attraper un lapin et lui briser le cou, puis lui ouvrir la gorge et boire le sang chaud* et

Je voudrais dire la vérité.

Je voudrais imiter l'acte sexuel en chevauchant la jambe de quelqu'un.

Je voudrais courir après des chevaux dans un enclos, les faire hennir et soulever plein de poussière.

Je voudrais être dans une chorale à l'église et porter une tunique, mais au lieu de chanter, je hurlerais toutes les notes des hymnes aussi fort que possible.

Je voudrais ne plus jamais me brosser les cheveux.

Je voudrais porter la même robe en lin pendant un an.

Je voudrais pouvoir puer !

J'aimerais courir, courir et courir encore dans les champs de maïs jusqu'à un ruisseau et le suivre jusqu'à l'océan – désolée, mais je n'ai pas prévu de revenir ; et je voudrais avoir des rapports sexuels très, très passionnés avec un inconnu, et m'asseoir sur un gâteau superbement décoré sans culotte ; je voudrais commettre, anonymement, un acte de vandalisme extrême et je voudrais être une artiste et une femme et une mère je veux dire un monstre je veux être un monstre.

Et il va de soi que sa liste de souhaits portait l'influence de ce qu'elle venait de lire sur les Mères-Garous ; elle avait trouvé le passage si merveilleux qu'elle s'était sentie transportée, loin de sa chambre étouffante, dans la fraîcheur et la pureté d'un sous-bois où les Mères-Garous vivaient ensemble, s'entraidaient et fabriquaient sans cesse des bébés. Comme elle aimait les bébés ! Et elle adorait aussi l'idée de vivre aux côtés de vingt épouses. Imaginez l'efficacité ! Imaginez l'amitié ! Certes, cela impliquait d'être à moitié loup, mais bon. Pour Nightbitch, l'idée de rejeter toute société établie pour quelque chose de magique et loin de tout, pour une communauté adaptée principalement aux besoins du collectif, cette idée était séduisante et exaltante au plus haut point. Faire ce qu'on a besoin de faire, être qui on veut, être véritablement libre ; était-ce si *monstrueux* ? Si oui, ce n'était pas monstrueux au sens péjoratif du terme, mais bien au sens fantastique, merveilleux. Une façon d'être à célébrer, non pas à fuir.

De manière inhabituelle, elle prit son fils sous le bras pour l'installer dans la voiture direction le centre commercial. Il était ravi : le *mall* abritait un grand manège et proposait des caddies en forme de mini-wagon de train pour transporter les enfants. Même si, en théorie, elle détestait les centres commerciaux, elle savait pertinemment que lorsqu'on a un enfant à occuper toute la journée, ce genre de lieu prend des allures de pays des merveilles (pourvu qu'on ne s'y rende qu'une fois tous les trois mois) : le café y coule à flots et il y a une infinité d'activités adaptées aux bambins. Et lorsqu'elle s'autorisait une telle sortie avec son petit bonhomme, elle se lâchait et profitait à fond de tous les petits plaisirs à l'odeur d'échantillon de parfum. Dans le magasin de mode bon marché qui s'adressait à une clientèle bien plus jeune qu'elle, elle s'acheta pour une broutille un pantalon noir en simili cuir pendant que son fils léchait une énorme sucette à la fraise, friandise gigantesque d'ordinaire strictement proscrite. Elle fit également l'acquisition d'un gilet sans manches en fausse fourrure et d'un manteau orné d'une « bordure en véritable fourrure de style coyote ». Elle s'offrit plusieurs paires de bottes en cuir : caramel, encre, ivoire. Elle dénicha de longues boucles d'oreilles ornées de petites pierres mauve en verre, ainsi qu'un collier en graines séchées. Elle commanda pour le garçon des frites et un *hangurger*, comme il disait, et le laissa se débrouiller seul. Et, tandis qu'elle dévorait son propre hamburger, les nombreux sacs de courses à ses pieds, il tartina son tee-shirt de ketchup et ses cheveux de fromage. De retour à la maison, elle laissa le petit, qui s'était endormi en chemin, terminer sa sieste dans la voiture, bien au chaud en cette fin d'après-midi ensoleillée, crado à souhait et satisfait. Elle se changea, troquant son tee-shirt troué et son short trop court pour son âge pour un caftan en lin aux bords effilochés qu'elle adorait porter et des mocassins indiens en daim à franges. Elle s'enroula autour du cou un boa en plumes rouges qu'elle avait acheté pour son fils. Toute la semaine, en fait, elle enfila exactement ce qui lui plaisait, de jour comme de nuit, des habits déchirés ou tachés, en cuir ou en lin. Elle devint plus puissante et plus terrifiante. Elle le voyait dans les yeux des autres mères, dans leurs rapides regards en coin, leur manière de la fixer ou de détourner les yeux. Elle le vit aussi dans le regard – à la fois affamé et horrifié – des hommes.

Ose m'adresser la parole ! leur lançait-elle en pensée, et jamais aucun n'osa.

Le même soir, son mari – de manière plutôt inhabituelle, comme s'il pouvait sentir que quelque chose n'allait pas, même depuis sa chambre d'hôtel à Omaha – voulut faire un vidéo-chat, mais c'était impensable vu son état actuel – pas douchée, les cheveux en pétard comme jamais, le corps tout entier recouvert comme d'un pelage, le regard furieusement sauvage –, et elle appuya donc sur la touche de refus, mais il fit une nouvelle tentative.

C'était tout lui, ça, il avait un sixième sens pour choisir le pire moment pour chercher à la joindre.

Tu ne m'appelles plus jamais, devait-il se plaindre un peu plus tard, après l'avoir appelée une troisième fois ce soir-là.

D'habitude, c'était elle qui lui envoyait une ribambelle de textos tout au long de la journée, morte d'ennui, esseulée, en quête du moindre contact humain : *Salut*, puis *Tu fais quoi ?*, puis, plus tard dans la journée, *Tu dois être occupé aujourd'hui*, et pour finir *Salut* une nouvelle fois. Le plus souvent, il ne répondait pas à ses messages et, le soir, il décrochait enfin avec un laconique Salut.

T'es en train de travailler ? lui demandait-elle.

Je fais juste un peu de paperasse. Qu'est-ce qui se passe ? répondait-il d'un ton efficace et professionnel, comme si cette conversation faisait partie des items à cocher sur une liste.

Ah, bon, rappelle quand tu peux alors, proposait-elle, et lui de répondre par quelques mots transpirant le soulagement, et elle de se demander alors si c'était vraiment aussi difficile que ça de lui parler, de lui demander comment s'était passée sa journée à elle ? De prendre des nouvelles de l'enfant ? C'était vraiment si difficile que ça ?

Mais là, c'était *lui* qui appelait. Et elle se régalait.

On a été tellement occupés aujourd'hui, expliqua Nightbitch.

Il était tard, et le garçon dormait dans la niche, pelotonné sur une pile d'oreillers. Il s'y était endormi tout seul pour la première fois de sa vie. Avant, il fallait compter avec les longues heures passées à lire des livres, à raconter des histoires, à lui apporter un verre d'eau, à lui faire des câlins, à supporter ses pleurs, etc. Mais désormais, il suffisait de lui lécher le visage, de pousser un petit hurlement de chien la tête renversée en arrière et de sortir aussitôt de la chambre. Le garçon s'était mis en boule et avait tiré la porte à lui pour la fermer, mais sans la verrouiller, juste pour créer un sentiment de sécurité, une barrière entre lui et les monstres dans le placard et les monstres dans le couloir et l'obscurité terrifiante tout autour.

Il s'est endormi tout seul, annonça-t-elle.

T'es sérieuse ? s'étonna son mari.

Je lui ai dit qu'il pouvait dormir dans la niche, et je suppose qu'il avait besoin de se sentir protégé ou quelque chose comme ça. Quand je suis partie, je lui ai dit que je reviendrais le voir dans cinq minutes, et il dormait déjà quand je suis remontée. Elle lui raconta tout ça dans un torrent de mots, sans lui laisser la possibilité d'intervenir. Elle voulait lui expliquer de manière complète et positive, pour lui montrer que c'était une bonne idée.

Son mari éclata de rire.

J'imagine qu'il aura du succès plus tard quand il sera adulte et qu'il le racontera, déclara-t-il.

Tu m'étonnes.

Pourvu que ça dure, ajouta-t-il.

Oh, t'inquiète. Tu devrais le voir. Il adore être un gentil petit toutou.

Le jour suivant, tout le temps où elle poussa son fils sur la balançoire et qu'il hurlait de joie, qu'ils creusèrent des tunnels dans le bac à sable, qu'elle prépara une fois de plus des pâtes pour le dîner, qu'ils firent leur promenade du soir dans le quartier, s'émerveillant de la texture de l'écorce des arbres, poursuivant une abeille d'une fleur à l'autre, écoutant le chant d'un oiseau et chantant à leur tour, pendant tout ce temps donc, elle n'avait eu de cesse de penser au fait d'être un animal et à l'idée de fuir, à la liberté et au désir, à l'envie d'être un monstre.

C'est maintenant, se disait-elle, qu'elle devait se recentrer et faire preuve de calme, plisser les yeux et regarder l'avenir et y voir sa réussite, puis travailler à la concrétisation de cette réussite. Fini de bouder. Fini de jouer aux chiens. Elle devait être déterminée dans sa quête et efficace dans sa stratégie. Et elle obtiendrait de son fils qu'il l'aide, d'une manière ou d'une autre.

Jeudi, mère et fils passèrent la journée à regarder des vidéos en ligne de loups, de renards et de chiens, de mères avec leur portée et de loups solitaires traquant leur proie, de renards bondissant et s'amusant à plonger leur tête dans l'épaisse couche de neige à la recherche de souris au sang pulsant et chaud. Ils se rendirent à la bibliothèque et empruntèrent tous les livres documentaires sur les chiens dans la section jeunesse, et firent trois voyages jusqu'à la voiture pour tous les transporter. Arrivés à la maison, ils étalèrent les livres par terre dans le salon et s'allongèrent pour regarder ensemble les images, lire, discuter, jouer, essayer une stratégie de chasse, un bond, une poursuite, une cachette, une confrontation, pour flairer, encercler, se bagarrer et faire des câlins.

Dans la salle de bains elle crêpa ses cheveux jusqu'à ce qu'ils soient aussi volumineux que longs. Elle se blanchit les dents et prit soin de polir ses canines. Elle avait cessé de se raser les aisselles, les jambes, les délicats plis de l'aine et le monticule de poils qui poussait au milieu.

Une véritable fourrure était en train de s'installer. Elle passa ses doigts sur les poils drus de ses aisselles et ressentit une forme de réconfort face à ce nouvel aspect d'elle-même. Elle avait aussi cessé de s'épiler la moustache à la cire et les sourcils à la pince, et cette semaine-là, elle s'entraîna à ne plus se regarder dans la glace. Plus besoin de maquillage, de crèmes décolorantes ou de crèmes solaires coûteuses, de mixtures pour gommer les ridules, empêcher le vieillissement ou protéger de la pollution ambiante. Elle couvrit les miroirs de la salle de bains et de la chambre de peaux de bêtes diverses et variées. Ce soir-là, elle lécha le visage de son fils, qui lui lécha la joue en guise de *bonne nuit*, puis il se pelotonna dans sa niche, et c'est tout. Aussi simple que ça.

Nightbitch se présenta à l'atelier lecture pour tout-petits vêtue de sa robe caftan aux bords élimés qui s'effilochaient dangereusement, et avec des cheveux dont le dernier shampoing remontait à une semaine, ce qui donnait une énorme tignasse de boucles mais aussi de nœuds. Le soleil de la fin de l'été avait ponctué son visage de taches de rousseur, et ses épaules portaient les traces d'un coup de soleil à force de jouer dehors avec le garçon. Ses ongles de pied n'étaient pas vernis, et ses talons étaient rêches et fissurés. Ses pieds étaient en grand besoin de soins de pédicurie, mais elle compensait cette négligence en s'accessoirisant joyeusement de grandes créoles dorées auxquelles pendaient des pierres de pacotille mauves, d'une fine écharpe en cuir souple autour du cou, d'une ribambelle de bracelets en tous genres. Elle sentait la lavande. C'était vendredi, et la semaine s'était écoulée sans encombre, et si vite ! Elle avait tout mené de main de maître, se dit-elle.

Oh mon Dieu ! s'exclama Jen en la voyant, après quoi toutes les autres mamans se retournèrent pour voir. Tu es tellement bohème ! dit-elle. J'adore ton nouveau style.

Les autres mamans ne partageaient visiblement pas son enthousiasme, loin s'en faut.

Eh, les filles, annonça Jen en se tournant vers Babs et Poppy et les autres mamans aux airs dubitatifs. Elle est tellement… *Peace and love.*

Merci pour ton enthousiasme, répondit Nightbitch en s'asseyant à côté d'elle et en lâchant la main du garçon qui se mit à courir dans tous les sens en aboyant.

D'où t'est venue l'inspiration ? s'enquit Jen, tandis que les autres mamans retournaient déjà à leurs conversations au sujet de la scolarité des enfants.

Oh, eh bien, répondit Nightbitch, je suppose qu'on peut dire que c'est une sorte de projet artistique que j'essaye de mettre en forme.

Woah ! s'exclama Jen, les yeux écarquillés. Tu es une artiste ?

Je *l'étais*, oui, autrefois.

Et c'est quoi ce projet ? demanda Jen, avant d'être assaillie par ses jumelles qui se disputaient une marionnette de cochon qu'elles voulaient toutes les deux mais qu'aucune ne pouvait avoir paisiblement.

Nightbitch se mit à farfouiller dans son sac juste pour avoir l'air occupé, car comment décrire son projet ? Un truc qui a à voir avec les chiens ? La magie ? Ou non, pas la magie, mais plutôt le pouvoir ? Le pouvoir des femmes, un pouvoir enfin exercé, car n'était-ce pas pour cela que toutes ces sorcières avaient été brûlées autrefois en Amérique, au temps des colonies, toutes ces femmes qui faisaient de la médecine traditionnelle, toutes ces sages-femmes ? Trop de pouvoir rend une femme dangereuse, et c'était ça son projet : la création et le pouvoir.

Après avoir réglé la dispute entre ses filles, Jen se tourna à nouveau vers Nightbitch, sa dernière question déjà oubliée.

Au fond de moi, j'ai toujours été une hippie, chuchota Jen, ponctuant son aveu d'un clin d'œil. Ah, et oui ! poursuivit-elle en sursautant. Je suis si heureuse que tu viennes à la fête ! J'ai vu que tu avais répondu oui à l'invitation.

En effet, confirma Nightbitch, avant de répéter ces mêmes mots car elle n'avait rien d'autre à dire. Elle ne pouvait pas vraiment ajouter « J'ai hâte », parce que ce n'était pas tout à fait la vérité et, en ce moment, de telles banalités étaient au-dessus de ses forces.

On va s'éclater !! se réjouit Jen en tapant des mains et en poussant un petit cri suraigu.

Redis-moi ça, fit son mari, après être rentré à la maison ce soir-là, après avoir jeté le garçon en l'air pour le faire rire, enlevé ses chaussures, défait sa valise, bu une bière en s'appuyant sur le comptoir de la cuisine, puis demandé, comme ça en passant, où pouvait bien traîner ce stupide chat. Il se passa une main dans les cheveux et se concentra sur sa femme.

Explique-moi encore une fois.

D'accord, dit-elle en inspirant et en regardant le garçon par terre qui était occupé à charger des billes sur un camion poubelle. Chéri, lui dit-elle, va ramasser les déchets dans le salon, mon amour.

Tut tut, pouet pouet ! fit joyeusement le garçon en obtempérant.

Eh bien, comme je l'ai dit, expliqua Nightbitch, la matinée avait été mouvementée. J'étais atrocement fatiguée. Les hormones ou un truc du genre. Elle fit une pause pour rire nerveusement. Et j'étais en train de couper des pommes pour faire une compote, et j'avais cette lourde marmite pleine à ras bord d'eau et de pommes. Tu sais comment c'est lourd ?

Oui, oui.

Et donc je me suis retournée avec la marmite dans les mains, et je ne sais pas pourquoi, mais je tenais aussi le couteau – bref, j'essayais de faire trop de choses à la fois – et, manque de bol, elle était juste là – tu sais comment elle vient tout le temps se fourrer dans nos pattes – et la marmite m'a glissé des mains, et elle est tombée sur sa pauvre petite tête, et le couteau aussi, qui s'est enfoncé…

Tu as fait tomber un couteau sur le chat ?

Oui, j'ai laissé tomber un couteau sur elle.

Un *couteau* ?

Il était *super* aiguisé. Mais tu sais, je ne pense pas qu'elle ait senti quoi que ce soit, poursuivit Nightbitch, parce que la marmite l'avait certainement tuée, ou du moins assommée, non ? En gros, elle ne respirait plus. Et j'ai bien vérifié. Et j'ai essayé de, comment dire, de tout lui remettre à l'intérieur, mais mon Dieu, ça sortait de partout.

Elle se mit alors à pleurer tout doucement, des larmes sincères. Elle avait réellement du remord, et se sentait sincèrement mal de ce qui s'était passé.

Quelle catastrophe, dit-elle, et son bon et gentil mari la prit dans ses bras.

Et le bonhomme, il a réagi comment ? s'enquit le mari en tenant à présent sa femme à bout de bras, sourire aux lèvres et l'œil pétillant.

Il m'a demandé si on allait la manger, répondit Nightbitch tout en pleurant, et ils éclatèrent alors de rire.

Oh, doux Jésus ! s'exclama-t-il.

Il a bien aimé l'enterrement, ajouta-t-elle.

Tu m'étonnes, ironisa son mari. Bon… eh bien au moins on n'aura plus à supporter ses poils pleins de caca.

Ou ses gémissements pour réclamer de la nourriture.

Pauvre minette, dit le mari.

Pauvre petite minette, ajouta Nightbitch. Pauvre, pauvre petite chose…

Nightbitch arriva en retard à la réunion festive le samedi après-midi. La maison de Jen se trouvait dans un lotissement appelé Prairie Breeze, à l'est de la ville, un endroit où Nightbitch n'avait jamais eu l'occasion de s'aventurer auparavant et dont, pour être honnête, elle ignorait jusqu'à l'existence. Les maisons devenaient de plus en plus imposantes au fur et à mesure qu'elle roulait, chacune plus difforme et tentaculaire que la précédente. Garages en bardage synthétique, lucarnes en fausses pierres, patios grillagés et porches décorés de jardinières toutes faites, de figurines de grenouilles souriantes et de petits écriteaux en bois invitant à l'amour ou à la gratitude – on avait l'impression que ces maisons s'étaient construites d'elles-mêmes, avaient accompli leur propre destin en termes de matériaux et de superficie en se développant toutes seules à la manière de cellules qui se divisent rapidement, générant une abondance de maisons à l'architecture inélégante, d'un étage, puis de deux, tout aussi grotesques par leur envergure que terriblement ordinaires. Bardage en vinyle, fausses briques, fausses pierres, faux bardeaux de cèdre, telles étaient les finitions privilégiées, dans une palette allant du taupe au beige en passant par le crème foncé.

Nightbitch réussit à trouver la maison de Jen, située tout au fond du lotissement, et qui présentait non pas une mais deux tourelles bardées de PVC, chacune avec son propre chemin de ronde et ses parapets d'un autre temps.

Le ciel tournait au violet foncé lorsqu'elle se gara à presque deux pâtés de maisons de là, toutes les places dans la rue de Jen étant prises par des 4 × 4, des monospaces et autres voitures familiales.

Chaque maison dans cette partie du lotissement était entourée d'une vaste pelouse, méticuleusement tondue, d'une couleur uniforme, sans mauvaises herbes et sans éléments décoratifs d'aucune sorte, à l'exception de ce qui semblait être un petit fossé qui entourait la maison de Jen, un petit pont voûté menant à la porte d'entrée, d'apparence médiévale, avec des ferrures noires en fer forgé.

Avant même que Nightbitch puisse frapper, Jen ouvrit la porte en grand.

Saluuuuuut ! s'écria-t-elle, avant d'attraper Nightbitch par le bras. Les filles, c'est mon idole *fashion* ! lâcha-t-elle, et, en effet, l'allure de Jen avait bien changé depuis la dernière fois : ses cheveux blonds, autrefois soyeux et lisses, étaient crêpés comme ceux de Nightbitch, elle portait pas moins de quatre colliers dorés sur lesquels pendaient toutes sortes de colifichets, un pantalon ample en lin gris et un débardeur en chanvre aux bords effilochés ; ses pieds étaient nus et sales.

Je suis bohème ! dit-elle en tirant Nightbitch dans le salon. Tu aimes ?

Oui, j'aime, répondit Nightbitch. J'aime beaucoup.

La maison, expliqua alors Jen tout en dirigeant Nightbitch vers le canapé, était *d'esprit château*, car elle avait *vraiment voulu affirmer sa personnalité dans les tourelles et les douves*, elle qui avait toujours *rêvé* de vivre dans un château.

Quand j'ai vu que c'était faisable financièrement, j'ai insisté. J'ai dit à Alex : je ne me satisferai de rien de moins.

Waouh, s'exclama Nightbitch, à la fois impressionnée et aussi ravie de voir à quel point Jen était finalement bien perchée.

Donc – voici Jen, dit Jen en se tournant vers sa droite et en indiquant d'un geste une mère qui la salua d'un petit signe de la main.

Et Jen, encore, poursuivit-elle en touchant l'épaule de la mère suivante.

Jen ! annonça-t-elle une fois de plus, en entourant de son bras une autre maman. Elle se mit à rire, tout comme les autres Jen.

C'est le hasard, ou quoi ? s'étonna Nightbitch, en souriant et en essayant de paraître amicale et tolérante vis-à-vis du prénom Jen. Je veux dire, est-ce que tout le monde ici s'appelle *Jen* ?

Ha-ha, fit la deuxième Jen qui ne riait pas.

Prenons un verre, répondit la « vraie » Jen en se dirigeant vers la table des rafraîchissements.

Prenons-en cinq ! cria une autre Jen, ses mots aussitôt engloutis sous les rires et le brouhaha des conversations, sous les rythmes syncopés de tubes des années 1980 en fond sonore.

Nightbitch, un peu réticente à l'idée d'entrer pleinement dans l'univers multi-Jen mais néanmoins fascinée par celui-ci, suivit Jen jusqu'aux boissons.

Voyons voir, nous avons du blanc, du blanc, du blanc et du rosé, dit Jen en examinant chaque bouteille de vin puis en se tournant vers Nightbitch.

Un verre de blanc serait super, dit-elle avant d'accepter le verre que Jen avait rempli presque à ras bord.

Place à la convivialité ! dit Jen avec enthousiasme, en la ramenant au centre de la pièce, où Nightbitch fut rapidement rejointe par d'autres convives.

Le mari de Jen était président d'une banque locale. Le mari de Jen était médecin urgentiste. Le mari de Jen dirigeait un magasin local d'équipements de plein air, ou enseignait à l'université, ou était administrateur à l'université ou travaillait en déplacement chaque semaine pour faire des choses mystérieuses sur des machines d'électrophorèse capillaire.

Mais qu'en était-il de Jen, *l'authentique* Jen, la Grande Blonde et, accessoirement, le fameux golden retriever ?

Jen, tu as fait quoi comme études ? demanda Nightbitch, un peu pompette à présent, après avoir parlé à une demi-douzaine de Jen, qu'elle trouvait pour la plupart impossibles à distinguer les unes des autres.

Jen, ivre, s'esclaffa, avant de s'arrêter brusquement.

Ça fait longtemps qu'on ne m'a pas demandé ça, dit-elle pensivement. J'ai fait des études de communication.

Ah, fit Nightbitch. Et ensuite, tu as travaillé où ?

Oh, eh bien, j'ai d'abord travaillé pour une agence de relations publiques, commença Jen avant de partir au quart de tour et de faire le récit du Premier Emploi et de l'Excitation de Celui-ci, ses nouveaux vêtements pour le bureau qui la faisaient se sentir si adulte, les déjeuners de travail, le frisson d'une promotion, ce sentiment d'être une partie vitale d'un système, le salaire qui tombait régulièrement et qui, bien que n'étant pas tout à fait suffisant pour vivre confortablement, semblait quand même prodigieux.

Même un budget à l'époque était sexy, dit-elle. J'avais l'impression d'être la reine du pétrole.

Nightbitch pouffa gentiment. Oui, elle comprenait.

Mais ensuite, j'ai rencontré Alex, et en un rien de temps, nous avons eu les jumelles, et *surprise surprise*, n'est-ce pas, et, bon, retourner au travail était insensé, et j'ai juste, eh bien, renoncé – je veux dire, j'ai cédé, je suppose, cédé à la direction que prenaient les choses, parce que qui *veut vraiment* travailler de toute façon ? Et puis ce n'est pas comme si j'avais vraiment eu le…

Sa phrase resta en suspens.

Oui, oui, bien sûr, contribua Nightbitch, sentant que Jen avait fini de parler et qu'elle voulait maintenant se perdre quelque part à l'intérieur d'elle-même, ce qu'elle était vraisemblablement en train de faire, avec ce regard vide de mère au foyer, mâchouillant distraitement un bâton de carotte.

Nightbitch s'inquiétait un peu pour Jen ; elle avait posé des questions qu'il ne fallait pas poser et avait remué des choses qui n'avaient pas besoin de l'être.

Jamais elle n'aurait souhaité à une autre mère de vivre ce que, elle, Nightbitch vivait, ah ça non – car si les épisodes de sauvagerie avaient des côtés rigolos, électriques, audacieux, en vérité, au fond, c'était quelque chose d'intime et de très triste, quelque chose qui avait à voir avec des rêves enfouis dans un endroit froid et sombre de soi. Mieux valait ne pas rendre visite à ces vieux rêves, ne pas allumer la lumière, ne pas retirer d'un grand geste les draps protège-poussière, car sinon ce n'était pas à des rêves plongés dans le formol qu'on avait affaire, mais à une chienne déchaînée prête à tuer à coups de crocs.

Après avoir mangé pas moins de dix bâtonnets de carotte coup sur coup, là, debout dans un coin du salon, Jen s'éclipsa une bonne demi-heure sous prétexte qu'elle devait regarnir le buffet, avant de revenir fraîchement maquillée, aussi radieuse qu'un fruit tropical, un sourire un tantinet trop éclatant plaqué sur la figure.

C'est l'heure de la présentation de nos superbes produits ! brailla Jen sur un ton agressif. Resservez-vous à boire, mesdames ! Remplissez vos verres et installez-vous dans le salon !

Jen se plaça derrière une table dressée devant l'imposante cheminée en pierre de taille – une cheminée magnifique, sincèrement, qui montait depuis le salon jusqu'aux pignons de la maison, un élément vraiment étonnant qui donnait à Nightbitch une sacrée envie de plonger ses crocs, pour le coup, dans un beau cuissot de sanglier en buvant des godets d'hydromel.

Sur la table, des flacons et des boîtes avaient été disposés soigneusement, comme on peut s'y attendre dans ce genre d'événement.

OK, les filles, commença Jen. Je sais que beaucoup d'entre vous ont déjà assisté à nos réunions, mais je suis vraiment ravie de présenter la gamme à nos dernières recrues et de vous parler de plusieurs nouveaux produits sur le thème de l'automne !

Qui veut plus d'énergie et de bonheur ? cria-t-elle, et toutes les mères répondirent à l'unisson : Moi !

Qui est venue ici aujourd'hui pour vivre la vie qu'elle mérite ? lança Jen, laissant planer le *mérite* comme une sorte de sentence ou de menace indélébile.

La vie que je *mérite* ? songea Nightbitch. C'était quoi ? Une sorte de malédiction ?

Moi ! vint la réponse harmonieuse.

Oh mon Dieu, pensa Nightbitch. C'est quoi ce bordel ?

Et c'est alors, malgré tous ses efforts, qu'elle retomba dans ses anciennes façons de penser, sombrant, comme entraînée par un maelström, dans de moroses réflexions sans fin. Car conserver une attitude critique envers le monde en général signifiait qu'elle n'avait rien d'une idiote, n'était pas dupe, qu'elle ne se laissait pas séduire par tel ou tel courant de pensée en vogue simplement parce que *les choses étaient ainsi*, ou parce que c'était *fun*, ou plus *facile* ou pour *faire bonne figure*. Non. Être Nightbitch signifiait envisager – que ce soit son mari, sa maternité, sa carrière, ces femmes, le capitalisme, le carriérisme, la politique ou la religion, toutes ces choses et aussi et surtout ce genre de réunions de vente – avec méfiance, doute, sens de la confrontation, de l'analyse critique, de la remise en question. Cependant – et elle avait du mal à accepter qu'elle puisse ressentir cela – elle avait *besoin* de ça, besoin d'autres femmes, d'autres mères, et même si elles n'étaient pas exactement les bonnes, elles étaient déjà un début. La terrifiante expérience du meurtre du chat l'avait laissée désespérée et avide d'équilibre, elle voulait redevenir elle-même, ou du moins redevenir une personne transformée qui assumait ses rêves et ses désirs, mais qui exerçait son pouvoir avec une détermination égale.

Elle regarda autour d'elle le séjour bien éclairé, les chandeliers médiévaux, la table à manger royale, le canon placé de façon inexplicable devant la porte-fenêtre principale, la trentaine de visages pleins d'espoir, respirant l'esprit d'équipe et la détermination.

Jen, une expression de positivité désespérée plaquée sur son visage, parla ensuite des produits phares, puis toucha du doigt les flacons, un à un.

Esprit calme, dit-elle.

Vivante, insista-t-elle.

Elle fit circuler un petit bol blanc vers la droite, un autre vers la gauche, et les femmes, participant docilement à leur étrange communion, portaient le remède à leurs lèvres, avalaient et, selon le mélange ingéré, écarquillaient ou fermaient les yeux.

Les médecins nous ont donné les moyens d'être compétitives sur le marché du bien-être mental, dit Jen, et toutes les femmes acquiescèrent, dont une qui se mit à pleurer.

La pleureuse se leva pour témoigner, versant des larmes d'extase, tandis qu'un rayon de lumière traversait un vitrail en hauteur pour éclairer son visage tel celui de quelque Vierge à l'enfant dans un tableau de la Renaissance.

Jen m'a sauvé la vie, déclara la mère en pleurs en regardant Jen. J'ai été sauvée, et je crois en ce produit. Il a changé ma vie. Je ne me suis jamais sentie aussi bien, sanglota-t-elle avant de se rasseoir. La femme à côté d'elle lui passa la main dans le dos et lui murmura à l'oreille.

Nous avons toutes notre raison profonde, affirma Jen, mains à présent jointes comme pour prier. Un ange passa, et beaucoup des femmes pleuraient en silence. Jen fit circuler un bol de Bonheur, partagé par toutes.

Ma raison à moi ? La vitalité et l'épanouissement. L'indépendance financière, poursuivit Jen, avant d'expliquer l'histoire de son entreprise, ses origines sacrées, et le fait que les recettes utilisées remontaient à des centaines, voire des milliers d'années, qu'elles n'avaient pas été créées uniquement pour des raisons commerciales, pour faire de l'argent ; qu'elles avaient été initialement concoctées pour d'anciennes dynasties par de saints et savants hommes.

Ils auraient été punis de mort s'ils avaient donné à un roi quelque chose de toxique ! s'exclama Jen, provoquant un murmure affirmatif dans la pièce. Ces substances ont été raffinées au cours de nombreux siècles. Elles portent en elles des savoirs sacrés. Autrefois elles étaient destinées aux membres de la cour royale, aujourd'hui, elles sont pour vous.

Des enfants surgirent soudain d'une porte de l'autre côté de la pièce et traversèrent le salon en courant et en hurlant, renversant deux verres de vin, avant de se précipiter dans l'escalier, suivis d'une jeune baby-sitter qui s'excusa, honteuse, et qui se dépêcha elle aussi de filer à l'étage, après quoi on entendit claquer une porte. Jen ferma les yeux et inspira profondément.

OK, reprit-elle. Ces produits éprouvés, dès lors qu'ils sont combinés à notre capacité de travail à domicile et à nos stratégies de marketing, créent une situation gagnante pour chacune d'entre nous, grâce à laquelle il est possible de voir nos rêves se réaliser et de mener la meilleure vie possible.

Il y eut d'autres témoignages, encore des larmes, un graphique projeté sur le mur qui décrivait les gains de leur groupe au cours du trimestre. Puis la projection d'un organigramme complexe illustrant le *potentiel de gain* de chaque mère et la manière dont elles étaient en train de *tisser un puissant réseau de soutien financier* les unes pour les autres. Elles devaient toutes *imaginer leur succès*. Elles devaient toutes *consommer les produits afin de mieux communiquer leurs qualités réparatrices* lors de la présentation commerciale. Elles devaient se montrer *extraverties* et *engager des conversations dans les avions, dans la file d'attente au supermarché*, partout où il était possible de rencontrer un public captif, ne se doutant de rien, à qui elles pourraient faire connaître l'évangile des plantes médicinales.

Qui veut rejoindre l'équipe ? demanda Jen, mains dirigées vers le ciel et yeux fermés, comme traversée par un sentiment d'extase religieuse.

Moi, répondit une mère en se levant.

Moi aussi, ajouta une autre.

La pièce devint silencieuse, et Jen ouvrit les yeux pour regarder directement Nightbitch.

D'accord, déclara Nightbitch. Jen se précipita vers elle pour une accolade un peu trop intense, puis vers chacune des autres femmes. Elle leur serra la main et leur dit sa joie, puis leur demanda six cents dollars, qu'elles lui remirent toutes, en liquide.

La technique de vente était véritablement parfaite : du vin, des plantes médicinales, la pression des pairs, une allégresse dévote. C'était comme flotter dans une piscine chauffée, aussi facile que de s'endormir, et tout aussi apaisant.

Elles reçurent toutes cérémonieusement leurs nouveaux kits de plantes, des sortes de grandes valises en carton qui s'ouvrait pour révéler un assortiment de petits flacons de plantes séchées disposées sur un lit en mousse soigneusement confectionné, chaque flacon étiqueté d'un nom comme Espoir ou Waouh ! et d'un slogan : *Pour ces matins où rien ne semble clair* ou *Centre l'énergie à l'endroit du pudendum pour des orgasmes exceptionnels.*

Les mères commencèrent alors à se disperser, vers les boissons ou dans le jardin, où Nightbitch regarda une mère, verre de vin à la main, entrer dans le champ de maïs en bordure de la vaste pelouse. Tandis que le champ l'avalait, le soleil se couchait au loin. Nightbitch se demanda si elle devait prévenir quelqu'un, mais se ravisa, car n'était-ce pas le droit de cette mère de disparaître ? Peut-être avait-elle pris une dose d'Évasion et voulait-elle juste prendre un peu ses distances. Nightbitch ne voyait pas d'inconvénient à cela et revint dans le salon, dont le sol était à présent jonché de mamans plus ou moins conscientes.

Une Jen, le chemisier en soie de guingois, ses mules sexy abandonnées sur la moquette crème, interrogea Nightbitch sur ses intentions.

C'est quoi ta raison à toi ? Pourquoi tu veux participer ? demanda-t-elle, ivre, avant d'ajouter : Et pas de réponse à la noix.

Eh bien… Nightbitch soupesa sa réponse, les mots virevoltant dans sa tête, le vin faisant son effet.

Le petit verre, la cérémonie cultuelle (c'était quoi ce délire ?!) à laquelle elle venait d'assister, plus le stress de la semaine, la mort du chat, le stress de l'été et celui de sa métamorphose en chien, sans oublier la poignée de petites boulettes de feuilles séchées avalées depuis une heure dans l'espoir de booster sa vitalité, tout cela la poussa à se confesser, peut-être un peu trop intimement, car elle connaissait à peine ces femmes, mais on s'en foutait un peu, non ?

Eh bien, répéta Nightbitch. C'est vraiment horrible et super gênant, et j'hésite même à le dire...

Allez, vas-y, insista la Jen éméchée.

J'ai accidentellement tué notre chat cette semaine, et ça a été, comment dire, un point de rupture pour moi. J'ai juste besoin de retrouver mon équilibre. Un peu de structure. Je cherche un peu de stabilité.

La pièce devint plus silencieuse encore, sans qu'elle sache si cela était dû à un nombre croissant de mères qui, dans un état d'ébriété avancé, s'étaient évanouies sur la moquette extra épaisse, ou à la consternation générale face à ses propos.

J'ai laissé partir accidentellement notre perruche, dit la Jen allongée par terre et saoule, en faisant le geste des guillemets et une grimace sur le mot *accidentellement*.

J'ai laissé les poissons mourir, avoua Babs depuis le canapé, en faisant tournoyer le vin dans son verre. J'ai, disons, oublié de m'en occuper. Aucune envie de le faire, ni de nettoyer l'aquarium. Les enfants s'en fichaient éperdument. C'était pourtant leur responsabilité.

J'ai marché sur Percy, reconnut Poppy d'une voix à peine audible.

Percy ? C'était quoi ? s'enquit Nightbitch.

Une gerbille, chuchota-t-elle.

Ce soir-là, elle raconta avec enthousiasme les événements de la journée à son mari – la maison-château de Jen et la réunion de vente, la ferveur des participantes, les pleurs, les bras levés au ciel, les corps affalés à moitié conscients, l'incroyable spectacle, pur moment de plaisir absurde – et ils en rirent de bon cœur. Elle lui montra son kit de vente, lui fit l'article, un flacon posé dans la main comme une présentatrice de téléachat, lui lut chaque slogan imprimé sur les étiquettes, enthousiasmée par le caractère inédit de tout ça, car même s'ils n'étaient pas du genre à se laisser séduire par ce genre de choses, cette fois-ci, elle si, et n'était-ce pas génial ?

Attends une seconde, tu as payé quelque chose ? demanda le mari.

Eh bien, oui. Mais c'est un petit prix à payer pour pouvoir côtoyer ces femmes qui sont juste… hors du commun. Et, de toute façon, je considère que c'est de la recherche.

Pour faire quoi ?

Un projet artistique peut-être. Mais je ne veux pas en parler.

Il la prit alors dans ses bras et sourit.

D'accord, répondit-il. D'accord.

Cette semaine-là, ses notes rédigées à l'adresse de White prirent un tour philosophique, contemplatif, poétique, cryptique. Cela faisait très longtemps qu'elle n'avait pas tenu de journal intime, et ces notes en constituaient un maintenant, en quelque sorte – une chronique de ses pensées au plus profond de la nuit, ou lorsque son fils faisait la sieste, ou pendant les longues et lentes heures de l'après-midi de cette fin d'été, lorsque le soleil musardait dans le ciel et que le temps semblait s'arrêter, tandis que la température montait et que le garçon barbotait tout nu dans la petite piscine gonflable dans l'allée, Nightbitch, chapeau mou, short coupé dans un jean, brassière de sport, trempant ses orteils dans l'eau glacée, mère et enfant ensemble dans cet infini, pour toujours.

Elle conserverait en elle à jamais ce moment, et tant d'autres, parfaite petite boule à neige en verre à secouer au besoin. Ces instants vivaient en elle, comme si un autre minuscule organe pompait dans son sang le pouvoir de créateur ultime. Je t'ai fait, et je te détruis aussi. Je suis ton monde, et aussi la personne que tu laisseras derrière toi. Je serai toujours avec toi. Tu ne me comprendras jamais.

Parfois, elle se faisait peur en se demandant si elle n'était pas une sorte de dieu, si le fait d'être mère n'était pas une autre façon de jouer à être un dieu. Bien sûr, elle était incapable de terrasser quelqu'un d'un trait de foudre, mais elle pouvait lui donner vie à partir de guère plus qu'une poignée d'argile. De bien moins, en fait. Comment avait-on pu autoriser les mères ? Comment expliquer qu'elles n'avaient pas été interdites ? Elles étaient divines, au-delà de l'effroyable.

WW-

Je m'intéresse au désir, à un désir si intense qu'il pourrait faire voler en éclats une personne. Je m'intéresse à l'intense désir d'une existence autre, ou d'une vie meilleure, sans savoir à quoi elle ressemblerait dans le détail. Je m'exprime mal – ce qui m'intéresse, c'est d'en savoir plus sur le désir qui unit toutes les femmes, toutes les mères. Quel est ce désir ? À quoi aspirent-elles ? Est-il possible même d'aspirer à autre chose que sa progéniture ?

C'est presque comme si le fait d'avoir un enfant permettait à une femme de voir tout le potentiel infini qui existe, lui permettait de voir l'infini lui-même. (Je ne suis peut-être pas très claire, si ?)

C'est presque comme si le fait d'avoir un enfant, loin d'assouvir un désir profond, l'exacerbait. Regardez, dit la mère, regardez ce dont je suis capable. Je crée la vie. Je suis la vie.

Mais comment faire pour devenir un dieu ?

Bien à vous,

MM

Dans sa chambre : une niche en plastique beige, garnie d'une couverture moelleuse et d'un coussin fin, traînée par son fils jusqu'à son chevet, un vigoureux ficus dans un coin, dont un peu de la terre a été creusée et répandue sur le sol, deux gamelles en inox, une remplie d'eau fraîche, l'autre de biscuits en forme d'os, de nombreux tapis en fausse fourrure – blanc, blanc cassé, blanc avec des nuances de gris, noir – éparpillés dans la pièce, par terre, sur un fauteuil, sur le lit, un attrape-rêves suspendu près de la fenêtre, ses plumes blanches voletant doucement au gré de la brise, des piles de vêtements ici et là tassées pour former de gros poufs ; un caftan en lin acheté trop cher, couture dans le dos déchirée, petits trous ici et là, bords effilochés, taché d'une marque brune ; un masque noir pour les yeux en satin, des sérums, une boîte en bois pleine de viande séchée, un flacon pulvérisateur non étiqueté rempli d'une concoction à la lavande, un bout de corde, des chaussettes sales qui ont séché en boule et sont presque aussi dures que du carton, deux vieilles balles de tennis dans un coin, une douzaine de grandes plumes sur la commode, une photo au mur d'un lapin entouré de pissenlits, un oreiller sans taie aux coins rongés, disparus, divers albums pour enfants – les contes de Grimm, un livre illustré sur la France, et d'autres sur les ours, les abeilles, les trains – empilés près du lit, un attrape-lumière ventousé à la vitre qui projette des arcs-en-ciel sur les murs selon l'angle du soleil, de nombreux vases remplis de fleurs sauvages fraîches, séchées, une vraie peau de raton laveur suspendue au-dessus du miroir, une multitude de bâtons à mâchouiller. Bien sûr, il fallait tout ramasser avant le retour de son mari. Il faudrait ranger, oui, mais juste assez pour éviter de longues explications.

C'est un jeu, répétait-elle à voix basse pour s'entraîner tout en ramassant le rembourrage éparpillé de l'oreiller, les vêtements à laver et les bouts de bois qu'elle glissa avec les plumes dans un vase. C'est juste une expérience, murmura-t-elle, en remplissant la gamelle d'eau. C'est… c'est ce dont j'ai besoin, conclut-elle, en changeant les draps du lit. Elle lança un tee-shirt sale au garçon qui la suivait à quatre pattes et, comme elle le lui avait enseigné, il saisit le tissu dans sa bouche, dévala l'escalier – il s'était entraîné toute la journée – et galopa jusqu'au panier à linge.

Il revint, s'assit docilement à ses pieds et tourna son visage parfait vers le sien pour laisser échapper le plus petit des aboiements, non pas comme un enfant qui dirait le mot *wouaf* mais comme un enfant en partie chien s'exprimant dans sa langue de prédilection, un petit bruit animal, discret et guttural, que Nightbitch adorait si intensément qu'elle en avait mal à l'intérieur.

Quel gentil petit garçon, dit-elle en posant la main sur sa tête, puis en s'accroupissant pour lui caresser la nuque. Elle tint son doux visage lumineux dans le sien et aurait pu pleurer à cet instant. Quel gentil gentil petit garçon.

Sentant que quelque chose était en train de changer, transpirait, évoluait, sans savoir exactement quoi, son mari se mit à l'appeler chaque soir de sa triste chambre d'hôtel perdue quelque part dans le Dakota du Sud.

Comment va le travail ? demanda-t-il.

Le travail, répéta-t-elle. Une longue pause. Le travail c'est la vie. Il n'y a pas de distinction.

D'accc-cccord, fit-il.

Cela fait si longtemps que je me sens éloignée de mon travail, de moi-même, mais je vois maintenant que le travail et la vie sont indissociables, et que c'est à moi de trouver les liens entre les deux, tout simplement.

Tu t'exprimes par énigmes, remarqua-t-il. Ou un peu comme un gourou, en fait.

J'ai pourtant l'impression d'être très claire.

Tu as mangé une de ces gommes aux plantes ? demanda-t-il, avant de se rendre compte qu'il parlait dans le vide. Elle avait raccroché. Elle n'était plus là.

WW-

Depuis quelque temps, je réfléchis à ce qui définit concrètement un artiste et à ce que l'art lui-même pourrait être. Considérons un animal qui prend de la peinture de couleur et l'étale juste pour faire un agencement attrayant à partir des différentes couleurs dont il dispose – le terme « attrayant » s'entend de multiples manières, selon l'appréciation d'un groupe auto-sélectionné d'animaux, mais ce qui apparaît attrayant pour certains peut être méprisé par d'autres individus de la même espèce qui, par exemple, n'aiment pas regarder cet agencement, ne trouvent pas la disposition des couleurs intéressante ou surprenante, voire deviennent si enragés par l'agencement qu'ils se rassemblent devant les lieux créés pour abriter les couleurs et en interdisent l'accès aux autres animaux tant ils trouvent les couleurs troublantes, dangereuses ou moralement dépravées. Imaginez.

Ou encore : un animal qui trouve toutes les meilleures roches, belles par leur symétrie et leur texture lisse, puis les dispose dans un cadre métallique qu'il a créé par un processus qui implique le feu et un grand déploiement d'énergie de la part de l'animal, un lever de bras et une frappe du minerai chaud, encore et encore, jusqu'à ce qu'il forme une tige.

Un animal pousse des hurlements magnifiques tandis qu'un autre frappe des tiges de fer avec des maillets.

Un animal se déplace sur une étendue plane dans un espace sombre d'une manière qui suggère la convoitise, l'exaltation ou un implacable désir de transcender son caractère animal et de s'élever à un autre niveau d'existence, quel qu'il soit.

Façonner l'expérience sensorielle et, ce faisant, communiquer... mais communiquer quoi ? Est-ce important de le savoir ?

MM

C'était un peu comme parler à Dieu. Ces lettres étaient plus proches de la prière que de la correspondance. Il suffisait de les écrire et d'appuyer sur « envoyer » et elles s'envolaient dans l'éther électronique, dans le mystère d'Internet, parce que de toute façon, qui comprenait vraiment comment tout ça marchait ? Et il est permis de dire que Nightbitch, à cette époque de sa vie, était devenue plutôt religieuse, se levant chaque matin pour voir s'il y avait une réponse, et s'asseyant chaque soir à son bureau encombré – poussant alors la machine à coudre de côté – pour écrire une autre missive à Wanda White, une personne en qui elle croyait même si elle n'avait aucune preuve de son existence, hormis le livre en lambeaux sur sa table de nuit et l'unique page de contact sur un site Web d'université.

Considérons la chambre d'amis, qu'elle appelait désormais son atelier. Le lit, défait, avec, parmi les couvertures en pagaille, de nombreux livres dont le *Field Guide*, bien sûr, ainsi qu'une sorte de grimoire des plantes médicinales, un ouvrage sur la voie du poison, le livre que sa grand-mère utilisait pour faire ses concoctions, mais en anglais, trouvé en ligne sur un site de livres rares, sans oublier une histoire de l'art de la performance disruptive, un livre sur les textiles et les costumes et un manuel d'herboristerie. En creusant un peu plus, on trouvait une paire de sous-vêtements égarés, un vibromasseur oublié, un vieux livre sur la taxidermie. Dans les coins : un tapis de yoga orange pas très propre, des blocs de mousse, une grosse sangle en tissu, un petit tas de jolis cailloux. Sur les murs : des images de danseurs se contorsionnant de la manière la plus merveilleuse qui soit ; des photos de femmes habillées comme sa grand-mère autrefois, robes simples et longs cheveux tressés ; de nombreuses esquisses au crayon d'animaux en mouvement – chevaux, chiens, guépards, ours ; des panneaux hexagonaux qu'elle avait créés à partir de ses propres souvenirs d'enfant de semblables panneaux accrochés en haut des granges ; une photo d'une chambre froide de boucherie ; des photos d'actes artistiques extrêmes, notamment une femme accouchant en devanture d'un magasin (car, oui, elle avait trouvé un tel happening, un happening dont elle avait aussi eu l'idée il y a longtemps), un artiste grimaçant de douleur tandis qu'il se tient le bras après s'être tiré dessus avec une arme à feu par amour de l'art, le visage d'une femme en train de subir une opération pour ressembler à la Madone d'un célèbre tableau de la Renaissance, une femme nue dormant sur un tas de paille aux côtés de deux gros cochons. Porte du placard entrouverte d'où s'échappent des bobines de fil, des perles, des boutons, des rouleaux de tissu, d'autres livres, des peintures ocre, des outils pour travailler le cuir, un sac poubelle de laine à brosser et filer, un baquet de cire d'abeille. Sur le bureau : une machine à coudre, une myriade d'épingles, d'aiguilles et de bouts de fil, un bocal pratiquement rempli d'abeilles mortes. Suspendues à l'étagère au-dessus du bureau, une douzaine de pattes de lapins dont le traitement commencé il y a une quinzaine de jours arrivait presque à son terme.

Elle montra à son fils la porte blanche fermée de la chambre d'amis et lui ordonna, sur un ton des plus sérieux, de ne jamais entrer. Tu as compris ? ajouta-t-elle. C'est ici que maman travaille, et son travail est très important et pas pour les petits garçons ni les toutous. Je suis sérieuse. Tu as compris ? insista-t-elle.

Le garçon, qui n'avait jamais vu sa mère aussi sévère et sérieuse, prit peur et fondit en larmes.

Pas aller, Maman. Moi pas aller. Et elle le prit dans ses bras pour lui murmurer *Shhhh* à l'oreille.

Est-ce que ça va ? lui demanda son mari plus tard dans la semaine, au téléphone.

Oui, mieux que bien, répondit Nightbitch.

OK, dit-il.

Un long silence s'installa entre eux. Nightbitch n'entendait rien en arrière-fond, ni une chaîne d'info en continu ni le tintement de couverts, ni même des bruits de mastication.

C'est tout ? s'étonna-t-il, ce à quoi elle répondit, après avoir éloigné le combiné de sa bouche, en entonnant la note claire du plus joli des hurlements de chien, un cri chantant qu'elle avait passé la semaine à répéter. Quand elle eut fini, le silence se fit à nouveau, jusqu'à ce que son mari s'exclame Waouh, puis D'accord, et Comme tu voudras… Parfait.

La semaine passa comme passaient toutes les semaines : le sacro-saint Emploi du Temps, jouer au chien, les habituelles tâches ménagères comme les courses, la vaisselle, le dîner et le bain. Le vendredi, elle était crevée, éreintée, fatiguée jusque dans ses os, jusqu'à la moelle.

Elle s'était réveillée ce matin-là avec une envie folle de courir dans une vaste prairie et de se battre avec une marmotte, et elle avait donc pris une double dose d'Au Calme, mais par la suite voilà que son fils avait voulu qu'elle le tire dans un chariot, encore et encore, à travers tout le quartier, et, après, qu'elle le regarde faire de la draisienne tout autour du cul-de-sac, encore et encore. Était-ce le parcours circulaire qu'il dessinait à vélo, ou la façon dont les feuilles tremblaient dans la brise et tachetaient d'ombres papillotantes le trottoir, ou peut-être bien la double dose d'Au Calme, mais elle sentit son énergie la quitter et dut s'asseoir dans l'herbe puis s'allonger, et très vite elle s'endormit.

MAMAN ! vociféra le garçon, à quelques centimètres seulement de son visage, et elle se réveilla en sursaut.

Qu'est-ce que… balbutia-t-elle en se redressant. Mince. Elle se frotta les yeux, désorientée.

De retour chez elle, elle prit une triple dose de Mombie et goûta pour la première fois au contenu d'un petit flacon dont l'étiquette portait le nom de Vivante et, arrivée l'heure du déjeuner, alors que son cœur battait la chamade, elle fit tournoyer le petit dans la cuisine, puis ils préparèrent la pâte pour faire des cookies, de la pâte bizarrement éparpillée soudain aux quatre coins de la cuisine, ce qui déclencha l'hilarité générale tandis qu'ils enfournaient plaque de cuisson après plaque de cuisson et boulottaient les délicieux biscuits en faisant mine d'être des monstres gloutons, faisant tomber d'innombrables miettes par terre, situation qui déclencha d'interminables fous rires jusqu'à ce que, épuisés, ils s'écroulent de fatigue d'avoir mangé trop de sucre et sauté le repas de midi. Assis côte à côte sur le vieux parquet de la cuisine, ils se regardèrent et le garçon demanda Jouer chien ? et Nightbitch répondit : Non, pas maintenant. Et ils s'allongèrent là où ils étaient et s'endormirent aussi sec.

C'est ainsi que la journée s'était déroulée. Une longue et bien étrange journée. Et alors qu'elle attendait le retour de son mari cet après-midi-là, et que le garçon prenait des cuillerées de boutons dans une petite marmite pour les déposer dans un bol en métal posé sur le plancher, cette bonne vieille colère à l'idée de devoir s'occuper du coucher de son fils gonfla en elle, mais au lieu d'éclater en un grand spectacle de fureur et de rage, au lieu de cela, elle retrouva le calme, et sa lucidité. Il était clair qu'elle avait à son actif des années de couchers. Et il était également clair que par conséquent son mari devait à présent s'occuper du coucher chaque fois qu'il serait là. Un point c'est tout.

Jusqu'à maintenant, ils avaient pour habitude de prendre des tours le week-end, son mari s'occupait du vendredi et elle du samedi et ainsi de suite, mais, franchement, c'était à lui de faire *tous* les soirs où il était là. Elle songeait à cela en sirotant un verre de blanc assise par terre dans la cuisine, jambes croisées à côté de son fils. Certes, le coucher était bien moins pénible à présent, depuis que le garçon dormait dans sa niche, mais ce n'était toujours pas la panacée. Il fallait quand même lire des histoires, en inventer d'autres, et attendre parfois longtemps avant de pouvoir s'échapper en douce.

Au retour de son mari en début de soirée, elle était épuisée. Elle lui fila le petit, annonça qu'elle considérait sa journée terminée, et qu'à partir de maintenant, c'est lui qui se chargerait du rituel du coucher les soirs où il était là. Voilà. Merci beaucoup.

Son mari inclina la tête, l'air perplexe, chatouilla le garçon sous le menton pour le dérider et répondit OK, pas de problème. Ça me paraît normal.

Il raccompagna l'enfant dans la maison, lui demanda comment s'était passée sa journée et lui fit des papouilles tandis que Nightbitch restait dehors, dans la douceur de ce début de soirée, sous les amples branches de l'arbre bercées par une brise légère.

Et voilà, il suffisait de demander ! Ce n'était pas compliqué. Elle était furieuse contre son mari, pas en raison de quelque chose de précis qu'il aurait fait mais, disons, d'une manière générale. Puisque faire quelque chose n'était pas compliqué, pourquoi ne faisait-il rien de lui-même et ce depuis le début ? Il aurait dû y penser, il aurait dû proposer. Et elle ? Pourquoi n'avait-elle pas exigé davantage de lui ? Pourquoi n'avait-elle pas fait usage du pouvoir et de l'autorité qui étaient les siens ? D'où tenait-elle qu'elle devait remiser tout ça au fond d'elle-même, sa tristesse, sa colère et sa frustration, sentiments qu'elle noyait dans un verre de vin blanc, d'où tenait-elle qu'elle devait persévérer et faire semblant d'être satisfaite, alors que tout ce temps il aurait suffi qu'elle parle, qu'elle dise *Merde ! Tu pourrais s'il te plaît ? J'aurais besoin que*. Elle songea à nouveau à sa mère allongée dans l'herbe noire au milieu de la nuit, dans la chaude obscurité de l'été, et elle s'imagina soudain en train de l'obliger à se relever, de la prendre par les épaules et de la secouer avec, oui, amour mais aussi une immense, immense colère. Elle lui dirait alors : Regarde-toi, maman ! Tu es une femme formidable ! Tu es ma mère ! Pourquoi tu te comportes comme ça ? Va en Europe. Bats-toi pour être heureuse. Le temps presse ! Tu dois te dépêcher, pas seulement pour toi mais aussi pour moi. Je t'en prie. Je t'en supplie.

Elle aurait voulu sauver sa mère. En fait, elle avait toujours voulu la sauver.

Nightbitch décida qu'à partir de maintenant elle saurait demander et exiger. Jamais plus elle ne partirait du principe que toutes ces tâches, comme préparer les repas, coucher l'enfant, faire le ménage, payer les factures, acheter les cadeaux, prendre les rendez-vous et surveiller et penser à absolument tout, toute seule, lui incombaient exclusivement. C'était supposé être un partenariat, non ? Et nous vivons à une époque moderne, à l'ère du féminisme et de l'« *empowerment* », non ? Mais de tout ça, elle n'en jouissait pas, tout simplement parce qu'elle n'avait pas de travail. Ou plutôt, pas de travail rémunéré. En fait, ce travail de mère au foyer était une perte d'argent, de l'argent négatif. Du fait que son mari payait pour tout, payait pour son privilège de femme au foyer, pour qu'elle se consacre entièrement à son rôle de mère et à rien d'autre, elle avait, depuis qu'elle avait quitté son poste à la galerie d'art, le sentiment qu'elle n'était pas en droit d'exiger quoi que ce soit. Comme il travaillait toute la semaine, elle estimait que c'était trop lui demander que de lever le petit doigt le week-end ; elle avait, dès le départ, systématiquement dévalorisé son travail à elle. On lui avait inculqué que c'était très bien de jouer à la maman, très bien qu'elle fasse ce qu'elle avait à faire, mais que très franchement, ça n'avait pas l'air très compliqué, et puis, comme elle n'était sans doute pas très futée ni très intéressante, c'était tant mieux si elle se sentait épanouie dans son rôle de mère.

Ce soir-là, son mari coucha leur fils, puis le lendemain aussi, et le surlendemain. Sans discuter. Il lui demanderait sans doute un jour de passer exceptionnellement son tour, et elle, si reconnaissante envers cet homme qui avait fait sans rechigner ce qu'elle lui avait demandé, accepterait sans problème. Il était charmant, et elle l'aimait. Alors qu'il descendait l'escalier, elle lui lança un merci, puis ouvrit grand ses bras, le serra fort contre elle et fourra son nez dans son cou qu'elle embrassa.

Merci, merci infiniment, murmura-t-elle.

Ce mois-là, elle commença à dormir dans la chambre d'amis, son atelier, quand son mari était là. Ou plutôt, c'est cette pièce qui l'avalait aussitôt le retour de son mari, et elle y disparaissait jusqu'à ce que lui et leur fils n'aient plus rien à faire et qu'ils se demandent où pouvait bien se trouver maman.

J'ai besoin d'un peu de temps seule, expliqua-t-elle ce premier week-end. Du temps… que pour moi.

La nuit, une fois sa famille endormie, elle errait dans les rues couleur d'encre, traversait les parterres de fleurs des maisons à l'angle de la rue, puis un bosquet de lilas derrière lequel elle se débarrassait de ses vêtements et se détachait les cheveux, testait la force de ses muscles, s'étirait, puis s'enfonçait plus profondément dans le bosquet, avant d'émerger dans des jardins, de passer sous un portique de balançoires, entre les deux planches dévissées d'une clôture. Un soir, elle renifla quelques trous suspects dans le sol, enfonça sa tête dans les plus gros, les cheveux emmêlés d'herbe et le visage maculé de terre. Elle tomba sur un robinet qui fuyait à l'arrière d'une maison, et lapa la flaque. Elle aperçut un chat tigré dans un autre jardin, s'accroupit sur la marche d'un porche et, à la vitesse de l'éclair, bondit dans sa direction. Le chat s'immobilisa, souffla, puis s'enfuit tout aussi rapidement sous le porche, et Nightbitch enfonça ce qu'elle pouvait de son corps sous le plancher en bois et grogna tout bas.

Viens ici. Putain de chat, viens ici.

Le chat ne bougea que pour s'enfoncer plus encore dans l'obscurité, yeux jaune-vert reflétant un rayon de clair de lune.

Les week-ends de répétition – car c'est bien ainsi qu'elle les envisageait, comme une composante essentielle de sa pratique artistique, des étapes dans le développement de son œuvre –, elle se déplaçait autour de chez elle, de grappe d'ombre en grappe d'ombre, en marge des rues et des jardins. Elle se roulait dans cette parcelle de mousse qu'elle affectionnait tant, jouissant du contact de velours sur sa peau nue, dos, poitrine, cuisses. Dans les jardins, elle reniflait chaque fleur puis goûtait les tiges et les feuilles les plus alléchantes. Elle sprintait jusqu'à l'école primaire, dix pâtés de maisons plus bas, pour humer les équipements de l'aire de jeux, haletant, soufflant, pour flairer la présence d'un chewing-gum, d'un emballage de bonbon, d'un reste de sandwich ou de barre chocolatée, ou d'une balle à mâchouiller. Elle continuait jusqu'au terrain de football derrière l'école, où les lapins aiment grignoter les feuilles de pissenlit, et observait leurs petits corps frétillants à la lueur de la lune, préparant son attaque. Puis, un week-end, elle prit la direction opposée, vers la voie ferrée et le ruisseau de la première nuit, vers les bancs où dormaient les hommes, et devant lesquels elle passait sans crainte désormais, malgré sa nudité, sa vulnérabilité, car elle ne se sentait plus vulnérable, pas le moins du monde. Elle régnait sur ce quartier. Elle le régissait. Elle en était le monstre, la maîtresse. Elle faisait confiance à la puissance de son corps et à la profondeur de sa rage, une rage désormais tempérée par sa vision, sa manière singulière de creuser le mystère, de creuser jusqu'à la notion de création.

Venez me chercher, lança-t-elle en silence aux hommes endormis. Venez me chercher, et vous verrez ce que vous verrez.

Elle pataugea dans le ruisseau pour mouiller sa fourrure et couvrir son ventre de boue, pour boire l'eau froide et cristalline, pour plonger son nez dans l'épais-sucré-pourri des berges boueuses.

Elle avait pris l'habitude, les week-ends, après chaque escapade, durant tout ce mois magique, de revenir dans leur paisible maison tard dans la nuit ou au petit matin et, debout devant les portes-fenêtres à l'arrière, d'observer son mari éclairé de la lueur bleu de son écran d'ordinateur. Elle tapotait la vitre, il lui ouvrait et la conduisait à la salle de bains, comme il l'aurait fait avec un enfant, et il mettait l'eau chaude à couler, allumait une bougie, retirait ses propres vêtements et, sans mot dire, il l'aidait à entrer dans la douche. Avec un gant et du savon il lui lavait le visage, les seins, entre les jambes, puis les cheveux, massant la boue sur le cuir chevelu pour l'en détacher, passant lentement le peigne dans les cheveux malaxés d'après-shampoing pour les démêler.

Tu es un prince, lui murmura-t-elle, à quoi il répondit *Shhh, shhh* et déposa des baisers sur son dos, ses épaules, ses paupières, sa bouche. Ils faisaient l'amour chaque nuit après son retour, après cette toilette, après cette errance si longue et lointaine qu'elle revenait fourbue, les pieds à vif, le corps enduit de terre, de sueur et de rosée, nectar d'une nuit d'été. Il l'aimait en dépit de tout cela.

Et c'était un lundi à la fin de ce beau mois de septembre, alors que l'été n'avait pas dit son dernier mot, et que la chaleur incitait encore à rendre visite au marchand de glaces près de la rivière, qu'elle et le garçon décidèrent d'aller au parc pour chiens, même s'ils n'avaient pas de chien. Ce serait l'un des derniers jours parfaits pour courir sous un ciel bleu et goûter au vent sucré par le soleil.

On adore les chiens ! déclara Nightbitch à tous ceux qui leur jetaient un coup d'œil – gentil ou non, peu importe.

On peut le caresser ? demanda-t-elle en caressant un chien tandis que son fils lui touchait la truffe, froide et humide.

On peut le poursuivre ? s'enquit-elle auprès d'un autre propriétaire qui, levant à peine le regard de son téléphone portable, se contenta de grogner son accord, après quoi elle et son fils détalèrent, ainsi que le chien, sur la grande étendue de verdure dans cette belle journée ronde et pleine comme une goutte de rosée.

C'est alors qu'elle les aperçut : le golden retriever, le basset et le border collie, près de l'étang, pattes avant immergées dans l'eau fraîche, langues pendantes et haletantes dans la chaleur.

Incroyable, s'exclama Nightbitch. À petits pas hésitants sur l'herbe piétinée, elle se dirigea vers le trio, suivie du garçon. Salut, leur lança-t-elle en s'approchant prudemment. Les trois chiens se retournèrent aussitôt pour voir qui s'adressait à eux.

Le golden retriever la salua d'un aboiement sonore et le garçon aboya en retour. Nightbitch et le petit s'approchèrent encore et les chiens sortirent de l'étang, poil mouillé et pattes couvertes de boue, cherchant à se faire gratter la tête et caresser le dos, puis léchant les mains du petit garçon avec enthousiasme pour le faire rire, et fourrant leur truffe entre les jambes de la mère.

Elle saisit la tête du retriever dans ses mains et le regarda dans les yeux.

Jen ? murmura-t-elle, et le chien cligna sereinement des yeux. Ils se regardèrent ainsi un moment. Puis Nightbitch dit au chien qu'il pouvait aller jouer et lui donna une claque amicale sur la cuisse.

Elle chercha du regard quiconque appellerait ces chiens, se dirigerait vers eux, leur lancerait une balle ou offrirait une friandise, mais toutes les silhouettes s'occupaient d'un autre animal, jouant, criant, le sifflant, lui lançant quelque chose ou ramassant sa crotte. Nul ne semblait avoir un quelconque lien avec le trio, à l'exception d'une seule personne à l'extrémité du parc canin, immobile, un carnet à la main, qui observait la scène.

C'était Wanda, exactement comme elle l'imaginait, mince et élancée, avec une chevelure argentée, vêtue d'une élégante robe chemise, chaussée confortablement et coiffée d'un chapeau de paille. Nightbitch plissa les yeux pour mieux la distinguer, car elle était loin.

Nightbitch se dirigea vers elle, tout excitée à l'idée que ce soit Wanda White. Elle inspira profondément pour tenter de se calmer mais submergée par une joie absolue, un élan si puissant, elle se mit à courir, bras tendus vers la femme. Elle était sûre que c'était elle. Sûre et certaine.

Excusez-moi, cria-t-elle, en sprintant vers la silhouette solitaire en bordure du parc. Ce sont vos chiens ? J'essaie de trouver le propriétaire.

La femme – qui était encore trop loin pour que Nightbitch puisse distinguer les détails de son visage, lire son expression ou déduire de son comportement une réponse à sa question – tourna légèrement la tête pour mieux l'entendre, s'arrêta puis hurla Non ! avant de s'en aller aussitôt d'un pas rapide, dans la direction opposée, vers les bois en bordure du parc.

Attendez ! s'époumona Nightbitch, paniquée, exclamation qui eut l'effet inverse de ce qu'elle espérait. La mystérieuse femme s'était mise à courir à présent, chapeau à la main, cheveux au vent, fonçant tête baissée dans les bois.

Wanda ! cria à nouveau Nightbitch, sa voix involontairement marquée d'une pointe de désespoir. Elle commença à hyperventiler et à trembler sous l'effet de la fatigue et de l'émotion, alors qu'elle continuait de sprinter, que son cœur battait la chamade et que ses jambes brûlaient sous l'effort.

La femme disparut dans les bois. Nightbitch, à bout de souffle, s'arrêta, pliée en deux, mains posées sur les genoux.

S'il vous plaît, revenez ! Nightbitch implora le sous-bois. S'il vous plaît. Elle se tenait à l'orée du bois et pouvait encore entendre la femme cavaler sur le lit de feuilles, à travers les branches mortes et les ronces. Il fallait qu'elle arrête là sa course-poursuite, d'autant plus que le petit était pris de panique à force de courir après sa mère qu'il voyait fuir toujours plus loin.

Wanda ! cria-t-elle en désespoir de cause dans les branches. Wanda !

C'était toi au parc pour chiens, cet après-midi ? texta-t-elle à Jen ce soir-là, en ajoutant plusieurs émojis – un chiot, un arbre, un soleil et un smiley à l'envers – comme pour dire : Si c'était toi, quelle idiote je fais ! C'était assez audacieux de sa part, pensa-t-elle, mais sans risque. Cela revenait à ne pas lui demander directement s'il lui arrivait parfois de se transformer en chien, tout en donnant la possibilité à Jen d'aborder enfin le sujet si elle le souhaitait. Cela faisait un moment qu'elles ne s'étaient pas parlé ; elles se croisaient parfois à la bibliothèque, mais toujours entre deux portes. Nightbitch se retrouva à fixer les trois petits points qui clignotaient interminablement pendant que Jen tapait sa réponse.

Ha-ha non, afficha enfin son texto, *mais cela fait un moment que je voulais t'écrire.*

C'est exactement ce que quelqu'un qui essaie de cacher sa véritable identité de chien écrirait, pensa Nightbitch.

Jen continua, après moult interruptions à base de *lol* et d'*omg*, et d'un *sans vouloir paraître complètement bizarre* nerveux et d'une mise en garde qu'elle donnait sans doute *trop d'infos*, mais c'était juste que Nightbitch avait l'air si ouverte d'esprit et artistique, alors du coup elle avait l'impression qu'elle pouvait lui raconter les *changements complètement dingues* qu'elle traversait depuis peu, le fait qu'elle ne se sentait pas elle-même ces derniers temps, *c'est difficile à expliquer*, qu'elle n'arrêtait pas d'avoir des *pensées genre de défoncé lol*, et peut-être que c'était parce qu'elle vieillissait *ou quelque chose*, mais elle avait l'impression que tout partait en vrille et qu'elle n'avait personne à qui parler et serait-elle d'accord, cette nouvelle recrue de leur cercle d'amies, pour qu'elles se voient, en tête-à-tête, *on ne parlerait pas boutique, juste une conversation amicale*. Elle avait très envie de discuter avec Nightbitch notamment après avoir vu sa récente transformation – *audacieuse* et *si tendance*, dixit Jen. À quoi elle ajouta : *Et j'adore comment t'en as rien à faire de ce que pensent les autres !* Sur le ton de la blague, elle répéta une fois de plus qu'elle espérait ne pas trop passer pour une dingo, et aussi qu'elle espérait que sa nouvelle amie saurait tenir sa langue car ce qu'elle avait à dire était vraiment du genre *à faire flipper tout le monde*.

Parfois, je passe des nuits entières à errer dans le quartier, voilà à quel point c'est grave, écrivit Jen, et Nightbitch sentit monter en elle un espoir dont elle ignorait l'existence, une merveilleuse magnanimité, un sentiment de bienveillance envers toutes les femmes, toutes les mères, elle qui avait tant désiré rencontrer quelqu'un à qui se confier ! Et qui aurait pu croire que ce serait cette maman, cette Jen, avec ses plantes médicinales, son shampoing à la fraise et son McManoir de banlieue ? Nightbitch aurait pu pleurer tant sa joie et son soulagement étaient grands d'avoir trouvé une autre mère comme elle, confrontée à des difficultés et à des propensions déconcertantes similaires. *Oui, voyons-nous, cela me ferait très plaisir !* répondit-elle avec sincérité. *J'ai hâte.*

Téléphone brandi en l'air, elle fit une petite danse dans la cuisine, puis se mit à tourner sur elle-même à toute vitesse, comme si elle voulait attraper quelque queue archaïque.

Le lendemain, elles se retrouvèrent au musée d'histoire naturelle de l'université, un endroit magique que Nightbitch adorait fréquenter quand elle était étudiante. Elle n'y avait pas encore amené le petit, elle n'y avait pas pensé. En plus, en semaine, le musée était aussi calme qu'une tombe, ce qu'il était, somme toute, puisque y était conservée la plus ancienne collection de taxidermie à l'ouest du Mississippi, une collection si vieille, en fait, que les deux mamans et leurs enfants ne purent s'empêcher de remarquer de la paille qui dépassait d'un trou dans un rhinocéros ainsi qu'un morceau de tissu en lieu et place d'une zone de fourrure sur un guépard.

C'était la première fois que Jen venait ici, elle n'avait aucune idée qu'un tel lieu existât dans leur petite ville, et elle répétait sans cesse à quel point Nightbitch était inventive.

J'aimerais tellement être douée pour l'art, déclara-t-elle avec regret tandis que ses jumelles chaperonnaient le petit. Elles le tenaient chacune par la main et le tiraient dans tous les sens, et elles le maternaient, en quelque sorte, d'une manière qui donnait à Nightbitch l'envie de leur dire d'arrêter, que ce n'était pas leur travail de s'occuper de lui, qu'elles devaient profiter des objets exposés et ne pas s'inquiéter pour le garçon, qu'elles devaient s'intéresser plus à la taxidermie, dans le cas présent, qu'au fait de prodiguer des soins. Mais au lieu de leur faire des remontrances, elle se tourna vers Jen et lâcha un petit rire forcé.

Jen était arrivée dans un état des plus inhabituels. Alors que ses filles étaient visiblement propres et portaient des tenues assorties, leurs cheveux soyeux coiffés en couettes qui se dressaient comme des cornes sur leur tête, Jen, elle, semblait hagarde, elle avait des poches sous les yeux, son trait d'eye-liner était irrégulier et tracé trop loin des cils et elle portait son débardeur à l'envers ; certes il s'agissait d'un de ces tee-shirts sans manches dont il est facile de confondre l'endroit et l'envers, mais c'était justement l'attention à ce genre de détails qui avait semblé être son fort.

Que dire, tu m'as inspirée ! Alors tu vois, moi aussi je crêpe mes cheveux maintenant, expliqua-t-elle tandis qu'elles admiraient un paresseux géant. Elle montra d'un geste ses cheveux blonds qui, même dans la salle faiblement éclairée, paraissaient gras et emmêlés. Nightbitch, évidemment, n'avait rien contre ce nouveau style, bien au contraire, et à chaque détail de ce genre chez son amie, elle sentait sa joie augmenter. Elle ne devait pas forcer Jen à dire quoi que ce soit, se rappelait-elle. Elle devait rester prudente et attentionnée, à l'écoute, et en aucun cas essayer de la manipuler ou de l'orienter. Elle regardait Jen comme on regarde une proie par une nuit noire – avec discrétion et prudence.

La petite équipe se dirigea vers la salle consacrée aux oiseaux tandis que Jen ingurgitait du café et avalait des gélules à base de plantes qu'elle puisait dans divers flacons rangés dans une poche de la poussette. La salle des oiseaux était une sorte de rotonde éclairée par des puits de lumière zénithaux, avec, au centre, une structure circulaire rétro-éclairée sur laquelle s'affichaient les trajectoires de vol des principales espèces nord-américaines. Tout autour de la salle étaient exposés des oiseaux empaillés, certains perchés sur une petite branche, mais la plupart présentés d'une manière qui rappelait à Nightbitch sa collection d'insectes quand elle était enfant, chaque spécimen épinglé dans un bloc de polystyrène sous lequel figurait une étiquette soigneusement dactylographiée.

À la plus grande joie des enfants, cette salle était équipée d'une multitude de boutons-poussoirs. Dans la douce lueur des projecteurs, abritées par les nombreux échantillons de chants d'oiseaux, les deux mères reprirent leur conversation.

OK, se lança Jen, gobelet de café à la main et mine défaite. Tu es tellement créative. Et une super maman. C'est juste que… Et elle fondit en larmes.

Ça va aller, la réconforta Nightbitch, haletant presque d'anticipation. Dis-moi ce que tu as sur le cœur. (Puis, en silence : *Allez, vas-y, dis-le. Dis que t'es un chien.*) Tu sais, on a tous des trucs dont on ne parle à personne, moi aussi. Tout le monde a des problèmes.

Nightbitch avait espéré que ses propos apaiseraient Jen, mais il n'en fut rien.

Je suis dans une telle *merde* ! lança soudain Jen, en chuchotant-sifflant le mot *merde* pour que les enfants n'entendent pas, alors que ce n'était pas comme s'ils écoutaient. Je suis dans la merde jusqu'au cou. Même mon mari n'est pas au courant. Surtout pas lui.

C'est difficile pour nous toutes, tenta de la réconforter Nightbitch. Elles étaient si proches d'un moment de pure communion !

C'est juste que… Jen se prit le visage dans les mains, puis glissa lentement les doigts le long de ses tempes avant de se tenir les joues. J'ai perdu tellement d'argent avec les plantes, confessa-t-elle. Genre plus de dix mille, chuchota-t-elle, et tout le monde pense que j'ai super réussi, mais en réalité, c'est moi qui achète mes propres produits. Et Alex n'est pas au courant – je veux dire, c'était pas très compliqué, vu que c'est moi qui gère les finances –, mais je ne sais pas comment me sortir de cette situation. Le marché local est saturé ! Personne n'a besoin de ces plantes ! On en a toutes déjà ! On passe notre temps à essayer de se les vendre les unes aux autres.

Elle regarda d'un air triste ses filles, qui maintenaient le petit garçon par terre et le chatouillaient.

Nightbitch resta silencieuse. Elle ne s'attendait pas à ça, mais alors pas du tout.

Je suis obligée de faire celle qui a réussi, continua Jen. Toutes les femmes du groupe comptent sur moi pour que ça marche, mais je n'y arrive pas, dit-elle avant d'appuyer sur un bouton qui déclencha un long et grave hululement de hibou.

Mais c'était évident ! Bien sûr que Jen était dans le pétrin, qu'elle avait investi trop d'argent dans ces gélules.

Bien sûr qu'elle n'était pas un chien.

Mais quelle *idiote* d'avoir cru une telle chose. Est-ce qu'elle s'imaginait vraiment cette mère en train de gambader, toute nue et recouverte de poils, dans les jardins de son voisinage ? C'était *ridicule* ! Non mais franchement, pensa Nightbitch, il était grand temps qu'elle se ressaisisse ; mais combien de fois s'était-elle déjà dit cela ? Il s'agissait de se ressaisir *maintenant*.

Sauf que non.

Non. Elle ne se ressaisirait pas.

Oh mon Dieu, tu ne sais même pas quoi me dire, s'alarma Jen qui s'attendait à un mot d'encouragement, dans le genre *T'inquiète pas, tout va s'arranger*. Soudain les trois enfants, qui jouaient à chat, se précipitèrent vers elles, poussant de petits cris et prenant le temps, en passant, d'appuyer sur les boutons, avant de poursuivre leur course et de hurler plus fort encore, mais les mères ne leur prêtaient aucune attention, comme savent le faire parfois les mères, Jen, livide, désespérée, les cheveux en pétard, et Nightbitch rayonnant de… quelque chose, comme si elle avait absorbé chacun de leurs soucis, tels des nutriments, et s'en trouvait ragaillardie, plus lucide, plus sûre de son but, car, à ce stade, il n'était plus question de revenir en arrière.

Écoute, tu n'as pas besoin de tout arranger, lui déclara Nightbitch en lui empoignant les bras et en la regardant droit dans les yeux.

Au diable les plantes médicinales et au diable le fric, poursuivit-elle avant de se lancer dans une diatribe contre le marketing de réseau. Elle venait d'écouter tout un podcast sur le sujet et expliqua à Jen comment ces sociétés visaient particulièrement les femmes en position de faiblesse, coincées à la maison, sensibles à la promesse d'une indépendance financière, et qu'elle ne devait pas avoir honte. Qu'elle pouvait se sortir de là, et qu'elle l'aiderait. Qu'elle devait le dire à son mari, lui demander pardon, mais lui assurer qu'elle allait arranger ça. (Et tu ne pleureras pas, ordonna Nightbitch. Tu es une putain d'Amazone.) Qu'ensemble elles viendraient en aide à toutes les autres filles, comme Jen les appelait, pour les sortir de là aussi. Qu'elle avait longuement réfléchi au fait d'être femme, d'être mère, qu'elle avait beaucoup réfléchi aussi à son propre cas et à celui des autres, et que, vraiment, l'heure avait sonné, il était grand temps.

Grand temps pour quoi ? demanda Jen, émue par les efforts de Nightbitch, mais toujours visiblement épuisée : ses yeux, sa peau, la façon dont les commissures de sa bouche tiraient vers le bas.

Bon, écoute, lança Nightbitch. Tu as bossé dans les relations publiques, non ?

Il y a un million d'années, oui.

Bon, eh bien, moi, j'ai besoin d'une publiciste, déclara Nightbitch. Et tu seras rémunérée, enfin, à terme.

Qu'est-ce que tu me racontes ? s'esclaffa à moitié Jen alors que les enfants accouraient vers ces deux mamans ébouriffées au milieu des oiseaux.

Ce fut au tour de Nightbitch maintenant de passer le bras sous celui de Jen.

Marchons. Et discutons, proposa Nightbitch. On a du pain sur la planche, si tu savais !

Plus tard, de retour chez elle, elle ouvrit le livre de Wanda White et lut :

Je veux que vous sachiez que jamais auparavant dans l'histoire, les femmes, magiques ou non, n'ont été aussi puissantes, en prise avec les forces universelles les plus profondes, capables d'invoquer par tous les moyens nécessaires ce qui est essentiel à leur évolution et à leur épanouissement.

D'abord, lis ce livre. Maintenant, regarde : Voici comment je cours. Et voici comment j'apparais la nuit. Voici mes différentes peaux. Voici mes accessoires. Voici mes idées et mes rêves. Tu vois cette danse ? Ce geste ? Cet animal ? Ce sort ? Apprends-les tous. Bien. Enlève tes vêtements. Cours. Bondis. Roule-toi dans cette boue. Sens ton chemin. Ici une souris. Là, un chewing-gum mâché, bon à lécher. Bois dans la flaque, puis saute dans le ruisseau. Suis-le jusqu'à la ruelle obscure. Accroupis-toi. Grogne. Avance lentement. Arrête-toi. Voici la proie. Voici ton pouvoir. Voici comment je tue un animal. Ne flanche pas. Ne te détourne pas. Regarde de plus près, regarde-le, le cœur de la violence, le cœur du besoin. Médite. Dors, ou ne dors pas. Voici comment faire pousser tes cheveux, et voici comment les perdre. Écoute. Écoute encore. Reste immobile, puis bouge. Examine tes dents. Caresse ton propre poil si doux. Exige plus et fais moins. Dis, ne demande pas. Hurle, hurle, hurle à la lune.

Wanda White dit que les mystères de l'univers se révèlent dans le banal, le corps, ce jour, l'herbe et le ciel. Oublie la civilisation. Il n'y a que femme et nature, la nature qui lui est propre.

Mon Dieu, murmura alors Jen, dans la lumière de la lune, le visage barbouillé de boue. Oh, mon Dieu. Toi. C'est toi.

Peut-être que Nightbitch voulait sincèrement que son mari découvre à présent son secret. Maintenant qu'elle avait recruté Jen pour son projet artistique, elle avait encore plus mauvaise conscience de lui cacher tout ça – lui qui, le premier, lui avait montré ces images de Japonaises en train d'uriner sur une pieuvre et d'autres bizarreries du genre ; et, si elle devait lui révéler sa vraie nature, ne serait-il pas davantage fasciné qu'horrifié ? De plus, Nightbitch – le projet Nightbitch – s'approchait à grands pas d'une représentation en public. Et son mari n'avait-il pas apporté la preuve, par le passé, et même pour ses projets les plus bizarres, qu'il était son plus grand fan ? Malgré toute sa rage de ces derniers mois, malgré toutes les critiques qu'elle lui avait faites en silence, il était possible – non ? – qu'il soit un allié, voire son principal soutien ? Il est certain que ces pensées eurent une influence sur Nightbitch tandis qu'elle mettait au point sa performance, tandis qu'elle lisait Wanda White et se préparait à se montrer, d'une manière ou d'une autre, sous son vrai jour.

Un samedi soir comme les autres, Nightbitch sortit innocemment les poubelles et, alors qu'elle était dehors, une sinistre petite brise transporta vers elle une odeur de mort, sans doute le lapin qu'elle avait enterré quelques semaines plus tôt, car ce n'était certainement pas le chat, lequel jouissait d'une sépulture digne de ce nom, à un mètre de profondeur. Le lapin, lui, avait été enterré de façon sommaire et, ah, cette puanteur ! Une odeur dense, sombre, âcre, une odeur de sang, de terre, de merde et de pourriture. Elle avait, jusqu'alors, évité de humer ces effluves car elle les trouvait irrésistibles, mais ce soir, comme son mari était à l'étage en train de coucher le petit, n'avait-elle pas le temps d'aller jeter un coup d'œil ? Fouiller du pied la terre encore meuble sous les arbres n'était pas un crime, ni s'agenouiller sur le sol humide et y enfoncer ses mains à la recherche d'un bout de fourrure, d'un os, d'un tendon. Et, vu les circonstances, quoi de plus normal de sa part que de se dévêtir afin de ne pas salir ses vêtements ou les imprégner de la puanteur d'une charogne ? Quoi de plus normal, en effet.

Elle voulait juste… voir le lapin. Le renifler. Peut-être se rouler un peu dedans et puis, bien sûr, prendre une longue douche chaude avec beaucoup de savon et d'autres choses que les gens utilisaient pour conforter leur nature apprivoisée.

Elle déterra un peu de muscle qui avait mariné dans la boue. Était-ce une touche de fermentation qu'elle sentait ? Un goût minéral de terre et de vieux sang ? La pourriture presque sucrée de la chair elle-même ? Juste une petite bouchée. Pas même une bouchée, plutôt un mordillement. Ce serait sûrement un peu comme de la viande séchée, se dit-elle, moelleuse à souhait. Succulente. Elle ferma les yeux et inspira profondément la charogne dans ses mains.

Soudain, son mari était là, à ses côtés. Silencieux dans l'obscurité.

En lieu et place d'un sentiment prévisible de panique, une douce vague de calme absolu la submergea. Il savait. Il était en train de voir ce qu'elle était. Eh bien, c'était ça, alors, n'est-ce pas ? Autant en finir. Elle avait été une fille, puis une femme, une épouse, une femme enceinte, une mère, et maintenant elle serait ceci, quoi que « ceci » puisse être. Une femme sauvage, compliquée, aux désirs étranges. Une femme têtue et en colère, mais douce et gentille aussi. Une créatrice, et aussi cette force obscure qui errait dans la nuit. Elle était mi-intention noble mi-instinct et pure fuite.

Elle voulut lui dire : Salut. Je suis ta femme. Je suis une femme. Je suis cet animal. Je suis devenue tout. Je suis nouvelle et aussi ancienne. J'ai eu honte mais plus maintenant.

Ton nouveau projet, déclara-t-il, puis il se mit à rire. Toutes ces histoires de chiens. Les virées nocturnes. Ah, j'ai pigé.

Oui, répondit-elle avant de plonger dans un vaste espace vide à l'intérieur d'elle-même, d'où elle fixa le ciel qui s'étirait à l'infini. Elle tentait de se souvenir de quelque chose. C'était si loin. Son mari patientait. L'obscurité s'enroulait autour d'eux. Bougeait, cliquetait. Au-dessus, des animaux sautaient de branche en branche, les feuilles rebondissaient mollement.

Oui, elle répéta quelques instants plus tard, regardant son mari comme si elle venait de le rencontrer. Oui, avec des chiens. Un projet.

Elle abandonna les restes du lapin dans la terre et rampa jusqu'à son mari, puis s'accroupit, grogna et donna des coups de patte par terre. Elle s'élança et fila, parcourant le périmètre de la pelouse pour sentir la puissance de son corps, pour sentir l'air rafraîchissant de la nuit contre sa peau et dans ses cheveux. Elle sauta par-dessus la petite barrière et se roula dans l'herbe haute du jardin voisin, se grattant jusqu'au moindre recoin de son dos et de ses cuisses, de ses jambes, avant de se diriger vers une bande de fleurs sauvages, pour y faire pipi.

Elle perçut son mari, tache à peine visible sur l'herbe sombre, et se précipita dans sa direction en s'élançant à nouveau au-dessus la barrière d'un mouvement gracieux avant de lui sauter dessus. Elle posa ses mains sur ses épaules et frotta l'humidité, la boue et le chien qu'elle était dans son cou, puis elle le fit tomber et se mit à lui lécher le visage, le torse, le ventre, elle renifla profondément son entrejambe et prit entre ses dents l'ourlet de son caleçon et tira.

Il riait. Il riait à en perdre le souffle et bientôt tous deux étaient des chiens, amoureux.

Plus tard, sous la douche, son mari posa ses mains sur ses épaules égratignées, la regarda dans les yeux.

Ta meilleure œuvre, dit-il, quelque chose dans son visage plus doux, maté. Un étonnement, peut-être. Une expression qu'elle ne lui connaissait pas, alors qu'ils étaient ensemble depuis plus de dix ans. Dans ce visage, elle pouvait voir qu'il l'aimait et l'admirait, elle et ce qu'elle avait fait. Elle pouvait voir qu'il n'avait jamais souhaité que sa carrière s'arrête. Qu'il avait toujours voulu son bonheur, qu'elle se consacre à l'art, et qu'à présent il voyait tout ce qu'elle était devenue, et tout ce qui était à elle, il voyait qu'elle existait en tant que force créatrice indépendante de lui ou de leur fils, mais une force capable, aussi, de les maîtriser. Elle pouvait voir qu'il ferait tout son possible pour elle, parce qu'il l'aimait, lui était dévoué, lui vouait une adoration quasi enfantine, sentiments qui s'étaient égarés dans la routine des jours qui succèdent aux jours, des années aux années.

***

—

Les mères arrivèrent par groupes de deux ou trois. Elles portaient leurs tenues réservées aux soirées loin des petits doigts poisseux : chemisiers en soie, sacs à main luxueux, robes au décolleté sexy, pantalons d'une blancheur éclatante. Elles étaient toutes ravissantes, ces mères, gracieuses, divines.

C'était la fin d'une saison, et le chant des cigales emplissait l'air, éveillant chez chaque mère ce sentiment doux-amer qui vient lorsque la brise chaude se pose sur un bras nu et s'en va dans un frisson, lorsque, l'après-midi, déambulent sur les trottoirs des écoliers ébouriffés, et que soudain s'abat un épais brouillard de mélancolie des années passées, chapelet de regrets, litanie de choses qu'on aurait pu faire autrement, le souvenir de ces magnifiques garçons, torse nu au lac, une serviette de plage mouillée contre la joue, le soleil éclatant haut dans le ciel, un raisin blanc qui explose son sucre dans la bouche. Oui, le moment était parfait, et parfaite la nuit pour se laisser aller à ressentir, boire et oublier.

Elles se rendirent chez Nightbitch sans trop savoir quelle était l'occasion, mais en sachant qu'il y aurait du vin. En tant qu'ambassadrice de l'événement, comme elle s'était elle-même désignée, Jen avait rédigé l'invitation envoyée par e-mail dans laquelle elle insistait sur le caractère *révolutionnaire* et *totalement avant-gardiste* de l'événement. Il s'agissait de toutes les mamans de l'atelier de lecture, jusqu'à la dernière, c'est-à-dire de la bande au complet des plantes médicinales, leggings et huiles essentielles. Elles vinrent en nombre, pour le plus grand plaisir de Jen. Elle se tenait près de la petite tonnelle branlante envahie de chèvrefeuille qui menait au jardin derrière la maison, un calepin à la main, vêtue d'un costume tailleur qui datait de ses années dans les relations publiques et lui allait toujours comme un gant. Comme la doublure soyeuse glissait facilement sur ses courbes ! Comme elle se sentait efficace et compétente dans cette enveloppe à la superbe coupe !

Bonjour. Bienvenue, accueillait-elle chaque mère à leur arrivée. N'hésitez pas à prendre un verre, proposait-elle avec une solennité retrouvée, un professionnalisme absent de ses réunions de vente débridées, car c'était leur événement, à elle et à Nightbitch, et il était hors de question qu'elle déçoive son amie. Elle se sentait profondément investie, et désireuse de construire quelque chose qui lui soit propre, afin de pouvoir toutes deux réussir et s'épanouir.

Jen prit bien note de l'arrivée des anciennes amies de fac de Nightbitch, la mère active et la vidéaste, car elle savait que Nightbitch voudrait qu'elles aient les meilleures places.

Toutes les mères étaient ravies d'entendre de la musique s'échapper des portes-fenêtres ouvertes à l'arrière de la maison, et de découvrir sur une table dressée sur la terrasse, recouverte d'une nappe de coton blanc brodée de délicates petites fleurs, des bouteilles fraîches de rosé et de pinot grigio ainsi que de petites colonnes bien droites de verres en plastique.

Il y avait des coupes en cristal remplies de fruits secs, des paniers remplis de barres de chocolat, des bâtonnets de légumes fraîchement coupés, des bouteilles d'eau pétillante. Un irrésistible bol de grosses myrtilles brillantes semblait se regarnir comme par magie, quel que soit le nombre de poignées que les mères prenaient. Un autre panier contenait de petites pâtisseries encore chaudes, tous ces petits plaisirs caloriques auxquels ces sympathiques mamans avaient l'habitude de résister, avides de perdre ce petit surpoids post-bébé, de retrouver leurs cuisses d'antan, d'éliminer la brioche au-dessus, mais peut-être que ce soir, elles se laisseraient tenter, allez juste un peu.

Elles prirent place dans le jardin, sur trois rangées de chaises pliantes blanches de part et d'autre d'une allée centrale. On aurait presque dit un mariage, avec ces chaises, les amuse-gueule et la petite scène en bois. Mais cette estrade ne servirait pas à célébrer quelque noce. Non, en effet. Les mères chuchotaient entre elles, bouche cachée d'une main : Regarde ça, qu'est-ce que *c'est* ? Non, ce n'est pas possible. Mais c'était bien ça, oui, au centre de l'estrade, un épais steak rouge, cru, sous une cloche en verre. Assises, les mères s'agitaient, buvaient, riaient et chuchotaient. Elles cherchèrent Jen du regard pour s'enquérir de la représentation, mais elle n'était plus à l'entrée du jardin et s'était comme volatilisée dans le crépuscule grandissant. Comme c'est étrange, murmuraient-elles en sirotant leur vin. Elles émirent des hypothèses sur ce qui se passait ou ne se passait pas. Et n'était-ce pas un peu cavalier que le spectacle n'ait pas encore commencé, quel qu'il soit ? C'est quand même bizarre – je veux dire, tu sais, toi, qui nous sommes venues voir ? Pas vraiment non, mais je m'en fiche. Au moins, il y a du vin. Et puis il y eut des rires et des soupirs, et des Je suis fatiguée, et des J'ai pris une baby-sitter pour ça ? Sérieusement, c'est quoi ce binz ? Puis soudain, un bruit sourd syncopé retentit par les portes-fenêtres ouvertes de la maison – *I hear the drums echoing tonight*, chantait une voix d'homme – et l'ambiance changea du tout au tout pour se transformer en grand moment de détente absolue. Une des mères, les yeux fermés, se mit à chanter doucement, une autre se pencha trop en arrière sur sa chaise et tomba à la renverse, déclenchant l'hilarité générale, puis les voisines de la femme éméchée l'aidèrent à se relever et se rasseoir, à coups de : Ne t'inquiète pas, c'est rien, et Dis donc c'est ta soirée on dirait, et Bien sûr que je te ramènerai chez toi, et sinon il y a toujours Uber, T'inquiète. Combien de fois Kevin est sorti sans se soucier que tu restais à la maison avec les enfants ? *I bless the raaaaaaains*, entonnèrent-elles à l'unisson, et elles se mirent à danser dans l'obscurité scintillante, une mère, verre brandi au-dessus de la tête, chantait faux, deux autres femmes se balançaient, joue contre joue, comme de vrais tourtereaux.

Après la chanson, elles discutèrent entre elles jusqu'à tard, plus tard que prévu, et la lune était haute. Elles avaient même perdu la trace de leur hôtesse, et ne savaient ni où elle était ni pourquoi elle n'était pas encore venue les accueillir ; peut-être était-elle parmi elles en ce moment même, suggéra une mère particulièrement ivre.

Peut-être que c'est *toi* l'hôtesse, dit-elle en enfonçant un index dans le bras d'une autre, et t'es en train de nous jouer un tour ! La musique avait alors évolué vers quelque chose de grave et lancinant, du jazz mais pas vraiment, plus sombre, plus intense.

C'est alors que la créature apparut, que certaines décriraient comme *une sorte de chien, d'ours de petite taille ou de loup-garou ? Je n'ai aucune fichue idée de ce que ça pouvait être.*

La chose se déplaçait entre les chaises prudemment, lentement, et aucune des mères n'avait peur ou ne reculait comme on aurait pu s'y attendre. Non, aucune d'entre elles ne réagit comme on aurait pu imaginer que réagisse une mère ordinaire. La mère active et la vidéaste se penchèrent en avant pour mieux tenter de discerner la chose qui se dirigeait alors vers la scène.

Elles étaient médusées. Certes, elles étaient ivres, effrontées, excitées et grossières, mais elles étaient, aussi, silencieuses – voire révérencieuses. Elles étaient peut-être les meilleures mères qu'elles avaient jamais été.

Reine, murmura l'une d'elles lorsque que la bête passa à côté d'elle.

Une autre, profondément émue, tomba à genoux, puis rampa derrière l'animal. Suivie d'une autre, et d'une autre encore. Certaines des moins courageuses prirent peur, mal à l'aise, elles se demandaient à quand remontait leur rappel contre la rage, et s'eclipsèrent.

Plusieurs « bon débarras » fusèrent dans l'assemblée.

C'est comme une sorte de rituel de secte, déclara une des mères, à quoi une autre répondit : Je viens justement d'écouter un podcast sur ce genre de choses ; et une autre : Ma parole, je suis complètement pompette. Mais cela ne les empêcha pas de rester.

Celles qui restèrent avaient en fait compris – compris la manière de se déplacer de Nightbitch, la crête hérissée de poils le long de sa colonne vertébrale, ses dents exhibées au clair de lune, chaque mouvement un concentré de puissance et de noirceur, de colère et d'instinct de survie.

Cette mère, cette chienne, va vous en *faire voir de toutes les couleurs*, et les mères le savaient, adoraient l'idée.

Une mère renversa la tête en arrière et hurla à la lune. Une autre se blottit contre une vieille souche et s'endormit.

Les autres s'arrachèrent leurs vêtements et, dans la lumineuse éclaboussure de la lune, observèrent la chienne, cette Nightbitch, monter furtivement sur l'estrade. Un projecteur allumé depuis leur arrivée, installé à une des fenêtres à l'étage, éclairait la scène, et la créature grogna et fit claquer ses dents. Elle poussa la cloche en verre, qui se brisa, puis dévora avec appétit le steak qui lui était destiné. Il lui fallut un certain temps pour le manger, mais l'assemblée la regardait, sans bouger, médusée, yeux rivés sur la performance.

Silence. Elle tourna le regard vers les mères, le visage entièrement maculé de sang, ses yeux étincelant, mais de quoi ? De folie ? De puissance ? D'un savoir extatique ? D'une féminité sauvage ?

Une mère poussa un cri et rompit le charme, puis une autre glapit, et voilà : le semblant d'équilibre qui avait été atteint se trouvait à présent terriblement bouleversé. L'animal s'élança depuis la scène dans la mêlée des mères avinées et nues, qui hurlèrent et se précipitèrent vers les voitures sombres qui bordaient la rue. Seules la mère active et la vidéaste restèrent assises, sans voix, stupéfaites, pleurant doucement face à tant de tension dramatique – tant de puissante et sublime théâtralité artistique –, main dans la main.

Mes vêtements ! s'écria une mère.

Mes clés ! se lamenta une autre.

Merde ! cracha une autre encore.

Nightbitch les poursuivit toutes une à une vers la sortie, toutes ces femmes qui se précipitaient dans des Uber, tentaient de blaguer pour faire oublier leur nudité, puis elle saisit un cupcake dans sa gueule et disparut dans les broussailles du jardin délaissé du voisin, à la recherche d'un petit cœur palpitant à faire taire.

À la naissance de son fils, ce qui avait le plus surpris Nightbitch c'était de ne pas le reconnaître. Elle était convaincue que le garçon ressemblerait à quelqu'un qu'elle connaissait par cœur, or son visage était rouge et colérique, avec un nez épais et une bouche de vieil homme. Il avait fallu du temps pour qu'il devienne son fils, celui qu'elle connaissait à présent. Aujourd'hui, quand elle le regardait, elle pensait souvent, Oh, te voilà ! Oui, je te reconnais, car il lui ressemblait à elle, et à son mari, et, à certains moments, c'était aussi le portrait craché de son père à elle, et à d'autres, celui du père de son mari.

Il lui arrivait également, dans des moments d'intense fusion, d'être incapable de se distinguer de son fils, lequel faisait si manifestement partie d'elle, physiquement, qu'elle ne pouvait se défaire du vertige qui l'envahissait parfois, ce sentiment d'une similitude dédoublée.

Elle savait qu'un jour elle devrait sans doute s'occuper de ses parents qui, à soixante-dix ans, étaient encore en excellente forme, mais dont la santé allait certainement se dégrader un jour ou l'autre. Elle les imaginait vivant dans la chambre d'amis et, chaque matin, émergeant de leur chambre, maigres et les cheveux ébouriffés, encore endormis, pour prendre le petit déjeuner à table à côté de son fils. Ils feraient la sieste le matin et l'après-midi, comme des bébés. Peut-être, vers la fin, aurait-elle besoin de leur faire la toilette et de les changer. Et même si cela représenterait certainement un fardeau, elle sentait que dans son cœur une place pour de telles tâches existait à présent, qu'elle les exécuterait par choix et non par obligation, et donc avec gratitude et respect. Passer un gant chaud avec amour dans le dos de sa mère. Shampouiner les cheveux fins de son père. Ce serait un honneur que de prendre soin d'eux, car ils étaient des parties d'elle.

C'est sans doute ce que signifie être un animal, regarder l'autre et dire : Je suis tellement cette autre chose que nous faisons partie l'un de l'autre. Voici ma peau. Voici la tienne. Sous la lune, nous nous pelotonnons dans la grotte, devenant une seule créature afin de préserver notre chaleur. Nous respirons ensemble, rêvons ensemble. Il en a toujours été ainsi et il en sera toujours ainsi. Nous nous maintenons en vie les uns les autres grâce à notre unité au fil du temps.

Wanda White n'est pas une personne. Wanda White est un endroit, une destination.

Nightbitch, cette mère, se tient derrière le lourd rideau de velours, dans l'obscurité, humant son propre musc rosé. Oui, elle est ici, dans ce lieu qu'est Wanda White, dans une extase anticipative, juste avant son ascension vers ce qui se trouve au-delà de cette obscurité et de cette scène – l'invincibilité ou l'air, quelque chose comme cela.

Le bruissement, roulement des cordes du rideau. L'obscurité, puis la petite lumière. Elle hume chaque personne dans la salle.

Là, sur une scène, dans le noir. Une peau hérissée de poils courts le long de son dos. Elle lève la tête vers le plafond, yeux fermés, et inspire profondément. Les poils de son visage oscillent doucement au gré d'un invisible courant d'air.

Elle est là, nue. Ses cheveux lui tombent dans les yeux, couvrent son visage. Elle dirige ses paumes vers le public.

Elle commence cette performance comme elle l'a toujours fait jusqu'à présent, en ouvrant l'espace dans sa poitrine, puis la bouche, en ouvrant un unique et parfait chemin entre le cœur et la voix et en laissant échapper un long hurlement aigu qui résonne dans la salle.

Quelqu'un tressaille, les lumières sont montées un peu en intensité. Elle ouvre les yeux mais ne voit personne. Elle tombe à quatre pattes, traverse la scène, se tourne pour grogner vers le public. Quelqu'un laisse échapper un rire. Un autre étouffe un cri.

Une musique se fait entendre peu à peu, comme si elle provenait d'un rêve d'enfant depuis longtemps oublié, ou d'un cauchemar. Les violons enflent. Les trompettes annoncent le début de quelque chose, mais sans que le public sache quoi. Un tympanon résonne, *Ba-bum, ba-bum, ba-bum.* Sur une scène lointaine, une soprano pose ses mains contre sa poitrine et ouvre la bouche pour libérer un chant comme une longue rivière, sinueuse et sublime, emplie de chagrin et d'amour. Elle chante en allemand, ou dans une langue qui y ressemble, c'est difficile à dire, que raconte-t-elle ? Le public imagine cette femme qui chante, sa poitrine qui se soulève, ses cheveux de cordes tressées. Il l'imagine, curieusement, sur une pelouse sombre, déroulant comme une pelote sa chanson dans la nuit. Elle est pieds nus et les brins d'herbe frangent ses orteils. Elle chante sous un arbre aux grandes branches dans lesquelles nichent des poules. Elle porte une robe toute simple de fermière. Chaque membre du public voit cette même femme dans son esprit, et chacun se demande qui elle est, ce que signifie sa chanson, s'émerveille des poules dans l'arbre. Ce n'est là que la première des nombreuses ruses de la performance de Nightbitch.

Nightbitch fait les cent pas sur scène, la musique s'emballe en arrière-plan, le public est de plus en plus mal à l'aise. Mais ce qui les rend le plus mal à l'aise, bien sûr, est l'artiste elle-même. C'est elle qu'ils sont venus voir. Elle est la raison pour laquelle ils ont dépensé leur argent durement gagné, pour assister à un tel spectacle, parce que, eh bien, qu'est-ce que *c'est*, au juste ? Est-ce réel ? Ou une forme de magie ? Et de quoi s'agit-il exactement ? Certes, cette femme existe bel et bien, mais son poil ? Ses cheveux sont sûrement les siens, mais qu'en est-il de toute cette fourrure sur le dos, les bras, les pieds ?

Le plus troublant est la façon dont Nightbitch se déplace, à quatre pattes, avec une fluidité animale. C'est le genre de chose qu'ils n'ont vu que dans les films d'horreur ou dans de très anciens cauchemars. Comment un être humain peut-il se mouvoir ainsi ? Elle doit sûrement avoir une formation de danseuse, s'y connaître en chorégraphie d'avant-garde ? Il va de soi qu'elle a dû s'entraîner des heures durant pour obtenir ce mouvement parfait, cette allure charnelle, cette conscience instinctive, pour pencher ainsi la tête afin de humer l'air, avancer de la sorte vers le public, avant de tourner les talons avec légèreté pour rejoindre l'ombre.

Après la représentation, les spectateurs se regroupent devant le théâtre où certains affirment que les lapins arrivés sur scène peu après les premières notes de musique ont certainement sautillé depuis la pénombre des coulisses, attirés par la lumière. Tous sont d'accord pour dire qu'il ne s'agit certainement pas d'une forme de sortilège, qu'il doit y avoir une explication rationnelle, puisque aucun n'est encore prêt à accepter ce qu'ils savent, au plus profond d'eux-mêmes, être une vérité, à savoir que les lapins sont *arrivés* sur scène, mais pas d'une manière habituelle. Plus terrifiante encore est la question que se posent, le soir même, dans leur lit, les spectateurs : mais d'où *venaient* ces animaux ? C'est cela qui les trouble. S'agissait-il de vraies créatures, en chair et en os, les mêmes que celles que l'on croise dans la campagne ? Ces lapins-là venaient-ils d'une telle campagne à laquelle ils manquaient à présent, des lapins en train de grignoter des fleurs lorsqu'ils ont arrêté d'exister dans leur environnement naturel pour exister à nouveau, là sur la scène ? Et s'ils n'avaient pas été transportés *depuis* un endroit à un autre, à *quoi* avions-nous affaire ? De quoi étaient-ils faits ? Et qui les avait fabriqués ? Ces questions donnèrent à tous les spectateurs, sans exception, l'envie de pleurer, mais au lieu de cela ils sombrèrent dans un sommeil agité, toute la nuit durant.

Oui, les lapins étaient l'élément du spectacle de Nightbitch qui faisait le plus parler. Toutes les critiques les avaient mentionnés. Elles n'évoquaient jamais, en revanche, la soprano aux pieds nus sous l'arbre – la *vision collective*, appelons ça ainsi, dont l'ensemble des spectateurs firent l'expérience. Il ne fallait pas divulgacher le moment ; il fallait le découvrir en direct.

Et donc les lapins arrivent sur scène, d'abord un, puis une poignée, et rapidement une bonne dizaine. Certains se recroquevillent près de la toile de fond illustrée d'un sous-bois. D'autres menacent de sauter directement dans le public, tant ils s'aventurent près du bord. Nightbitch, pendant ce temps, attend, aussi immobile que l'obscurité qui l'entoure. On peut voir chaque muscle se mouvoir, sa tension, l'attente inscrite dans son corps.

De petits tas d'os, étincelants d'or, parsèment la scène peu éclairée. Nightbitch se tient au centre et lève ses bras, mains ouvertes, sur les côtés. Lentement, alors que la musique s'estompe et qu'une note sourde et grave pulse dans le théâtre, elle lève les bras, paumes vers le ciel, comme si elle dirigeait l'orchestre le plus lent et silencieux jamais imaginé. Alors que ses mains s'élèvent toujours plus haut, les tas d'os se mettent à bouger et scintiller, la feuille d'or captant la lumière des projecteurs pour la réfléchir en un million de fragments éclatants. *Exit* les lapins effrayés par les os qui peu à peu se soulèvent et flottent dans les airs comme s'ils étaient attachés à des ficelles, comme s'il s'agissait de marionnettes fantomatiques d'un autre monde. Cependant les spectateurs n'observent ni ficelle ni autre artifice, même en plissant les yeux, même en scrutant de toutes leurs forces la scène. Les os prennent alors la forme de petits animaux, dont aucun n'appartient à quelque espèce connue. Ici, un genre de coyote doté de longues oreilles en os évoque le lapin de prairie. Là, ce qui semble être un cerf, mais affublé d'une petite tête de chat. Là encore, un autre cerf, mais ses pattes arrière sont celles d'un lapin et ses bois sont minuscules, extraordinairement minuscules. Pourtant, tous ces étranges animaux faits d'ossements possèdent une qualité naturelle, affirmera le public. Une forme de logique, même. Ils font sens dans l'univers de Nightbitch, avec leur manière délicate de bouger, les mouvements saccadés de la tête, leurs petits pas prudents, leur façon de s'écrouler sur le sol noir, puis de se réaligner avant de se reconstituer comme par quelque pouvoir divin.

C'est alors que Nightbitch et les animaux en os exécutent une étrange chorégraphie – « une chasse enchantée », diront les critiques – tandis que la performeuse tour à tour se déplace en cadence avec les ossements dorés ou se met à les pourchasser, le tout sur les pulsations sourdes d'une musique sombre et grave. Les spectateurs diront plus tard qu'ils auraient pu regarder le spectacle à l'infini, tant ils étaient subjugués par la manière animale avec laquelle se mouvaient la femme et les ossements – *qui semblaient flotter naturellement au-dessus de la scène, comme par magie, mais comment a-t-elle fait ?* – tant ils étaient stupéfaits par le spectacle, intrigués, perplexes, incapables de distinguer la réalité de l'artifice.

Et tous, ce soir-là, avaient attendu impatiemment la suite, car ils en avaient bien sûr entendu parler. Le spectacle avait fait l'objet de nombreux articles, reportages, critiques, analyses, de condamnations et d'examens sous tous les angles possibles par des critiques, des écrivains, des défenseurs des droits des animaux et le grand public. Et bien qu'il fût un peu maladroit d'associer Nightbitch uniquement au massacre de lapins sur scène, c'était en effet ce pour quoi elle était le plus connue, alors qu'il y avait bien d'autres aspects du spectacle beaucoup plus intéressants et singuliers.

Et donc, après sa danse avec les os, la voici qui se met à traquer les lapins, qui se cachent à présent dans l'ombre, une chasse étrangement belle, enivrante, même lorsque Nightbitch bondit et saisit une créature dans ses mâchoires, pour ensuite la secouer encore et encore jusqu'à ce qu'elle pende mollement dans sa bouche. Le théâtre est à présent silencieux, un silence de mort, elle dépose l'animal immobile sur la scène, puis regarde le public. Elle grogne, les spectateurs sont mal à l'aise. Sont-ils à présent l'objet de la traque ? Quelques personnes au fond de la salle se lèvent discrètement et partent. S'ensuit un moment où tout est immobile, puis éclate le chaos lorsque Nightbitch bondit dans la salle et que les spectateurs, pris de panique, quittent leur siège, hurlent et se dispersent.

Certains raconteront que c'est à ce moment-là qu'ils se sont retrouvés en train d'être poursuivis dans une sorte de forêt inexplicable, si épaisse de feuilles et de lianes qu'il était difficile de savoir s'il s'agissait d'une construction de l'artiste elle-même ou d'une anomalie spatio-temporelle apparue juste pour la représentation, et qui avait disparu après la soirée. Au cours de l'événement non spécifié, comme il fut rapidement baptisé, les spectateurs tombèrent sur un repaire de Mères-Garous qui les recueillirent et leur donnèrent une délicieuse soupe. D'autres raconteront qu'au cours de l'événement non spécifié, ils ont rencontré de merveilleuses Femmes-Oiseaux avec des ailes aux plumes extravagantes qui leur apprirent à voler, et c'est ainsi qu'ils étaient sortis du théâtre. D'autres encore parleront de femmes qui apparaissaient et disparaissaient à volonté au cours de l'événement non spécifié, des apparitions semblables à des déesses capables de susciter chez les spectateurs un sentiment de bienveillance et d'unité d'une extrême intensité, au point qu'ils pleuraient en leur présence et tombaient à leurs pieds.

La folie collective et les prétendues hallucinations observées lors du spectacle furent longuement étudiées par des psychiatres, qui conclurent au recours à une drogue administrée à grande échelle – après tout, chaque spectateur s'était vu remettre un petit sachet de pilules, étiqueté Rugir, en entrant dans le théâtre, ainsi qu'un petit gobelet d'eau, et avait été *fortement encouragé* à les avaler rapidement afin de *bouleverser les notions de bien-être et de perception* et de ressentir les effets *les plus immersifs du spectacle*. À moins que des drogues n'aient été administrées subrepticement, diffusées par les bouches d'aération des systèmes de chauffage et de climatisation de la salle. Qui pouvait vraiment savoir ? S'ils n'avaient pas été drogués, les spectateurs, estimaient les psychiatres, avaient sûrement été hypnotisés et conduits par l'artiste à s'imaginer des choses, bien que Nightbitch ait déclaré qu'elle n'avait pas étudié l'hypnose et ne la pratiquait pas. S'ils avaient été hypnotisés, devait-elle déclarer, c'était par inadvertance, et le phénomène témoignait alors de la nature proprement hypnotique de l'art.

« L'effet enivrant du spectacle ne fait que souligner le talent artistique de Nightbitch », affirmait Jen dans une déclaration officielle adressée aux médias pour contrer les sceptiques et les réfractaires, pour répondre à ceux qui qualifiaient le spectacle « d'infâme et gauchiste bouillie-pour-chat pour drogués », d'un spectacle qui était « tout sauf de l'art », ou en tout cas pas de « l'art sérieux », juste un « sous-spectacle » destiné à titiller et séduire les masses écervelées. « Les effets ressentis à la fin du spectacle, poursuivait cette même déclaration rédigée par Jen, représentent l'aboutissement de plus de deux décennies de pratique artistique rigoureuse. Les expériences parfois extrêmes que les spectateurs vivent lors du spectacle de Nightbitch ne font que souligner le niveau élevé auquel travaille cette artiste et les pouvoirs de transformation de l'art. »

Et en réponse à ceux qui qualifiaient son spectacle d'« inutilement violent », du « pire en matière de performance artistique » et d'une « abomination qui évoque les éléments les plus vils de l'humanité et les expose au grand jour », Nightbitch expliqua que son travail visait à souligner la brutalité de la maternité, le fait que le premier geste de l'enfant est un acte de violence envers la femme qui l'a créé. Pourtant, la mère aime son enfant d'un amour inimaginablement puissant, le plus puissant de l'univers.

Cette chose vient de nous, expliquait-elle lors d'interviews. Elle s'arrache de nous, nous déchire littéralement en deux, dans un bain de douleur, de sang, de merde et de pisse. Si l'enfant n'entre pas dans le monde de cette façon, alors il est coupé de nous à l'aide d'un couteau. L'enfant est retiré, et nos organes sont également retirés, avant d'être recousus à l'intérieur. C'est peut-être l'expérience la plus violente qu'un être humain puisse vivre, à part la mort elle-même. Cette performance vise à souligner la brutalité, la force et la noirceur de la maternité, car la maternité moderne a été stérilisée et aseptisée.

Nous sommes fondamentalement des animaux, et nier notre nature animale ou notre dignité en tant qu'êtres humains est un crime contre l'existence. La féminité et la maternité sont sans doute les forces les plus puissantes de la société humaine, des forces que les hommes se sont bien sûr empressés d'étouffer, car ils craignent, avec raison, leur puissance.

Ses adeptes les plus fervents portent des pin's qui demandent « Où vas-tu la nuit ? » avec l'image d'un chien féroce, gueule ouverte, sur le point d'attaquer. Les pin's et autres produits dérivés sont l'œuvre de Jen, qui s'est révélée un génie de la communication, créant les campagnes les plus éblouissantes, avec des lapins qui surgissent dans des lieux très médiatisés et étranges, de mystérieux blitz sur les réseaux sociaux, un « mystère » magistralement concocté et excellemment exécuté, sa plus belle réussite professionnelle. Les ventes de l'ouvrage *A Field Guide to Magical Women*, autrefois épuisé, explosent, mais personne, absolument personne, ne parvient à retrouver la trace de Wanda White. Les journalistes qui ont enquêté ont découvert que l'université de Sacramento avait été une institution éphémère et n'existait plus, que Wanda White elle-même se résumait à un simple profil sur le site d'une institution disparue.

Les quelques spectateurs qui réussissent à ne pas paniquer et à ne pas s'enfuir, qui ont une disposition d'esprit très résistante et imperturbable – une *stabilité d'ingénieur*, pourrait-on dire –, assistent à la toute fin du spectacle : Nightbitch est alors sur scène avec un petit garçon – son fils – à qui elle donne le corps flasque du lapin, afin qu'il le renifle et le caresse. Lorsque les rideaux se referment, voici ce que cette poignée de spectateurs téméraires voient : une femme à l'état sauvage et son enfant, le corps encore tiède d'un lapin dans les mains. Ils rapporteront que le duo dégageait une beauté absolument inédite, en dépit de ceux qui considèrent qu'exposer un enfant à une telle chose est une forme de sévice.

Non, diront ceux qui ont vu le spectacle.

Il y avait là une femme qui savait à présent que la vie se déployait dans le mystère et la métaphore, sans explication, une femme qui regardait son fils parfait devant elle, un être qu'elle avait créé grâce à sa magie la plus puissante, debout sous la lumière aveuglante d'un projecteur comme s'il ne tenait pas du miracle, comme s'il n'était pas la chose la plus impossible au monde.

Remerciements

Merci à mon agent, Monika Woods, pour ses précieux conseils, ainsi qu'à l'équipe de Doubleday, en particulier Margo Shickmanter, pour sa superbe direction éditoriale. Merci à mes amis et lecteurs intelligents et généreux, en particulier Sarah Shrader, Kerry Howley, Mark Polanzak, Nina Lohman, Alisha Jeddeloh, Jenny Colville, Helen Rubinstein, Sarah Viren et Ingrid Yoder. Merci à Jami Attenberg pour son #1000wordsofsummer, qui a donné l'impulsion à ce livre. Merci à Lee Running pour son génie artistique et l'inspiration qu'il m'a donnée. Merci à Melanie Bishop sans qui je ne serais pas écrivaine. Merci à Paula et Tom Michel pour toutes les heures de garde d'enfants. Merci à Linda et Wayne Yoder de m'avoir encouragée à suivre ma propre voie. Merci à Seth d'être mon plus grand fan, même dans mes pires jours. Et merci à mon seul et unique Coco, qui m'a transformée. Je t'aime.

Cet ouvrage a été mis en pages par

<pixellence>

CET OUVRAGE
A ÉTÉ ACHEVÉ D'IMPRIMER
SUR ROTO-PAGE
PAR L'IMPRIMERIE FLOCH
À MAYENNE EN NOVEMBRE 2023

N° d'édition : 433574-0. N° d'impression : 103586
Dépôt légal : janvier 2024
Imprimé en France